E.T.A. HOFFMANN
（1776–1822）

霍夫曼奇想集之
魔幻奇谭

［德］E.T.A. 霍夫曼 / 著
朱佳　杨亚庆 / 译

重庆出版集团
重庆出版社

图书在版编目(CIP)数据

霍夫曼奇想集之魔幻奇谭/(德)E.T.A.霍夫曼著；朱佳,杨亚庆译.—重庆:重庆出版社,2024.6
ISBN 978-7-229-18569-5

Ⅰ.①霍… Ⅱ.①E… ②朱… ③杨… Ⅲ.①童话—德国—近代 Ⅳ.①I516.88

中国国家版本馆CIP数据核字(2024)第074008号

霍夫曼奇想集之魔幻奇谭
HUOFUMAN QIXIANG JI ZHI MOHUAN QITAN

[德]E.T.A.霍夫曼 著 朱佳 杨亚庆 译

责任编辑：邹 禾 唐弋淄 魏映雪
装帧设计：徐 图
插图绘制：刘 逍
责任校对：陈 琨
排版设计：池胜祥

重庆出版集团 重庆出版社 出版

重庆市南岸区南滨路162号1幢 邮政编码:400061 http://www.cqph.com
重庆出版社艺术设计有限公司 制版
重庆市鹏程印务有限公司 印刷
重庆出版集团图书发行有限公司 发行
E-MAIL:fxchu@cqph.com 邮购电话:023-61520646
全国新华书店经销

开本:890mm×1230mm 1/32 印张:9.125 字数:180千
2024年6月第1版 2024年6月第1次印刷
ISBN 978-7-229-18569-5
定价:68.00元

如有印装质量问题,请向本集团图书发行有限公司调换:023-61520678

版权所有 侵权必究

目录 / Contents

金罐

- 003　第一章
- 013　第二章
- 026　第三章
- 034　第四章
- 045　第五章
- 059　第六章
- 071　第七章
- 082　第八章
- 094　第九章
- 105　第十章
- 114　第十一章
- 122　第十二章

被称为辛奥伯的小矮人扎克斯

133　　　　　第一章

155　　　　　第二章

173　　　　　第三章

190　　　　　第四章

205　　　　　第五章

225　　　　　第六章

241　　　　　第七章

252　　　　　第八章

265　　　　　第九章

280　　　　　最后一章

金罐

杨亚庆 译

第一章

> **情节提要**
>
> 大学生安泽穆斯的不幸遭遇。
>
> 保尔曼副校长的卫生烟丝和金绿小蛇。

耶稣升天节[①]那天，下午三点，德累斯顿市的一位年轻人疾跑而来，穿过黑门[②]，径直撞上了一篮子苹果和蛋糕。一个丑老太婆正叫卖得起劲。那些侥幸没被压扁的货品通通被撞飞出去。街上游荡的少年们一拥而上，愉快地瓜分了这位行色匆匆的先生带给他们的"战利品"。听到老太婆发出的惨叫声，邻近商铺售卖糕点或烧酒的妇人们纷纷站了出来，将年轻人团团围住，粗俗地责骂一通。年轻人又羞又气，一语不发，只将自己不那么饱满的小钱袋

[①] 据《新约圣经》载，耶稣于"复活"后第40日"升天"。教会据此规定复活节后第40日（5月1日和6月4日之间）为耶稣升天节。

[②] 黑门是阿尔滕德累斯顿（今天的诺伊施塔特）城市防御工事的一部分，位于阿尔伯特广场附近主街的尽头。它建于1632年，于1811年被拆除。

递了过去。老太婆露出贪婪的神情，一把攥住小钱袋，迅速揣进自己的腰包。现在，围得严严实实的人群打开了一个缺口，年轻人朝着缺口飞奔而去。老妇人却在身后喊道："是的，跑吧，跑吧，撒旦之子——很快你将栽进水晶瓶里，栽进水晶瓶里！"老太婆沙哑刺耳的声音听起来可怕极了，以至于街上的行人都惊讶得停住了脚步；正要蔓延开的笑声，一下子就沉寂了下来。大学生安泽穆斯（正是这个年轻人）虽然完全听不懂老太婆这通浑话有何深意，却感觉被恐惧扼住，不由自主地一阵战栗。他加快了步伐，逃避人群中投来的好奇目光。当他从熙熙攘攘、穿着华丽的人中间硬挤过去的时候，听到周遭的窃窃私语："可怜的年轻人啊，唉！偏偏遇上了这该死的老婆子！"说来也怪，老太婆神秘莫测的话语给这个荒谬的事件带来了某种悲剧性的转折；现在，人们对这位原本不惹人注意的小伙子，都投以同情的目光。这个年轻人，虽然因胸中怒火而双颊通红，但面容清秀，虽然身上的礼服不合时宜，但体格健壮。因着这副仪容，妇人们对他的莽撞行为也就毫不介意了。他身着一件样式老气的青灰色燕尾服，仿佛加工它的裁缝对于现代剪裁完全不求甚解。精心打理的黑色绸缎裤使整身搭配展现出一种教师的风度，然而他的步态与气质又与这种风格完全不符。当这个大学生快要跑到通往林基浴场①的林荫道尽头时，累得几乎喘不过气来。他不得不放慢脚步。但他不敢抬头，因为他仍然可以看到苹果和蛋糕在身边晃动，即便姑娘们投来友善的目光，对他来说，都只是黑门附近那些幸灾乐祸的哄笑的反射。就这样，他来到了林基浴场的入口处。一排排穿着节日盛装的人鱼贯而入。里面响起了管乐声，兴致盎然的客人们笑语喧哗，声音越来越大。可怜的大学生安泽穆斯眼里噙着泪水，因为耶稣升天节对他而言历来是一个特殊的家庭节日。他原本也想加入这林基乐园的享乐中，他想喝半份朗姆酒咖啡，再加一瓶浓啤酒。为了能真正地开怀畅饮，他还特地多带了一些钱，比他手头允许的、可支配的额度更多的钱。然而，踹在苹果篮上那不幸的一脚夺走了他身上带的一切。还想什么咖啡、浓啤酒、音乐、盛装姑娘们的青睐？一句话，梦寐以求的所有乐趣都泡汤了！他步履缓慢地从浴场旁走过，最终踏上了易北河滨那条孤独的道路。在一棵从墙上长出的接骨木下，他找到了一小块不错的草坪坐了下来，用他朋友保尔曼副校长送的卫生烟丝填满烟斗。在他的前方，美丽的易北河金黄色的波浪在荡漾、在咆哮。河的对岸，宏伟的德累斯顿果敢又骄傲地将它的光塔伸向薄雾弥漫的天空，这天空之下是鲜花盛

---

① 林基浴场是黑门前首批露天浴场之一，却主要作为剧院闻名。1775年左右，卡尔·克里斯蒂安·林克（1728—1799）买下了这块地产，并将其发展成为一个受欢迎的餐厅和游览胜地。

美丽的易北河金黄色的波浪在荡漾、在咆哮。河的对岸，宏伟的德累斯顿果敢又骄傲地将它的光塔伸向薄雾弥漫的天空。

开的草地和郁郁葱葱的森林,在深沉的暮色中,连绵的山峦延伸向遥远的波西米亚。大学生安泽穆斯阴沉着脸凝视前方,向空中吐了一口烟,心中的郁结再也压抑不下,他叹道:"是的,我就是生来要经历各种各样的苦难和不幸的!我从未当过主显节豆王①,我总是在猜单猜双的游戏中出错,我的黄油面包掉落时总是蘸有黄油的一面着地。所有这些可悲的事情我根本都不想谈了。但我好不容易成为一名大学生时,却又离家不远②,这难道不是可怕的厄运吗?我哪一次不是一穿上新外套就沾上油渍,或者被裸露的钉子撕出一个可恶的洞?哪一次向其他绅士或女士打招呼时,不是把帽子甩得远远的,甚至在湿滑的地板上滑倒,再狼狈地翻身?在哈勒的集市日哪一次不花上三到四个格罗森③去赔偿那些被我撞碎的瓶瓶罐罐,因为我总像着了魔似的横冲直撞?上课或赴约时,我哪一次准时到过呢?即便提前半小时出发,站在门前,手握门把,又有什么用呢?因为一旦我打算按门铃,撒旦就把面盆扣在我头上,或者让我和出门的人撞个满怀,从而使我陷入无尽争吵之中,错过一切。哎呀,哎呀!寄托未来幸福的美妙梦

---

① 主显节习俗,人们抽签决定一个豆王,主显节的豆王有权整天佩戴王冠并许下愿望和命令。
② 原文 Kümmeltürke,是指来自一个小茴香种植区的学生,该地区离大学城不远。
③ 格罗森,是旧时德国、法国的货币单位。1格罗森=1/24塔勒。

想哟，你们到哪里去了？我曾经多么自豪地认为，我还能在这里做上机要秘书！然而，我的灾星却将那些贵人变成了仇敌。我知道，别人推荐我去见的那位枢密顾问不喜欢短发，特地请理发师在我脑后绑了一根辫子，但在第一次鞠躬的时候，那根可恨的头绳就绷开了。一只欢脱的哈巴狗在我身边嗅来嗅去，见状还叼起这条辫子，欢天喜地地献给了枢密顾问。我吓得往后一跳，撞到了桌子。这是枢密顾问一边用早餐一边办公的地方，他刚用完餐。这下子，杯、盘、墨水瓶和沙盘都叮铃哐啷给撞翻了，巧克力和墨水汇成一股水流倾泻在刚写好的文书上。'先生，您是中邪了吗？'怒气冲冲的枢密顾问咆哮着将我推出门外。就算保尔曼副校长给了我一份文员工作的希望，又有什么用呢？难道我那如影随形的灾星会允许吗？就像今天，我本想愉快地庆祝这可爱的升天节，想要挥霍一笔。我完全可以像其他客人一样在林基浴场里派头十足地喊：'侍者，来一瓶浓啤酒，要最好的！'我还可以在那里坐到深夜，甚至和精心装扮的漂亮姑娘们打趣搭讪。我知道，我会鼓起勇气，一改往日的举止，成为一个截然不同的人。当有人问起：'现在几点了？'或是'他们在演奏什么？'我会从容不迫地站起来，既不会碰翻杯子，也不会绊倒在长椅上；我会躬身向前走一步半，说：'小姐，请允许我来告诉您，这是《多瑙河的女妖圆舞曲》的序曲。'又或者是说：'很快就会敲响六点的钟声。'这世上还会有人不怀好意地指责我吗？不会！我敢说，只要我勇敢地展示，自己懂得如何从容地与女士交谈，姑娘们会如惯常那般，调皮地彼此会意一笑。但刚刚撒旦却引诱我撞上了那该死的苹果篮，现在我只能孤零零地抽我的卫生烟丝……"这时，大学生安泽穆斯身边的草地上响起一阵窸窸窣窣的声音，声音有些古怪，打断了他的自言自语。不一会儿，这个声音又溜到了他头上的接骨木上，这是一棵茂密的大树，枝叶拱起如一把伞。那声音一会儿像是晚风在摇动树叶，一会儿又仿佛是小鸟在枝叶间啁啾，小翅膀恣意地来回扑扇。然后，仿佛听到一阵窃窃私语，树叶沙沙作响，仿佛花朵也发出了悦耳的声音，就像悬挂在风中的水晶铃铛。安泽穆斯听了又听。然后，他自己也不知道是怎么回事，那些簌簌风声和叮铃响声变成了轻柔的话语，被风吹得有些细碎：

"穿过去——钻进去——钻到树枝间，钻进繁花丛，我们跳跃、盘旋、攀延——妹妹——妹妹，在晚霞中跳跃吧——快，快上去——下来——夕阳映照，晚风细语——露水簌簌——花儿婉转低吟——让我们也放开歌喉，同花儿和枝叶一同唱和——繁星即将闪耀——必须下来了——穿过去，钻进去，妹妹，我们盘旋、攀延、跳跃吧。"

让人困惑的话语就这样低吟着。大学生安泽穆斯想:"这一定是晚风,今日听起来格外像人的细语罢了。"但就在这时,他的头顶叮铃作响,像极了清脆的水晶铃铛的三重和声。他抬头向上望去,看到三条闪着金光的绿色小蛇,它们的身体缠绕在树枝上,小脑袋迎向夕阳。那些轻声的话语又一次传来,小蛇在树叶和枝干间滑行、嬉戏。它们移动得如此之快,仿佛接骨木树在浓密枝叶中撒下了无数颗闪亮的绿宝石。"那是夕阳的余晖在接骨木树中玩耍",大学生安泽穆斯心想。但这时铃声再次响起,安泽穆斯看到一条蛇将头伸向他。他像遭遇电击一般,四肢战栗,内心震颤——他向上凝望,一双美到极致的深蓝色眼睛带着难以言喻的热望凝视着他,他胸中充斥着一种前所未有的感觉,至高无上的幸福和深远真切的痛苦交织在一起,像要冲破他的胸膛。当他满怀热切渴望地凝视着那双迷人的眼睛时,水晶铃铛在甜美的和弦中愈发响亮,闪亮的绿宝石在火花中摇曳起舞,放射出金色光芒,掉落在他身上,飞散在他身边。接骨木树抖动着身体说:"你静躺在我的阴影里,沐浴在我的香气中,但你不懂我的话。芳香是我的语言——当它为爱所点燃时。"晚风掠过,说:"我吹拂你的双鬓,但你不懂我的话。微风是我的语言——当它为爱所点燃时。"太阳的光芒冲破了云层,燃烧着的光芒似在说话:"我将金色的光焰倾倒在你身上,但你不懂我的话。余晖是我的语言——当它为爱所点燃时。"

　　他的心沉醉在这双迷人的眼睛里,渴望越来越炽热,期盼越来越强烈。然后,一切都像被注入了生命,萌发、躁动起来,仿佛从睡梦中苏醒过来享受这快乐的生活。繁花盈盈,香气扑鼻,这香味就像许许多多笛子奏出的辉煌乐音,这乐音被路过的金色云朵采撷,带去远方的国度。但很快,最后一缕阳光消失在了山后,暮色罩下一层薄纱,这时,隐隐从遥远的地方传来一个低沉严厉的声音:

　　"喂,喂,对面在窃窃私语,嘀嘀咕咕地说什么?喂,喂,谁在给我找寻山后的余晖?晒够了,唱够了——喂,喂,穿过树丛和草地——穿过草地和河流!喂,喂,回来,回——来——了。"

　　这声音如远处的雷声,在轰隆的尾音中逐渐消失,但水晶的叮铃声却破碎成为杂音。接着,一切都归于沉寂。安泽穆斯看到三条蛇闪闪发光,穿过草丛向溪流滑去;窸窸窣窣,投入了易北河,在它们消失的巨浪之上,噼里啪啦燃起了一团绿色火焰,斜着向城市的方向游去,渐渐消失不见。

第二章

> **情节提要**
> 　　大学生安泽穆斯被当成醉汉和疯子。
> 　　横渡易北河。
> 　　乐队指挥格劳恩作曲的咏叹调。
> 　　康拉迪的健胃利口酒和门环上卖苹果的老太婆。

　　"这位先生一定是疯了！"一位体面的中产阶级太太说道，这位太太刚和家人散完步往回走，见状停下脚步，双肘叠抱着，望着大学生安泽穆斯的怪异举止。他抱住接骨木的树干，对着枝叶不停地呼唤："哦，再明灭一次，再闪耀一次吧，可爱的小金蛇！再让我听听你的叮铃声响！用你迷人的蓝眼睛，再凝望我一次，就一次，不然我会在痛苦和渴盼中死去！"同时他的胸腔深处发出悲切的呻吟和叹息，然后满怀渴望地、急躁地摇晃着接骨木，他没有得到回答，接骨木沉闷无声，树叶沙沙作响，仿佛在大肆嘲笑安泽穆斯的痛苦。"这位先生一定是疯了。"中产太太又说道,安泽穆斯觉得自己好像被人从一个深沉的梦中摇醒,更确切地说,像是被浇了一盆冰冷的水突然醒来一般。现在,他终于又清楚地看到自己所处的位置,回忆起一个奇怪的幻影是如何戏弄他,甚至驱使他大声自言自语的。他错愕地看着中产太太,最后抓起掉在地上的帽子,心想得赶紧离开。其间,这家的男主人也走了过来,把怀里的孩子放在草地上,拄着手杖,一边听一边看,面上露出惊讶之色。他捡起大学生掉落的烟斗和烟袋,递给他说:"不要在黑暗中如此悲切地叹息。如果不是身体出了什么毛病,仅仅是喝多了,那就不要再寻人开心,赶紧回家去好好睡一觉吧!"

大学生安泽穆斯非常羞愧。"唉!"他感叹一声,声音里带着哭腔。

"那么现在,"这位先生继续说,"您也不必懊恼,哪怕是世界上最善良的人,也有可能发生这样的事,尤其是在耶稣升天节,人们心里一高兴,自然忍不住喝点小酒来解渴。神职人员也难以免俗。先生,您大概也是一位未来的神职人员吧。对了,先生,如果您允许的话,我想向您借点烟丝,我的都给抽光了。"

中产先生说这话时,大学生安泽穆斯正想将烟斗和烟袋揣进口袋,现在中产先生悠闲地、仔细地擦拭了烟斗,然后同样悠闲地开始装烟丝。这位先生家的几个小姑娘走了过来，她们和那位太太说了几句悄悄话，然后盯着安泽穆斯咯咯地笑了起来。他顿时手足无措，如芒在背，如鲠在喉，一拿回烟斗和烟袋，就一溜烟逃离了这里。之前看到的所有奇妙事物都一股脑儿从他的记忆中消失了，他只记得自己在接骨木下，不着边际地大声说话。这让他更加震惊，因为他内心一直厌恶那些爱自言自语的人。"是撒旦附在他们身上喋喋不休。"他的校长曾这么说过，而他对此深信不疑。一想到在升天节被误认为是一个醉酒的准神职人员，他就感到无法忍受。正准备转入科塞尔花园旁的白杨大道时，忽听得身后传来一个声音："安泽穆斯先生！安泽穆斯先生！看在上帝的分儿上，您跑这么快，是要去哪里呀？"大学生身体一僵，双脚仿佛被粘在了地上，因为他无比确信自己又将遭遇新的不幸。那声音再次响起："安泽穆斯先生，请您回来，我们在河边等着您呐！"这时，大学生才意识到，是他的朋友保尔曼副校长在叫他；他回到易北河边，发现副校长和他的两个女儿以及赫尔勃兰特文书正在登船。保尔曼副校长邀请大学生和他一道乘船游览易北河，然后去皮尔纳郊区的家中共同度过这个夜晚。大学生安泽穆斯欣然接受了邀请，他认为这样就可以躲开今天降临到他身上的厄运。一行人泛舟河面，恰逢对岸安东花园附近正在放烟花。鞭炮倏地冲上天空，噼里啪啦迸发开来，一时间火树银花，绚丽灿烂。大学生安

金罐 015

泽穆斯坐在摇桨的船夫身边，陷入了沉默，但当他看到空中噼啪作响、辉煌璀璨的焰火倒映在水面时，就像看到了小金蛇在水波中穿梭。他在接骨木下看到的怪异景象又浮现脑海，涌上心头。他再次被难以言喻的渴望和热切的期盼所冲击，这种渴望在极度痛苦的狂喜中震撼着他的胸膛。"啊，又见到你们了，小金蛇。歌唱吧，快唱吧！在你们的歌声中我便又能见到那双可爱迷人的深蓝眼眸了。哦，难道你们藏在这易北河的波涛之下吗？"大学生安泽穆斯一边喊，一边猛地起身，仿佛像要从游艇上一头扎进水里一般。"这位先生着魔了吗？"船夫叫道，一把抓住他燕尾服的下摆。和他坐在一起的女孩们吓得大声惊叫，逃到了小游艇的另一端；赫尔勃兰特文书在保尔曼副校长耳边说了些什么，后者应答了几句，大学生安泽穆斯只听清了这两句："老毛病了，没发现么？"紧接着，保尔曼副校长站起来，俨然带着一种庄重威严的气息坐到大学生安泽穆斯身边，握着他的手，问道："您感觉怎么样，安泽穆斯先生？"大学生安泽穆斯心神恍惚，他的内心升起了一种巨大的撕裂感，无法驱散。他现在才看清，曾以为的小金蛇的光芒不过是安东花园附近那些烟花的倒影。但一种陌生的感觉沉沉地压上他的胸口，他自己也不知道是快乐，还是痛苦。当船夫提桨划舟，拍打水面，一片片涟漪荡漾开来，水中传来怒斥声。这声音在他耳里却化作柔声低语:"安泽穆斯!安泽穆斯!你没看到吗?我们一直在你前面啊?我们的妹妹一定又在凝望你了。相信吧,相信,相信我们吧。"他仿佛在倒影中看到了三条绿色的光带。他多么期盼看到那双迷人的眼眸穿过波涛凝望他,但当他苦涩地看向水面时,却意识到,那闪耀的光带只是来自附近房屋窗户透出的灯光。他坐在那,沉默不语,却心乱如麻。保尔曼副校长愈发严厉地问道:"您感觉怎么样,安泽穆斯先生?"

大学生沮丧地答道:"哦,亲爱的副校长先生,如果您知道我刚刚在林基花园围墙边的一棵接骨木下梦见了什么,您就不会责怪我魂不守舍了。尤其这还是睁着眼睛清醒的梦境。"

"哎,我说,安泽穆斯先生,"保尔曼副校长打断他说道,"我一直认为您是个稳重的年轻人,但是今天您一会儿睁着眼做白日梦,一会儿又突然想跳水,这——原谅我的直率,只有疯子或傻瓜才干得出来!"

大学生安泽穆斯因为他朋友这番严厉的讲话,感到很不高兴。此时保尔曼的长女维罗妮卡,一位漂亮的十六岁妙龄少女说道:"但是,亲爱的父亲,安泽穆斯先生可能是遇到了什么奇妙的事情,也许他真的在接骨木下睡着了,只不过他自认为是清醒的,然后又发生了一些光怪陆离的事情,始终萦绕在他脑海里。"

"还有，尊贵的小姐，尊敬的副校长，"赫尔勃兰特文书说，"世间也有神志清醒时陷入梦境的情况，不是吗？事实上，我自己也有一次在下午喝咖啡的时候陷入了沉思，在那一刻，身体和精神都有所领悟，灵光乍现之间，我想起了一份遗失的文件所放置的位置。而就在昨天，同样的方式，我看到一份厚厚的、由漂亮的花体拉丁文书就的文件在我的双眼前飞舞。我清醒地瞪大了眼睛。"

"啊，尊敬的文书先生，"保尔曼副校长回应说，"你总是富有诗意，这样很容易陷入想象和虚幻。"然而对于大学生安泽穆斯来说，在被当成醉汉和疯子，陷于苦恼境地的时候，有人替他说话，是多么大的善意啊。他感觉好多了。天色渐晚，他仍然发现了维罗妮卡有一双非常漂亮的深蓝色眼眸，这是他第一次注意到这事。但奇怪的是，他并没有因此而想到接骨木里那双美丽眼眸。在接骨木树下奇妙的经历忽然间完全被他抛诸脑后，他感到非常轻松和愉快，他甚至在下船时，绅士地向刚刚维护他的维罗妮卡伸出了手，而当她挽住他胳膊时，安泽穆斯十分轻松地为她引路，领着她回到了住处。一路上动作灵巧，仿佛有幸运之神眷顾，他只脚滑了一次。由于那里是路上唯一一处脏水洼，他只稍微溅了一些泥点子到维罗妮卡的白裙上。保尔曼副校长没有错过大学生安泽穆斯这可喜的变化，再次对他产生了好感，并要求他原谅自己之前对他说过的严厉的话。"是啊!"他补充道,"当然有这样的情况,有些人会见到幻象,从而感到害怕和痛苦,但那是生理疾病。将水蛭——请恕我失礼——放到屁股上,可以治疗此病,一位已故知名学者曾证明这法子能够奏效。"事实上,现在大学生安泽穆斯自己也迷糊了,不知道自己是醉了、疯了还是病了。但无论如何,就目前而言,水蛭对他毫无用处,因为幻象已完全消失。他正想方设法地讨美丽的维罗妮卡的欢心,她越开心,他就越得意。简餐过后,照例是演奏音乐的时间,大学生安泽穆斯用钢琴弹奏音乐,维罗妮卡伴着乐声引吭高歌。"尊贵的小姐,"赫尔勃兰特文书说,"您的声音就像水晶铃铛般清澈!"

"这恐怕还算不上!"大学生安泽穆斯脱口而出,连他本人也不知道是怎么回事。大家都惊讶地看着他。"接骨木上的水晶铃声才是真美妙,真美妙啊!"大学生安泽穆斯喃喃低语道。

维罗妮卡把手放在他的肩上,说:"您在说什么呢,安泽穆斯先生?"大学生立刻清醒过来,继续演奏。保尔曼副校长阴沉着脸望着他;而赫尔勃兰特文书把一张乐谱放在乐谱架上,沉醉地唱起了乐队指挥格劳恩作曲的咏叹调。大学生安泽穆斯又伴奏了一段,然后还与维罗妮卡一起演唱了保尔曼副校长亲自创作的赋格二重奏,将当晚的愉快氛围推向了高潮。暮色已尽,赫尔勃兰特文书取来帽子和手杖,这时保尔曼副校长神秘地走到他身边说:"哎,尊敬的文书先生,您难道不想亲自告诉善良的安泽穆斯先生我们刚才谈论的事吗?"

"非常乐意。"赫尔勃兰特文书回答道。随即他们围坐成一个圈,文书开门见山地讲道:"本地有一位性格乖张,行事怪异的老头儿。据说他从事各种秘密的科学研究,但由于根本没有这样的科学,我更愿意相信他是一个爱研究的老古董,也可能是顺带搞搞实验的化学家。我指的不是别人,正是我们神秘的档案馆长林德霍斯特。如您所知,他孤独地生活在一座偏僻的老房子里。工作不忙的时候,他就待在自己的藏书室或化学实验室里,此处他不允许任何人进入。除许多珍本典籍外,他还拥有相当数量的手稿,那是用阿拉伯文、科普特文[1],甚至还有一些不属于任何已知语言的奇特符号书写的。他希望找人工整地誊抄这些手稿,为此他需要一个精通书法的人,以便能够极其准确、极其忠实地将所有的字符用墨水描到羊皮纸上。他让人在他的住宅一个专门的房间里工作,并亲自监督。除了工作期间提供免费餐食外,还每天支付一个塔勒[2],并承诺如果誊抄顺利完成,还有重谢。工作时间是每天十二

---

[1] 罗马征服埃及后,埃及平民所讲的埃及语言受希腊语影响,逐渐发展为科普特语。科普特语被学者称为"古埃及文字的活化石",在破译埃及象形文字上有着极其重要的作用。

[2] 十八世纪还通用的德国银币。

点到六点，三点到四点是休息和进餐时间。他已经让几个年轻人尝试过誊写这些手稿，但都不理想，所以他最后向我求助，希望我给他推荐一个熟练的抄写员。然后我就想到了您，亲爱的安泽穆斯先生，因为我知道您不仅书写工整，而且擅于用羽毛笔勾画，字迹极为娟秀、精细。在这艰难的时期，如果您愿意在找到属意的工作之前每天挣得一个塔勒，并最终得到谢礼，请于明日十二点去找档案馆长，他的住所我稍后告知。但您要当心墨迹；如果有墨汁掉落到抄本上，馆长将会毫不留情地让您从头抄；如果墨汁滴到原件上，恐怕馆长会把您从窗户扔出去，他是个脾气暴躁的人。"大学生安泽穆斯对赫尔勃兰特文书的提议感到由衷的高兴。因为他不仅擅长书写、精于绘画，而且此类需要投入心血、展现书法才能的誊抄，也是他真正的爱好。因此他十分诚恳地感谢了他的伯乐，并保证绝不会错过明天中午的约定。夜里，大学生安泽穆斯眼里全是白花花的塔勒，耳中是银币撞击的悦耳叮铃声。可谁又忍心责怪这个可怜人呢？他常受命运捉弄，希望也悉数落空。他不得不把每一分钱都存进口袋；年轻人追求的享乐生活，他都得放弃。第二天一大早，他搜罗齐了自己的铅笔、鸦羽笔，还有中国墨，他想，就算是档案馆长也找不出比这些更好的书写工具了。他还特地整理了一些自己的书法和绘画作品，以便向档案馆长展示，自己有胜任重托的能力。一切都很顺利，仿佛有一颗特别的幸运星在庇护着他，领带一次就系好了，黑色丝袜没有抽丝绷线，洗净的帽子也没有再次掉落，染上灰尘。一句话，十一点半的时候，大学生安泽穆斯已经身着青灰色燕尾服和黑色绸缎裤，带着一卷自己的书画作品，站在宫院街康拉迪小酒馆里了，他喝了一两杯上好的健胃利口酒。之所以这么奢侈，是因为他想着，现在空空如也的口袋很快就能装满叮当作响的塔勒了。到档案馆长林德霍斯特宅邸所在的僻静街道还有很长的路要走，尽管如此，大学生安泽穆斯还是在十二点之前就来到了大门口。他驻足门前，目光落在那块巨大的、精致的青铜门环上。圣十字教堂的塔楼响起了洪亮的钟声，安泽穆斯数到最后一声，正要伸手去抓门环，那上面的金属面孔却在恶心的蓝光中扭曲成了一张狰狞的笑脸。啊，是黑门那个卖苹果的老太婆！松弛的大嘴一张一合，尖利的牙齿在其中咯咯作响，老太婆吼道："你这个傻瓜——傻瓜——傻瓜——你给我等着，等着！你怎么跑出来了？傻瓜！"

大学生安泽穆斯惊恐不已，踉跄后退，他想抓住门柱，可手却够到了铃绳，门铃被拉响，刺耳的怪声越来越喧闹，"很快你将栽进水晶瓶里！"嘲讽的声音在空无一人的房内回荡。恐惧袭上心头，大学生安泽穆斯像得了寒热病，全身战栗。铃绳落下，变成一条白色透明的巨蟒，紧

铃绳落下，变成一条白色透明的巨蟒，紧紧缠绕在他身上，而且越缠越紧，安泽穆斯碎裂的肢体崩散开来，血液从血管中喷涌而出，渗进巨蟒透明的身体里，将它染成了红色。

紧缠绕在他身上,而且越缠越紧,安泽穆斯碎裂的肢体崩散开来,血液从血管中喷涌而出,渗进巨蟒透明的身体里,将它染成了红色。

"杀了我吧,杀了我吧!"极度恐惧中,他想大声喊叫,可那喊声却变成了濒死之人的沉闷喘息声。巨蟒仰头把熔岩般火红,又长又尖的舌头舔向安泽穆斯的胸口,剧痛袭来,生命的动脉被撕裂开来,他的思想也随之消失了。当他再次清醒过来时,他正躺在他那张寒酸的小床上,保尔曼副校长站在他面前说:"天呐,您到底在搞什么名堂,亲爱的安泽穆斯先生?"

第三章

> **情节提要**
> 来自林德霍斯特馆长家族的传说。
> 维罗妮卡的蓝眼睛。
> 赫尔勃兰特文书。

"妖怪注视着水面,水波涌动,怒吼翻腾,撞击出白色泡沫,然后伴随着如雷鸣般的轰隆之声扑向深渊。深渊张开黑色的大嘴,贪婪地吞噬着奔涌而来的流水。花岗石山岩像胜利者一样,高昂着那戴着锯齿形桂冠的头颅,保护着山谷,直到散发着母爱的太阳把山谷带入怀抱。太阳发出万道光芒,像闪着金光的手臂抚摸着、温暖着它。于是,在荒凉的沙地下,无数种子从沉睡中醒来,发出嫩芽,将它们绿色的小叶片和茎干伸到母亲的面前,那些小小的花瓣像在绿色摇篮中微笑的孩子,在花苞和蓓蕾中休息,直到它们也被母亲唤醒;醒来后用母亲为逗他们开心而倾洒的五彩缤纷的光束装饰自己。山谷的中央,有一座黑色的山丘，蜿蜒起伏，像一个胸中充满热切渴望的人在呼吸一般。从深渊中升腾起一团雾气，团团的雾气又凝聚成了一大片，来势汹汹地要遮住母亲的脸。母亲召唤出一阵狂风，驱散了她身下的雾霭，当明媚的阳光再次倾洒到黑色的山丘时，一朵艳丽的火百合在极度的喜悦中绽放开来，舒展开美丽的叶片，像俏皮的小嘴，等待母亲的甜蜜亲吻。这时，一道耀眼的光辉射进山谷，那是磷火少年。火百合见到了他，在热烈的爱的渴盼中乞求他：'永远留在我身边吧，美丽的少年！因为我爱你，若你离开我，我必会消殒。'

"磷火少年说：'美丽的花儿啊，我愿臣服于你。但那将让你像一个叛逆的孩子一样离开父母，你将忘却你的玩伴，你将渴望变得更强大、更有力，超过所有这些此时还与你携手欢庆的同族。现在融融温暖着你整个生命的渴望将碎裂成百道光芒，纠缠你、折磨你，因为现在单纯的热烈渴望之情将孕育出千滋百味。而我向你扔来的这一点火花所点燃的最高喜悦，将是了无希望的痛苦，你会在这痛苦中灭亡，然后涅槃重生。这火花，就是思想！'

"'唉！'百合花哀叹道，'我难道不能燃尽自己的光辉委身于你吗？就像那红霞在我身上燃烧一样？我爱你，爱到极致；若你会毁灭我，我还能像现在这般凝望你吗？'于是，磷火少年亲吻了她，火百合就像被光线穿透了一样，燃烧起来，火焰中逐渐显现出一个新的生灵。这个生灵迅速逃离山谷，在辽阔无边的空间里飞来蹿去，丝毫不理会儿时的玩伴和心爱的少年。少年为失去恋人而悲泣，因为将他带到这孤独山谷的，正是对这朵美丽百合花儿的无限爱慕。花岗石山岩听到了少年的恸哭，也感同身受，纷纷低下了头。这时，其中一片山岩展开怀抱，一条黑色翼龙呼啸着腾空而出，说道：'我的兄弟们——那些金属——都在山岩中沉睡，而我一直清醒，我愿帮助你。'只见黑龙上下翻飞，几番追逐后终于抓到火百合涅槃而出的生灵，将它带上山，环抱在自己的龙翼之内。随之，那小生灵又变回了百合花的模样，但残存的思想在撕扯着她的内心，对磷火少年的爱化为刺耳的哀叹，随着山间毒雾蒸腾，弥散开去。那些曾因得到她青睐而欢欣不已的小花朵，听到这哀叹，也逐渐枯萎、死去。磷火少年披上闪耀着五彩光芒的战甲，与黑龙搏斗。黑龙用他墨黑的龙翼拍打少年的铠甲，铮铮之声不绝于耳，在这宏伟清亮的撞击声中，小花朵们复苏过来，像多彩的鸟儿一样在黑龙周围盘旋飞舞。黑龙力量渐渐消退，而后隐入地底深处。百合花得以脱险，磷火少年出于圣洁爱意，满怀热烈渴望地拥抱了她，在欢乐的赞歌中，花儿、鸟儿，甚至高大的花岗石山岩都向她致敬，拥戴她为山谷的女王。"

"请容我说一句，尊敬的馆长先生，那些都是东方式的狂想!"赫尔勃兰特文书说,"我们确实请求您如往常那样,讲述您最最奇特生活中的一些事情,比如您旅行途中的奇遇,但请讲真实故事。"

"究竟想听什么?"林德霍斯特馆长回答道,"我刚刚讲述的,是我能向你们这些人讲的最真实的事情了,从某种意义上说也同我的生命息息相关。因为我就来自那个山谷,那位最终统治山谷的女王——火百合,就是我的曾曾曾曾祖母。如此说来,我也是一位如假包换的王子呢。"这话引来一阵哄然大笑。"好吧,你们尽管笑吧!"林德霍斯特馆长继续说道,"我刚才简短讲述的故事,在你们眼里可能既荒唐又疯狂,不过,这并不是胡诌,甚至都不是隐喻,这就是真真实实发生过的事情。要是我早知道你们对这个与我出身相关的美好的爱情故事如此不感兴趣,我宁愿跟你们讲讲我兄弟昨天来访时告知的新鲜事儿。"

"咦,怎么?馆长先生,您还有一个兄弟吗?他在哪里?住哪儿?也在王室供职吗,抑或是一位民间学者?"人们七嘴八舌地问道。

"不!"馆长冷冷地回答道,慢条斯理地捏了一小撮烟丝,"他自甘堕落,现在已经与龙为伍了。"

"与龙为伍?您怎么这么说呢,最尊敬的馆长先生?"赫尔勃兰特文书接过话头问道。

"与龙为伍?"四面八方传来像回声一样的质疑声。

"是的,与龙为伍。"林德霍斯特馆长继续说,"事实上,这事挺让人头疼的。先生们,你们知道,我父亲前不久去世了,顶多只过去了三百八十五年,这也是我仍身着丧服的原因。他将一块华丽的玛瑙遗赠给了我——他最宠爱的儿子,而这块玛瑙,我兄弟也想得到。

"我们在父亲的尸骨前十分不体面地大吵了一通,直到已故之人失去耐心,跳起来将我那坏脾气的兄弟扔下了楼梯。我兄弟大为光火,一赌气便加入了巨龙一伙。现在,他在突尼斯附近的一个柏树林里,守护着一颗著名的、神秘的红宝石。一个刚搬入拉普兰消暑别墅的亡灵巫师十分觊觎这颗红宝石。因此我兄弟只能趁亡灵巫师在花园里打理苗床、饲养蝾螈的时候,脱身一刻钟,然后匆匆地跑来告诉我尼罗河源头的趣闻。"

话毕,全场又是一阵响亮的哄笑声,但大学生安泽穆斯却感到一股寒意,他几乎无法正视林德霍斯特馆长凝重且严肃的眼睛,若不小心瞥见了,内心深处都会不由自主地战栗。林德霍斯特馆长粗糙的、独特的金属嗓音有一种神秘的穿透力,让他全身乃至骨头缝都止不住地震颤。赫尔勃兰特文书带他来咖啡馆的实际目的,看来今天是达不成啰。在林德霍斯特馆长家门前经历了那样的事之后,大学生安泽穆斯可不敢再造访那座古宅了。因为他深信,当时所面对的即便不是死亡,至少也是濒临癫狂的危险,而他能得以摆脱，纯粹是侥幸。当时他神志不清地躺在门前，一个老太婆将自己的蛋糕和苹果篮子搁置一边，正在他身边忙活着，恰巧遇到保尔曼副校长路过这条街。副校长立即叫来一台轿子，将他送回了家。"不管你们怎么看我，"大学生安泽穆斯说，"你们也许会认为我是个傻瓜，也许不会。不打紧！但我真的在门环上看到黑门前那女巫可恶的脸在朝我狞笑。接下来发生的事我最好还是不谈，但如果我从昏迷中醒来，看到这可憎的苹果贩子就在我眼前（因为那个在我身边装神弄鬼的老太婆，只可能是她），我会立刻遭到沉重打击，或者会丧失心智。保尔曼副校长和赫尔勃兰特文书所有的劝说安抚和所有的合理设想都无济于事，甚至连蓝眼睛的维罗妮卡也无法将他从他所沉溺的某种忧愁情绪中拉出来。于是大家认为他确实患有精神病，并试图找到一种方法来为他解闷。对此，赫尔勃兰特文书认为，没有什么比林德霍斯特馆长那里的工作更有益了，也就是描摹手稿。唯一需要考虑的，就是以一种恰当的方式将大学生安泽穆斯介绍给林德霍斯特馆长。由于赫尔勃兰特文书知道档案馆长几乎每晚都会去某个有名的咖啡馆，所以他这段时间每晚都做东，请大学生安泽穆斯在那家咖啡馆里喝一杯啤酒，抽一管烟，直到他最终能以某种方式与档案馆长结识，并与他就誊抄手稿的事务达成一致。大学生安泽穆斯十分感激地接受了这个建议。

"尊敬的文书先生,如果您能让这个年轻人恢复理智,一定会得到上帝的恩赏。"保尔曼副校长说道。

"上帝的恩赏!"维罗妮卡重复道,她虔诚地举目望天,思绪联翩,想着大学生安泽穆斯即便没有理智,也已经是一个相当可爱的年轻人了。当档案馆长林德霍斯特拿起帽子和手杖正准备走出门外时,赫尔勃兰特文书迅速抓住大学生安泽穆斯的手,上前挡住了档案馆长的去路,他说:"最尊敬的枢密档案馆长先生,这是大学生安泽穆斯,非常擅长书写和绘画,就是他,想为您誊写那些稀有手稿。"

"对此我感到非常高兴。"林德霍斯特馆长快速答道,将他的三角军帽扣到头上,把赫尔勃兰特文书和大学生安泽穆斯推到一边,匆匆离开。楼道里传来一阵咚咚的脚步声,两人呆呆地站在原地,看着他离开时摔过来的房门,近得快要触到鼻尖,门枢当啷一声响。"这可真是一个古怪的老头儿啊!"赫尔勃兰特文书说道。

"一个古怪的老头儿。"大学生安泽穆斯呆滞地重复着,感觉到一股冰冷的寒意穿行在血管中,几乎把他变成一尊僵硬的雕像。但在场的客人们都笑了,说:"档案馆长今天又发神经了,明天他一准儿又会变得平易近人、一语不发，只会看着他烟斗吐出的袅袅烟圈，或者阅读报纸，二位完全不必将今天的事放在心上。""这话也对。"大学生安泽穆斯心想，"谁会为这样的事介怀呢！档案馆长不是说了么，他对我想誊抄他手稿的事感到非常高兴？那么赫尔勃兰特文书又为啥在他正想回家的时候拦住他的去路呢？不，不，这位枢密档案馆长林德霍斯特先生，在本质上是一位非常可亲的人，而且思想自由洒脱，令人惊叹，只是讲话方式有些古怪而已，但这与我何干？明天我将在12点准时赴约，就算门环上有一百个卖苹果的老太婆拦着，我也要去。"

第四章

> **情节提要**
>
> 大学生安泽穆斯的忧思。
>
> 绿宝石镜子。
>
> 档案馆长林德霍斯特化为秃鹫飞走,而大学生安泽穆斯没有遇到任何人。

　　善良的读者,请允许我冒昧提问,在你的生活中,是否曾有过那么几刻,甚至几日、几周的时间,所有习以为常的行为和活动都能引起你极大的痛苦和不适,而那些原本在你看来相当重要、值得思考和铭记的事物,都显得微不足道和毫无意义了?你茫然无措,也不知该何去何从。冥冥之中胸中涌起一种感觉,在某个时刻、某个地点,必有一个超越所有世俗享受的崇高愿望需要得到满足。至于这个愿望是什么,却并不明晰;因为你的灵魂像是个被严厉管束的胆怯小孩,根本不敢表达。这未知的愿望,就像一个飘浮在空中的香甜梦境,透明却又易碎,行走坐卧间，盘旋在你周围。你在这种对未知愿望的渴求中，陷入了沉默。你双眼无神，失魂落魄，像一个绝望的恋人，穿梭在形形色色、熙来攘往的人群中，你看到他们所做的一切，却没有一件事可以唤起你的痛苦或快乐，仿佛你不再属于这个世界。善良的读者，如果你曾有过这样的感觉，你就会从己身的经验中了解大学生安泽穆斯所处的状况。总的来说，亲爱的读者，我希望我已经成功地将安泽穆斯其人其事生动地展现在你的面前。因为事实上，在以后记录他那些逸闻怪谈的夜里，我还有许多奇妙的事情要告诉你，这些事情就像一个可怕的幽灵，将普通人的日常生活推入迷茫之幻境。因此我担心，到最后你既不相信大学生安泽穆斯真有其人，也不相信档案馆长林德霍斯特，甚至会对保尔曼副校长和赫尔勃兰特文书抱有一些不公正的怀疑，尽管后两位可敬的绅士至今仍生活在德累斯顿。亲爱的读者，想象自己身处美妙奇幻的仙境中，那些奇妙之事如阵阵强有力的叩击，既可以唤起最高的快乐，又可以激发最深的恐惧。在那个地方，女神掀开她的面纱，我们以为会看到一副威严的面孔，但她严肃的目光中常常闪烁着微笑，那是她在用各种令人迷惘的魔法与我们开玩笑，就像母亲逗孩子！亲爱的读者，在这个心至惠生的仙境，试着去辨认出那些熟悉的身影，那些日常生活中，也就是人们惯常讲的"平凡生活"中，围绕在你身边的人。这样你就会相信，那美丽的仙境远比你想象的离我们更近。我特别希望如此，我也在努力通过大学生安泽穆斯的神奇经历告诉你这一点。

所以，正如前文所讲，打从见到林德霍斯特馆长那晚起，大学生安泽穆斯就陷入了苦思，精神恍惚。这使得他对普通生活中的每一个外部刺激都变得迟钝。他感到有一种未知的情绪在他的内心深处翻滚，让他产生了一种愉悦的痛苦，而这种痛苦来源于人们对另一种更高存在的渴求。他最喜欢的事，是独自在草地和林中漫步，那样仿佛可以摆脱贫穷生活的束缚，只需凝视那些从他灵魂深处升起的各式图像，就可以重新找到自己。就像曾经有一次，他散步走得很远，归途上又路过那棵奇怪的接骨木树。最初就是在那棵树下，他看到了许多神奇的东西，并为之着迷。他觉得那片亲切的绿草地有一种奇妙的魔力，深深吸引着他。刚一坐下来，那些曾经在天堂般的狂喜中看到的一切，那些随后仿佛被某种奇怪力量从灵魂中抽离的记忆，一下子鲜活生动地浮现在眼前，仿佛他又一次见到了那种景象。甚至比上一次看得更清晰，那拥有一双迷人蓝眼睛的金绿小蛇，缠绕着接骨木的树干向上攀缘，那细长身躯在游移中发出叮铃脆亮的水晶铃声，使他的内心充满愉悦和狂喜。像在耶稣升天日当天一样，他抱着接骨木的树干，对着枝叶呼唤："哦，可爱的小绿蛇啊，让我再看看你吧，来这树枝蜿蜒、缠绕、攀缘吧！用你迷人的眼睛再看我一眼吧，就一眼！哦，我那么爱你，如果你不回来，我必将在悲伤和痛苦中灭亡！"然而周遭一片寂静，像那时一样，只有接骨木的枝叶发出含糊的沙沙声。但安泽穆斯感觉到，他现在似乎知道是什么在他内心深处搅动情绪，是什么撕裂了他那饱受无尽渴望痛苦不已的胸膛。他开口道："那就是我对你全心全意、至死不渝的爱。美丽的小金蛇啊，没有你我活不下去，如果不能再次见到你，如果不能像心中所爱那般拥有你，我一定会在绝望的痛苦中毁灭的。但我知道，你会属于我的，继而那些来自另一个更高世界的奇妙梦境向我承诺的一切都将实现。"现在，安泽穆斯每天傍晚，当太阳洒下的金色光辉褪去到树梢时，就到接骨木树下，朝着枝叶呼唤他美丽的爱人，那条金绿色的小蛇，声声呼唤仿佛来自胸腔深处，语调哀切。有一天，他如往常般再次呼喊的时候，面前突然出现了一个身材瘦长，裹着一件宽大的浅灰色大衣的男人。这个男人目光灼灼，瞪大着眼睛喊道："嘿，嘿，是谁在悲泣呜咽？哦，哦，是安泽穆斯先生，他将帮我誊抄手稿。"

  大学生安泽穆斯被这个浑厚的声音吓得不轻，因为这同耶稣升天日呼喊的那个声音如出一辙："喂，喂，对面在窃窃私语，嘀嘀咕咕地说什么？"凡此种种。他感到无比震惊，一句话都说不出来。

"您怎么了，安泽穆斯先生？"林德霍斯特馆长（正是这位穿灰白色宽大上衣的男人）接着说，"您在接骨木树这里呼唤什么呢？对了，您为什么不来找我，着手您的工作呢？"安泽穆斯确实没能说服自己再次去林德霍斯特馆长家拜访，虽然他那晚鼓励自己这么做。但此时，他看到自己的美梦破灭，罪魁祸首仍是那个夺走他爱人的充满敌意的嗓音，被一种绝望紧紧包裹着，他不禁激动地喊出来："您可以认为我是疯子，馆长先生！我不在乎。但是这里，在这棵树上，我曾在耶稣升天日看到了那条金绿色的小蛇。她啊，是我灵魂中永恒的爱人，她用水晶铃一般悦耳的声音对我说话，但您——就是您！馆长先生，吼着叫着，从河的那头喊过来，吓人得很。"

"这话从何说起啊，先生！"林德霍斯特馆长打断了他的话，带着奇怪的笑容捏了一小撮鼻烟。大学生安泽穆斯感到心头一松，他终于可以将那天的奇遇告诉他人。而且，在他看来，直截了当地指责档案馆长也是非常正确的：就是他，从远处发出了那样如雷的声音。安泽穆斯努力让自己冷静下来，说："好吧，那我就把升天节傍晚发生的一切都告诉您，不管您听后怎么说怎么做，也不管您怎么看我，都没关系了。"于是他讲述了整个奇怪的故事，从不幸踢倒苹果篮子，到三条金绿小蛇从河里逃走，以及人们如何将他看成是醉汉或疯子。"这一切，"安泽穆斯总

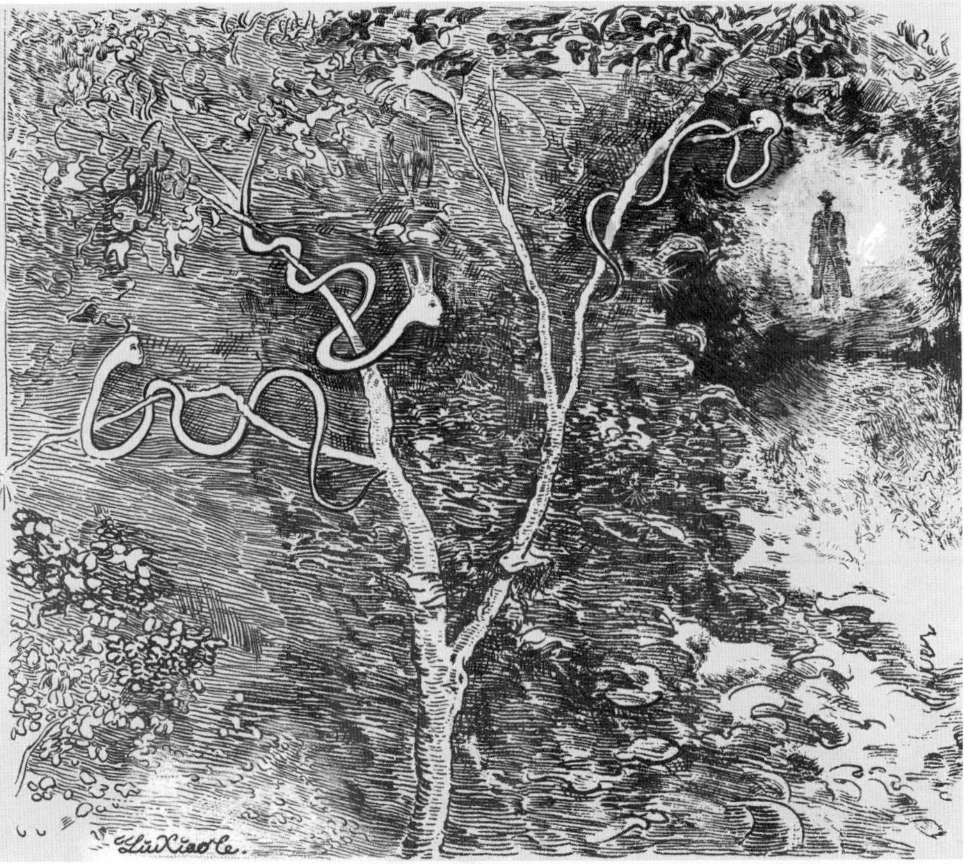
LüXiaole.

您在接骨木树上看到的金绿小蛇是我的三个女儿。而您最喜爱的蓝眼睛小蛇是我最小的女儿,名叫塞佩蒂娜。

结道,"是我亲眼所见,那些同我讲话的天籁之音仍在我内心深处回响;这绝不是一个梦。我相信金绿小蛇的存在,直到我因痴爱和渴慕而死。尊敬的馆长先生,从您的微笑里我看出,您认为这些小蛇只不过是我热烈又夸张的想象力的产物。"

"绝无此意,"馆长十分平静地答道,"安泽穆斯先生,您在接骨木树上看到的金绿小蛇是我的三个女儿。而您最喜爱的蓝眼睛小蛇是我最小的女儿,名叫塞佩蒂娜。现在事情就都清楚了。顺便一提,其实我在耶稣升天节时就已经知道了。当时我坐在家里书桌前,喳喳的话语声和叮铃声越来越响,我便向那些调皮的姑娘喊话,让她们赶紧回家,那时太阳已落山,她们晒饱了太阳,也唱够了玩儿够了。"

安泽穆斯觉得像是一些他早就怀疑的事情,终于通过馆长的话得到了证实。此时,他感觉到接骨木树、墙壁和草坪以及周围所有的物体都开始悄悄地旋转起来,但他仍然打起精神,张口欲言,然而馆长没有让他说话,而是迅速从左手上摘下手套,将一枚戒指放到大学生眼前,戒指上嵌着一颗闪烁着奇妙火花与亮光的宝石,他说:"看这儿,尊敬的安泽穆斯先生,您会为您看到的东西感到高兴的。"大学生安泽穆斯打量着这枚戒指,不禁感叹:哦,多么奇妙!这块宝石就像是一个燃烧的光团,向四周发射出万道光芒,这些光交织成一面光辉锃亮的水晶镜面。水晶镜内映照出三条金绿色的小蛇,它们舞动着,跳跃着,时而交缠,时而远离,在镜中呈现出各种蜿蜒盘旋的姿态。当闪烁着千万道火花的纤细身体相互碰触时,便会响起美妙的和弦,声音如同水晶铃声。中间那条小蛇从镜子里探出头,满怀渴望与期盼,深蓝色的眼睛望着他说:"你认识我吗?你相信我吗,安泽穆斯?唯有相信,才能相爱。你懂得爱吗?"

"哦,塞佩蒂娜,塞佩蒂娜!"大学生安泽穆斯极度沉醉地喊着。但林德霍斯特馆长对着镜子迅速吹了口气,万道光芒在电光石火间回复成为一个光团,只有一颗小小的绿宝石在手上闪耀,林德霍斯特馆长将手套戴上。"安泽穆斯先生,您看到那些小金蛇了吗?"林德霍斯特馆长问。

"哦,上帝,我看见了!"大学生回答道,"还有可爱的塞佩蒂娜。"

"冷静,"林德霍斯特馆长接着说,"今天就到此为止。如果您决定来我这里工作,就可以经常看到我的女儿们。我愿意成全您感受这真正的快乐,前提是您工作出色,也就是说:以最大的准确性和干净度誊抄每一个字符。但您根本没有来找我,尽管赫尔勃兰特文书向我保证您很快就会来,我却白白等了好几天。"当听到林德霍斯特馆长提到赫尔勃兰特这个名字时,大学生安泽穆斯才觉得踏实了些，感受到自己双脚着地，确认自己是大学生安泽穆斯，站在他面前的人是档案馆长林德霍斯特。他说话时冷漠的语调，与他像真正的亡灵巫师一样唤起的奇妙幻象形成了鲜明对比，十分恐怖。他瘦削而布满皱纹的脸，深陷的眼窝，以及眼窝里射出的尖利眸光，又加深了这种恐怖感。大学生感到毛骨悚然，这种感觉在咖啡馆里听档案馆长讲那些个离奇故事时就曾出现过。好不容易，他才控制住自己的情绪。只听档案馆长再次问道："现在告诉我，您为什么不来找我呢？"安泽穆斯便把那日在门口遭遇的一切都告诉了馆长。

"亲爱的安泽穆斯先生，"听大学生讲完自己的遭遇后，档案馆长说道，"亲爱的安泽穆斯先生，我认识您提到的那个卖苹果的老太婆，她是一个讨厌的家伙，常在我这里胡作非为。她变成古铜色门环吓走受我邀请前来的客人，实在是可恶，简直无法容忍。亲爱的安泽穆斯先生，如果您愿意，请明天12点来找我。要是她又龇牙咧嘴或怒吼咆哮，请在她鼻子上滴一点儿这种酒，她就会立马消停。那么再见了，亲爱的安泽穆斯先生，我走得快，不便和您一同回城。再见！明天12点见。"档案馆长将一个装有金黄色液体的小瓶子递给大学生安泽穆斯，然后迅速离开，在深沉的暮色中，步履飘逸，与其说是走，不如说是飘进了山谷。在接近科塞尔花园时，一阵风钻进了他宽大的外套，将衣袍后摆吹了起来，就像一对大翅膀在空中翻飞。大学生安泽穆斯正惊讶地目送档案馆长离开，此时他眼里，档案馆长就像一只硕大的鸟儿张开翅膀急速飞翔。大学生凝望着沉沉暮霭，一只灰白色的秃鹫一声长鸣，冲入云端。他这才发现，那翻飞的白色身影，他一直以为是远去的档案馆长，竟是这只秃鹫。他无法理解档案馆长突然消失去了哪里。"但也许就是他飞走了呢？林德霍斯特馆长可能是有特殊本领的人。"大学生安泽穆斯自言自语道，"因为我现在能清楚看到、感觉到，所有来自遥远的、奇妙世界的陌生人物，以前我只在特别古怪的梦中才能见到，现在已经闯入我清醒又蓬勃的生活中，同我玩起了他们的游戏。但是，不管怎样，你住进了我的心里，在我的胸中闪耀，美丽又可爱的塞佩蒂娜！我的内心深处被无尽的热望撕扯着，只有你能将它熄灭。哦，我什么时候才能看到你迷人的眼睛。亲爱的，可爱的塞佩蒂娜！"大学生安泽穆斯就这样大声地喊着。"这是一个粗俗的名字，她不是基督教徒。"旁边一个低沉的男声嘟哝着说，此人散完步正要回家。大学生安泽穆斯这才适时地想起了自己身在何处，于是迈开步子，匆匆离开。他心里暗想着："要是现在遇到保尔曼副校长或赫尔勃兰特文书，可就糟了。"还好一个都没有碰到。

第五章

> **情节提要**
> "安泽穆斯宫廷顾问的夫人"。
> 西塞罗《论义务》。
> 尾猴和其他无赖。
> 老莉西。
> 秋分之夜。

"这个安泽穆斯没有什么前途。"保尔曼副校长说，"我对他苦口婆心，谆谆不倦，但一切努力都徒劳无功。尽管他成绩优异，拥有成功的基本条件，但他根本就油盐不进。"

赫尔勃兰特文书却狡黠又神秘地笑了笑，说："尊敬的副校长先生，给这位安泽穆斯一些时间和空间吧！他是个特立独行的人，但他有能力，一定会大有出息的。我说的'大有出息'，意味着：一个机要秘书，甚至一位宫廷顾问。"

"宫廷——"副校长大吃一惊,这个词说了一半就卡在了嗓子眼。

"冷静!冷静!"赫尔勃兰特文书继续说,"据我所知,两天前他已经到林德霍斯特馆长那里着手誊抄的工作了,昨晚馆长在咖啡馆对我说:'您向我推荐了一个能干的人,尊敬的先生!他未来一定大有作为。'现在想想馆长的人脉。目前先不谈,一年以后我们再看吧。"说完这些话,文书带着永远挂在嘴边的狡黠微笑走出门去,留下了震惊又好奇的副校长,沉默地坐在椅子上。但对维罗妮卡来说,这次谈话给她留下了相当特别的印象。她想:"我一直都知道,安泽穆斯先生是一个非常聪明、和善的年轻人。他一定会有所作为的。要是我能知道他是否喜欢我就好啦。但是,那晚我们泛舟易北河时,他不是两次握我的手吗?在我们二重唱时,他不是还用那种难以描述的、直达心扉的目光凝视我吗?是的,是的!他真的喜欢我。而我……"维罗尼卡像年轻女孩惯常做的那样,完全沉浸在对美好未来的甜蜜憧憬当中。她成了宫廷顾问夫人,住在宫院街一个漂亮的宅子里,也可能是一处位于新市场或莫里茨大街的住所。时髦的帽子、全新的土耳其披肩,都与她完美相称。她穿着优雅的起居服在窗台上吃着早餐,同时吩咐厨娘当日的必要事务。"千万注意别毁了我的菜,这可是宫廷顾问大人最爱吃的!"楼下那些穿着体面的路人抬起头向上望过来，她清楚地听到人们在议论："好一位仙女般的人儿，她是宫廷顾问夫人，蕾丝包发帽戴在她头上多么好看呀！"某位枢密顾问的太太差人来问，宫廷顾问夫人是否愿意赏光前去林基浴场。"请转达我的谢意。但我感到无比抱歉，因为我已经答应了首相夫人喝茶的邀约。"这时，一大早就出去处理公务的宫廷顾问安泽穆斯回来了。他衣着考究，是当下最流行的款式。"真的已经十点了！"他叹道，又按了一次金表的报时按钮，接着他走过来亲吻了这位年轻女士。"你好吗，亲爱的太太，你知道我为你准备了什么吗？"他一边调侃，一边从马甲口袋里掏出一对最新款式的华丽耳环。他摘下她平时常戴的那对普普通通的耳环，将新的戴上。

"啊，这耳环太漂亮，太可爱了。"维罗妮卡不禁叫道，丢下手里的活儿，从椅子上跳了起来，跑到镜子前欣赏起来。

"我说，你怎么回事？"保尔曼副校长正全神贯注地阅读西塞罗的《论义务》，差点儿把书掉地上了。"你是不是也像安泽穆斯那样犯毛病了？"

正在此时，大学生安泽穆斯走了进来，这几日他都没有露面，今日却一反常态。令维罗妮卡感到惊讶的是，他整个人发生了切切实实的变化，透出一股平时没有的坚定。他说他的生活目标已逐渐清晰，大好前景展现在眼前。这可能是很多人都无法想象的。保尔曼副校长想起赫尔勃兰特文书玄妙的话语,触动更深,惊得一个字都说不出来。大学生安泽穆斯交代了几句在林德霍斯特馆长那里工作很忙,然后温文尔雅地亲吻了维罗妮卡的手。随即旋身下楼,扬长而去。"宫廷顾问就是这样的。"维罗妮卡喃喃自语,"他吻了我的手,而且还没有像往常那般滑倒,或踩到我的脚!他看我的眼神多么温柔啊!他肯定是喜欢我的。"维罗妮卡又一次沉浸在刚才的遐想中。当满怀憧憬,对未来宫廷顾问太太的家庭生活浮想联翩时,那些可爱幻象中隐约出现了一个不怀好意的身影,那个身影讥诮地说:"何其愚蠢、粗俗的想法!况且,这只是你一厢情愿的幻想罢了,因为安泽穆斯永远不会成为宫廷顾问,也不会是你的丈夫;他不爱你,哪怕你有一双蓝眼睛,身材纤细、手如柔荑。"霎时一股冰冷的洪流涌入维罗妮卡的心里,一种深深的骇惧击碎了戴着蕾丝包头帽和优雅耳环的舒适美梦,泪水险些夺眶而出。她大声叫嚷着:"啊,是真的,他不爱我,我永远当不成宫廷顾问夫人!"

"痴心妄想,痴心妄想啊!"保尔曼副校长喊道,拿上帽子和手杖,怒气冲冲地疾步离去!

"黄粱一梦罢了。"维罗妮卡叹了口气,却看到十二岁的妹妹在绣框前不为所动,继续着手里的刺绣活计,她因此大为光火。时间已近三点,该收拾房间和布置咖啡桌了：因为奥斯特家的小姐们说要来拜访她。但是，那个身影就像曼德拉草一样，会从维罗妮卡挪动的每一个小橱柜后面，钢琴上取下的乐谱后面，每一个杯子后面，从橱柜里取出的咖啡壶后面，跳出来，讥讽着，嘲笑着，用它蜘蛛脚一般细长的须条戳破她的美梦，大喊："他不会成为你的丈夫，他是不会成为你丈夫的！"她丢下手里的东西仓皇逃到房间中央，却见它拖着长长的鼻子从炉子后面冒出来，身形巨大，咕噜噜叫着："他是不会成为你丈夫的！"

"妹妹，你什么都没听到，什么都没看到吗？"维罗妮卡害怕地大喊着，浑身颤抖，什么东西都不敢触碰。

小弗兰琴从她的绣架旁站起来，神色严肃地问道："你今天怎么了，姐姐？叮铃哐啷的，把东西扔得到处都是。你肯定需要我的帮助。"此时，活泼的女孩们笑着走了进来，就在那一刻，维罗妮卡才意识到，她错把高高的炉身当成了人影，把关不严实的炉门发出的嘎吱声响当成了不怀好意的话语。她的内心因惊惧而大受震颤，一时无法平静。见她面颊苍白，神色张皇，女友们也感受到了她这不寻常的紧张情绪。于是她们立马把原本想讲述的趣事抛到脑后，急切地询问维罗妮卡到底发生了什么事。维罗妮卡只好坦言，自己刚刚沉浸在幻想中，大白天却突然间生出一种对鬼怪特殊的恐惧之感，以前可从来没有这样过。她绘声绘色地讲述了一个灰色的身影，是如何从房间的每个角落里跳出来戏弄、嘲笑她，几位奥斯特家的小姐们听后也都害怕地四处张望，没过一会儿她们都感到惊惶不安。直到小弗兰琴端着热气腾腾的咖啡走了进来，三人才马上镇定下来，为自己的荒唐而哈哈大笑起来。安格丽卡是奥斯特姐妹中的老大，她被许配给了一位军官。这位军官在军中服役，久未有消息传回，人们都说他已经死了，或至少受了重伤。这曾使安格丽卡沉溺于深切的悲痛无法自拔，但今天她却快乐极了。维罗妮卡对此十分诧异，也毫不掩饰地同她讲了自己的疑惑。"亲爱的姑娘，"安格丽卡说道，"你难道不相信，我的心尖儿上、脑海里、思绪中永远都装着我的维克多吗？但这正是我开心的原因！哦，上帝，我此刻是多么地幸福，多么地快乐啊！因为我的维克多还活着，不久后我就能再见到他啦。他已经是骑兵上尉，还佩戴着奖励给勇者的勋章。他的右臂被敌方轻骑兵的马刀所伤，虽不致命，但伤势十分严重，这导致他没法写信。由于驻地更换迅速，而他又不想脱离自己的军团，因而也无法传消息给我。但今天晚上他收到明确指示，要他先疗愈伤病。所以他明天就要启程回乡了，在他即将踏上车厢的时候，就会收到骑兵上尉的任命通知。"

"但是，亲爱的安格丽卡，"维罗妮卡忍不住插话说，"这一切你怎么现在就知道了呢？"

"别笑我,亲爱的朋友,"安格丽卡接着说,"你肯定不会笑我,否则那个灰色身影将会立马从镜子后面探出头惩罚你的。好了,不跟你开玩笑了。但我的确无法摆脱对某些神秘事物的信仰,因为在我的生活中,它们经常是看得见摸得着的。与其他一些人相比,这些事情对我来说并不见得有多么神秘莫测和不可思议。有些人真的拥有预测未来的天赋,他们还明确知道通过何种方式来启动这种能力。我们这儿有一位老太太,就有这样的特殊天赋。她的同行都是根据纸牌、铸铅或咖啡渣来预卜吉凶,而她从不这么做。她让前来问卜的人和她一起做一些准备,然后,在一面光亮的金属镜面上就会出现形形色色的人物和形象。老太太就通过对这些影像的解读,找到问题的答案。我昨晚就去找了她,在她那里得到了维克多的消息,对于消息的真实性,我确信不疑。"

安格丽卡的讲述在维罗妮卡的心中激荡起了火花,迅速点燃了一个念头,她想去问那个老太太有关安泽穆斯的事情,并占卜一下自己的美好愿望能否实现。听说老太太叫劳埃琳夫人,家住湖门外一条偏僻的街道,人们只有周二、周三和周五晚上七点以后才能见到她,日出之前,整晚都在。而且她喜欢人们单独前来。那天刚好是星期三,维罗妮卡决定陪奥斯特姐妹回家,然后借机去寻访这个老太婆。事实上她也这么做了。刚到易北河桥边,她便匆匆和住在新城的女友们告别,然后迈开轻盈的脚步往湖门赶去。很快她就来到了女友描述的那条偏僻又狭窄的街道。道路尽头,她看到了劳埃琳夫人的红色小房子。站在门前,一股阴森恐怖的感觉向她袭来,让她内心止不住地战栗。最后她还是强压内心的抗拒,振作精神,拉响了门铃。大门应声而开,她摸索着穿过黑暗的走廊,来到通往二层的楼梯,同安格丽卡所描述的一样。房里空无人影,她朝着冷清的走廊喊道:"劳埃琳夫人住这儿吗?"没人答话,回应她的是一声长长的清脆猫叫。一只大黑猫高拱着背,将尾巴蜷成圈来回晃悠,在她面前拿姿作态地踱步,一直走到房门口。随着第二声猫叫,门开了。"啊,看呐,小姑娘,你来了,快进来——进来吧!"一个身影从房里走出来,大声喊着。看到她的样子,维罗妮卡呆住了,根本无法挪动脚步。这个女人又高又瘦,身上裹着一件黑色破布衫。她一说话,突出的尖下巴就颤抖不已;嘴里的牙都掉光了,在瘦削的鹰钩鼻的阴影下,扭曲成了一个狞笑;一双锐利的猫眼闪烁着火光,火光透过大眼镜向外迸射。头上包着彩色的头巾,头巾下是蓬乱披散的黑发;两道又长又粗的伤疤从左脸颊延伸到鼻子,使她本就凶恶的脸更加狰狞。维罗妮卡呼吸凝滞,她想要尖叫,把积压在胸中的窒闷给发泄出来,但当她被女巫那只瘦骨嶙峋的手抓住并拖进房间时,这声尖叫变成了深深的叹息。房间里

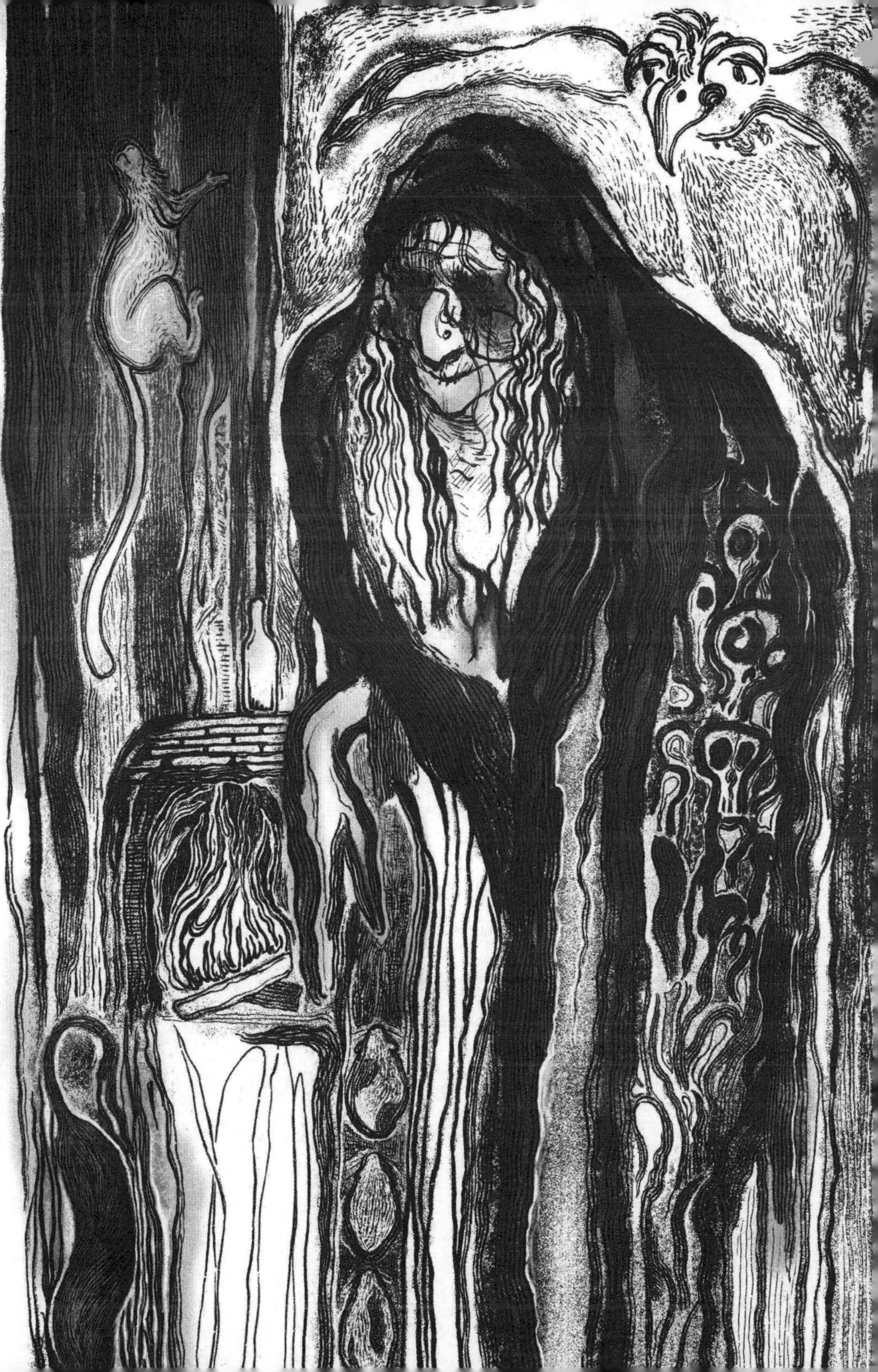

她一说话,突出的尖下巴就颤抖不已;嘴里的牙都掉光了,在瘦削的鹰钩鼻的阴影下,扭曲成了一个狞笑;一双锐利的猫眼闪烁着火光,火光透过大眼镜向外迸射。头上包着彩色的头巾,头巾下是蓬乱披散的黑发;两道又长又粗的伤疤从左脸颊延伸到鼻子,使她本就凶恶的脸更加狰狞。

全是动物，嘈杂之声不绝于耳，吱吱、喵喵、呱呱、喳喳，乱作一团。老太婆用拳头敲了敲桌子，喊道："安静点，你们这些无赖！"长尾猴呜呜地叫着爬上了大床高高的天盖，豚鼠钻到了火炉下面，乌鸦扑腾着冲向圆镜；只有那只大黑猫，一进门就跳上了宽大的扶手椅，然后一直安静地躺在上面，仿佛老太婆的斥责都与它无关。待到周围安静下来，维罗妮卡才镇定下心神；对她来说，这里并不像外面走廊上那么阴森恐怖，甚至那个老太婆看起来也不像刚才那般凶恶。现在，她才开始环顾四周，打量起了这个房间。天花板上垂挂着各种丑陋的动物标本，地板上杂乱地散落着一些无法辨认的古怪器具，壁炉里燃烧着微弱的蓝色火苗，随着偶尔的噼啪声爆出黄色的火花；这时头顶传来一阵嗡嗡声，令人作呕的蝙蝠在屋里乱飞乱撞，仿佛一个狰狞怪笑的人脸。火苗时而向上蹿起，舔上被煤烟熏黑的墙壁，然后又是一阵刺耳的哀鸣声。维罗妮卡又惊又怕。

"小姐，请勿介意。"老太婆微笑着说道，然后抓起一把大刷子，在铜壶里蘸了点什么，洒进了壁炉。火苗随之熄灭，房间里仿佛被浓烟包裹，变得漆黑一片；但不一会儿，老太婆就拿着一盏点燃的蜡烛从储藏室里走了进来。现在，那些动物、器具全都从眼前消失不见了，只有一个平平无奇、陈设简陋的房间。老太婆凑近她，从嗓子眼儿里咕哝着说："我知道你为什么来我这儿，小姑娘：你想知道，如果安泽穆斯成为宫廷顾问，是否会和你结婚。"
维罗妮卡震惊得说不出话来，老太婆接着说："你在家时当着你父亲的面已经把一切都告诉我了。你面前摆着咖啡壶，那咖啡壶就是我。你没认出来吗？小姑娘，听着，忘记他，忘记安泽穆斯。他是个可恶的家伙，他踢了我儿子们的脸，我的宝贝儿子啊，那些红脸蛋的小苹果。如果有人买下他们，他们还会从口袋里蹦出来，重新溜回我篮子里。安泽穆斯现在同那老头子沆瀣一气。前天他还把那该死的药水洒到我脸上，害我险些失明，小姑娘，你看，现在还能看到灼伤的疤痕！忘了他吧，忘了他。他不爱你，因为他爱的是金绿小蛇，他永远不会成为宫廷议员，因为他受雇于蝾螈，他想和绿蛇结婚，忘了他吧，忘了他！"
维罗妮卡其实是一个性格坚毅勇敢的姑娘，她很快就知道该如何克服女孩通常表现出来的胆怯。她退了一步，用严肃、沉着的语调说道："老太太！也许是我太好奇、太草率了吧。我听说你有预见未来的天赋，就想请你预卜我所爱慕和敬重的安泽穆斯，日后是否会与我成婚。如果你罔顾我的愿望，用你那荒唐的无稽之言来作弄我，那就太不公平了，因为我的所求与你给予他人的并无二致。你似乎已经知道我内心的想法，既然如此，对于那些让我备受煎熬和恐惧折磨的问题，你一定轻轻松松就能回答。但在你对善良的安泽穆斯进行了这番荒唐可笑的诋毁之后，我再也不想问你什么了。晚安!"

维罗妮卡正要离开,老妇人却突然跪倒在地,扯着女孩的衣服,哭喊着:"小维罗妮,你不认识我了吗?那个常把你抱在怀里、呵护你照顾你的老莉西啊。"维罗妮卡几乎不敢相信自己的眼睛,因为她认出来了,这就是她家的保姆,由于上了年纪,脸上又有灼伤的疤痕,使得面貌难以辨认。好几年前她离开保尔曼副校长家后,就音信全无了。老太婆同刚才相比,看起来判若两人。头上丑陋的彩色裹巾不见了,取而代之的是一顶规规矩矩的帽子,黑色破布衫也不见了,身上穿着一件以前爱穿的大花衣裳。她从地上站起来,把维罗妮卡搂到怀里,继续说道:"对你来说,我刚刚所讲的一切十分荒诞,但不幸的是,事情就是这样。安泽穆斯对我造成了很大的伤害,尽管这不是他的本意。但他现在已经是林德霍斯特的帮手了,林德霍斯特还想把女儿嫁给他。档案馆长是我最大的敌人,我可以告诉你有关他的所有事情,但你肯定无法理解,也可能会因此感到害怕。他是先知,而我也是。也许这就是原因吧!现在,我知道你对安泽穆斯矢志不渝的爱,我将竭尽全力帮助你,让你幸福,让你如愿同他携手步入婚姻的殿堂。"

"但是,看在上帝的分上,告诉我吧,莉西!"维罗妮卡急切地说。

"嘘,孩子!"老太婆打断了她的话,"我知道你想说什么，我变成这样是命中注定，我没别的办法。但是现在，我想告诉你的是，我知道什么药可以消除安泽穆斯对绿蛇愚不可及的爱慕，可以让他当上最亲切的宫廷顾问，然后乖乖投入你的怀抱；但你必须帮忙。"

"你就直说吧，莉西！我什么都愿意做，因为我实在太爱安泽穆斯了！"维罗妮卡低声说，声音微不可闻。

"我了解你，"老妇人继续说，"自小就胆大。小时候我想学狗叫吓唬你，好让你乖乖睡觉，你却马上睁开眼睛，想要看清狗狗的模样。你还经常穿着父亲扑发粉时披的罩衣，摸黑来到后屋，吓唬邻居家的小孩。好了，说回当下，如果你真的想借助我的力量战胜林德霍斯特馆长和小绿蛇，如果你真的想让安泽穆斯当上宫廷顾问并成为你的丈夫，那么在即将到来秋分之夜的晚上十一点，从你父亲家里溜出来找我吧；我和你一起去田野附近的那个十字路口，我们带好必要的东西，届时你可能会看到一些奇妙的场景。但这些都不会对你造成任何伤害。现在，小姑娘，晚安了，你父亲在等着你用晚餐呢。"

维罗妮卡赶忙离开，暗下决心，绝不能错过秋分之夜。"因为，"她想，"莉西是对的，安泽穆斯被稀奇古怪的事物给束缚住了，但我要把他解救出来，我要他成为我的爱人，永永远远，都属于我，宫廷顾问安泽穆斯，永远属于我。"

第六章

> **情节提要**
> 林德霍斯特馆长的花园和几只嘲鸫。
> 金罐。
> 英文斜体字迹。
> 鸡爪般歪歪扭扭的笔画。
> 妖王。

"但也有可能，"学生安泽穆斯自言自语道，"是我在康拉迪先生那里贪杯，多喝了点口味细腻浓烈的利口酒，在林德霍斯特馆长家门前产生了那些令我恐惧的幻象。这就是我今天要保持清醒的原因，这样一来，也许就可以应付那些可能遇上的倒霉事了。"就像第一次拜访林德霍斯特馆长时一样，他拾掇好线描和书法作品、墨水瓶、尖头鸦羽笔，正要走出门去，林德霍斯特馆长赠与的装有黄色药水的小瓶子映入了眼帘。这时，那些稀奇古怪的冒险经历又浮现在脑海，历历在目，一种不可名状的喜悦和痛苦交织在一起,直击胸膛。他不由自主地悲诉,喊道:"哦,可爱的、迷人的塞佩蒂娜啊,我去档案馆长那儿,不就是为了见你一面吗?"在那一刻,他觉得塞佩蒂娜的爱似乎是一项艰巨而危险的任务的酬劳,他必须承担,这项任务就是誊抄林德霍斯特的手稿。他深信,只要一进房门,甚至还没到房门口,就会遇到各种各样的稀奇事儿,就像不久前一样。他不再去想康拉迪的健胃酒,而是赶紧把药水放进马甲口袋里,想着要是那个卖苹果的老太婆胆敢再变成古铜门环朝他龇牙咧嘴,他就按照档案馆长的指示办。十二点钟声敲响,待他刚要伸手,那门环上可不马上就翘起了个尖鼻子,猫一般的眼睛射出咄咄凶光。他不假思索地将药水喷向那张可恨的脸,这张脸立马铺展开来,像被熨斗熨过一般,又变回为光亮的门环。门开了,满屋都回荡着悦耳的铃声:叮铃铃——少年啊——敏捷地——敏捷地——跳啊——跳啊——叮铃铃。他安心地沿着漂亮宽阔的楼梯向上爬,尽情地呼吸着屋内奇异熏香散发出的芬芳气味。他在走廊上停了下来,有些不知所措,因为他不知道在这么多扇华丽的门当中,他应该敲哪扇。这时,档案馆长林德霍斯特穿着宽大的锦缎睡袍走了出来,喊道:"我很高兴,安泽穆斯先生,您终究还是信守了诺言。跟我来吧,我必须马上带您去实验室。"说完,他快步踏上长长的走廊,打开一扇小侧门,门后是一个通道。安泽穆斯安然地跟在档案员身后；穿过通道，来到一个大厅，或者更确切地说，这是一个精致华美的温室，因为从大厅两旁一直延伸到天花板的都是罕见的奇花异草，甚至还有枝叶和花朵形态都很独特的大树。一道耀眼而神奇的光芒点亮了全屋，却不知是从哪里发出的，因为根本看不到窗户。大学生安泽穆斯望向花丛和树木，似乎有一些长长的小径，一直延伸到远方。在茂密幽暗的柏树林深处，大理石水池闪着微光，池中伫立着一些奇异的雕像，晶莹的水柱喷涌而出，溅落在闪闪发光的百合花萼上。奇异的声音在这满是奇花异草的林中簌簌回响，馥郁的香气弥漫在空气中。档案馆长不见了，安泽穆斯只看到眼前一大丛发光的火百合。安泽穆斯被眼前的景象和梦幻花园的甜香所陶醉，像被施了魔法般痴痴地站在那里。这时，四面八方传来咯咯的笑声，还有尖细、揶揄的声音嘲讽道："大学生先生，大学生先生！您打哪儿来的？您为何打扮得如此漂亮，安泽穆斯先生？您是不是想跟我们唠扯祖母用屁股压碎鸡蛋，乡绅弄脏星期天穿的马甲这类故事？安泽穆斯先生，您从欧椋鸟爸爸那里学来的新咏叹调会唱了吗？头戴玻璃丝假发，脚蹬翻口靴，您这样看起来可真滑稽！"这声音从四面八方传来，喊着、笑着、嘲讽着，大学生这才发现，身边围着各种各样、色彩斑斓的鸟儿，它们扑打翅膀上下翻飞，就这么肆无忌惮地嘲笑着他。这时，那一丛火百合向他走了过来,他这才看清,原来是档案馆长林德霍斯特,他那件黄红相间、闪闪发光的花睡衣让安泽穆斯产生了错觉。"请原谅,尊敬的安泽穆斯先生,"档案馆长说,"让您久等了,我刚刚只是短暂地看了一眼我那美丽的仙人掌,它的花朵今晚就会绽放。话说回来,您喜欢我这花园吗?"

"哦,上帝啊,这里简直美得无与伦比,尊敬的馆长先生。"大学生回答道,"不过,那些五颜六色的鸟儿可着实嘲笑了一番我这个小人物!"

档案馆长不满地朝着树丛里喊道:"你们都讲了些什么废话?"这时,一只体形硕大的灰色鹦鹉飞了出来,落在档案馆长身旁的桃金娘树枝上,透过架在弧形鸟嘴上的眼镜,非常严肃、又架子十足地看着他,嘎嘎道:"请勿见怪,馆长先生,我那些任性妄为的孩子又在调皮了,不过这还得怪大学生先生他自己,因为——"

"行了,别说了!"档案馆长打断了老鹦鹉的话,"我知道这些捣蛋鬼,但你最好管管他们,我的朋友!走吧,安泽穆斯先生!"档案馆长大步流星地穿过许多带有异域风格装饰的房间,他走得实在太快,大学生几乎跟不上他的脚步,更来不及细看那些闪闪发光、造型奇异的家具和其他一些不知名的器物,尽管每个房间都摆满了这些物什。最后,他们进入了一个大房间,档案馆长停下脚步,

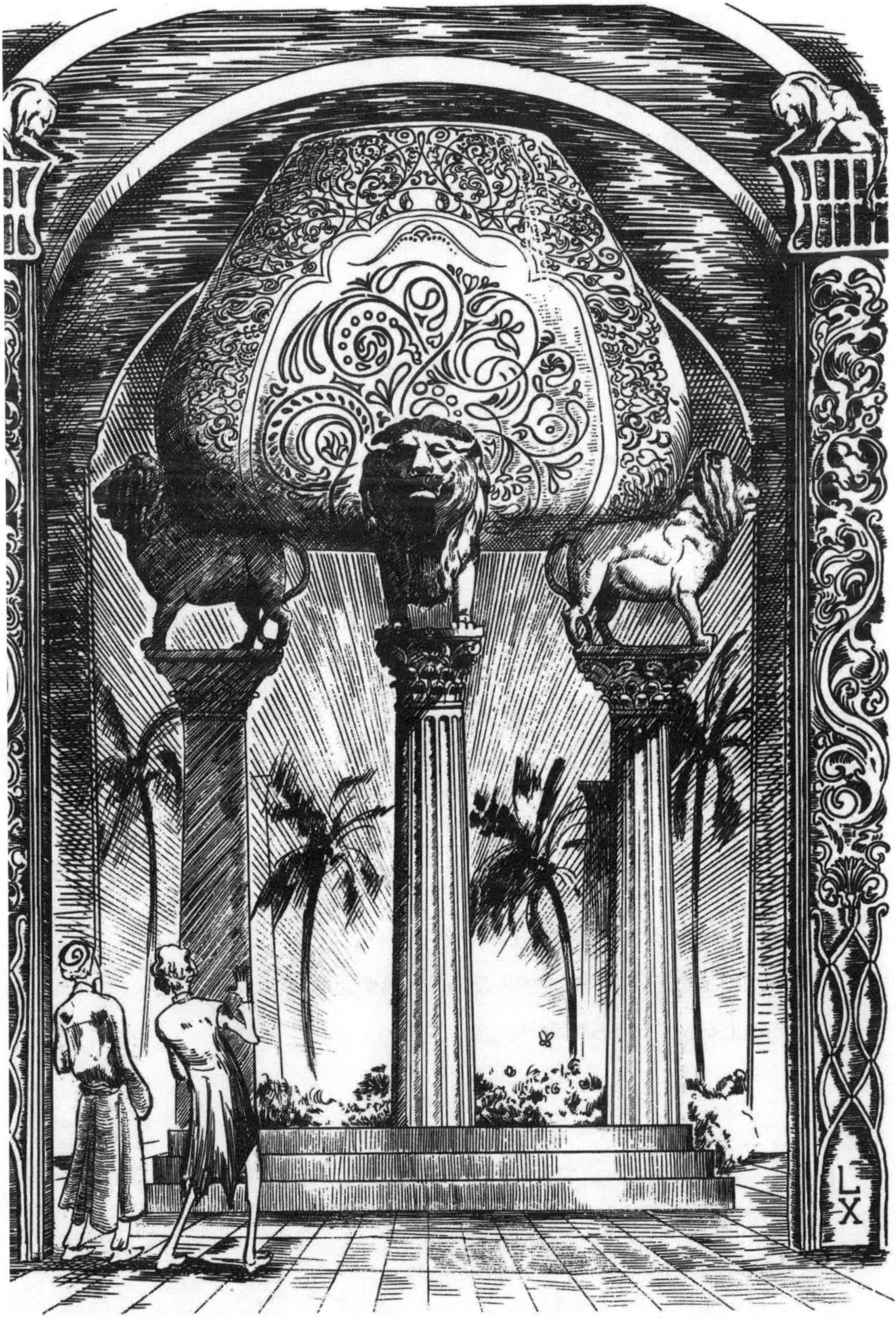

巨大的树叶像闪闪发光的绿宝石,探向天花板,形如穹窿。房间中央伫立着三只青铜铸成的埃及狮像,狮像上平铺了一块斑岩石板,石板上安放着一个形制简朴的金罐。

仰头向上望去，安泽穆斯这才有闲暇尽情欣赏房间内简单陈设所呈现的庄严气度。高大的棕榈树从蔚蓝色的墙壁中伸出泛着金光的古铜色枝干，巨大的树叶像闪闪发光的绿宝石，探向天花板，形如穹窿。房间中央伫立着三只青铜铸成的埃及狮像，狮像上平铺了一块斑岩石板，石板上安放着一个形制简朴的金罐，安泽穆斯看到这个金罐后，视线便再也无法移开。在锃亮发光的金罐表面，仿佛倒映出无数闪闪发光的人物影像，嬉笑怒骂，形形色色。有时，他看到自己张开双臂，满是渴求的神情。啊！是接骨木树下那一幕，塞佩蒂娜忽而上忽而下蜿蜒滑行，一双美丽的眼睛凝望着他。安泽穆斯欣喜若狂。"塞佩蒂娜——塞佩蒂娜！"他大声呼喊，林德霍斯特馆长猛地转过身，说道："亲爱的安泽穆斯先生，您怎么了？我想您是在呼唤我的女儿，但她正在房子另一头，在自己的房间里上钢琴课，请跟我来，咱们继续往前走。"说着，档案馆长大步离去，安泽穆斯浑浑噩噩地跟随其后，什么都看不见，什么也听不到。直到档案馆长猛地抓住他的手说："我们到了！"安泽穆斯如梦初醒，这才发现自己身处一个四周都是书柜的高大房间，与普通的图书室和书房没有两样。中间摆着一张大书桌，桌前一把软垫扶手椅。林德霍斯特档案馆长说："这里暂时是您的工作间，至于您将来是否还会在那间蓝色的图书室工作，也就是您突然叫我女儿名字的那个

金罐 065

地方,尚未可知。但首先我希望您能证明,您有能力切切实实地按照我的愿望和需要,完成分配给您的工作。"大学生安泽穆斯现在完全振作起来,他自信地从口袋里取出他的绘画和书法作品,深信自己的非凡才能一定会让档案馆长十分满意。第一页纸是一张用最优雅的英语书写方式书就的手稿,档案馆长几乎仅瞥了一眼,就露出了奇怪的笑容,摇了摇头。接下来,他每看一页就摇一次头,大学生安泽穆斯顿时血气上涌,当笑容最终变成嘲讽和轻蔑时,他满脸不悦地大声说道:"馆长先生似乎对我的雕虫小技不太满意?"

"亲爱的安泽穆斯先生,"林德霍斯特馆长说,"您在书法艺术方面的确拥有卓越的才能,但就目前而言,我估计,这次的任务大概只能仰仗您的勤奋和诚意,而非您的技巧。这也可能是您所使用的低劣材料造成的。"大学生安泽穆斯忍不住为自己辩护,谈到自己得到大家认可的艺术技巧、谈到中国墨水和精挑细选的鸦羽笔。这时,林德霍斯特馆长将那张英文书法作品递给他,说:"您自己看吧!"安泽穆斯看到自己的字写得如此糟糕,顿时如遭雷击。笔画不够圆润,运笔力道不对,大小写字母比例失调。是的!学生气十足,常有鸡爪子一般歪歪扭扭的笔画破坏了原本相当娟秀的字行。"另外,"林德霍斯特馆长继续说,"您的墨水防褪色性能也不够。"他用手指蘸了蘸盛装满水的玻璃杯，只在字母上轻轻一抹，一切就消失得无影无踪了。大学生安泽穆斯觉得自己像被怪兽掐住了喉咙，一个字也说不出来。他就那样，站在那里，手里捏着那张可怜的书法作品，但档案馆长林德霍斯特却大声笑着说："别让这点小事击垮您，亲爱的安泽穆斯先生；您到目前为止还做不到的事情，在我这里也许会做得更好；至少，在这里可以找到比以往更好的材料！您就安心地开始吧！"档案馆长林德霍斯特先是取出了一团散发着奇特气味的黑色液体、呈现奇异色彩的尖头羽毛笔，以及一张极其洁白光滑的纸，然后又从上锁的柜子里拿出了一份阿拉伯文的手稿，安泽穆斯一坐下来开始工作，他就离开了房间。大学生安泽穆斯已经多次临摹过阿拉伯文字，所以第一项任务对他来说并不难。"我一手漂亮的英文斜体字怎么变得像鸡爪一样，也许只有上帝和档案馆长林德霍斯特才知道。"他说，"但我以性命起誓，那不是我写的。"他在羊皮纸上落笔的每一个字都写得很漂亮，他的勇气就随之增长，技艺也愈发精进。事实上，用这种羽毛笔来书写的感觉十分地美妙，神秘乌黑的墨水温顺地在洁白耀眼的羊皮纸上流动。当他孜孜不倦、全神贯注地工作时，这间孤寂的房间让他感觉越来越惬意。他已经完全沉浸在这项工作中，希望能圆满完成，直到三点钟声敲响，档案馆长将他叫到隔壁房间享用精心准备的午餐。用餐时林德霍斯特馆长的心情格外愉快；他问起了安泽穆斯的朋友们保尔曼副校长和赫尔勃兰特文书，特别是关于后者，他讲了很多有趣的事情。莱茵陈酿十分对他的口味，安泽穆斯比平时更加健谈。钟声敲响四点时，他站了起来，准备继续工作。这种准时的行事作风似乎让林德霍斯特馆长很满意。饭前，他就已经可以熟练地誊抄阿拉伯文字了，现在工作进展得更加顺利；事实上，甚至他自己也无法理解，自己如何做到如此快速、轻松地描摹出这些弯弯曲曲的异国文字的。但是，他仿佛能清晰地听到有一个声音在内心深处低语："哦！如果你心中没有她，如果你不相信她，不相信她的爱，你能做得这么好吗？"这时，房间里似乎飘荡着一阵柔和的水晶铃声，仿佛在呢喃细语："我就在你身边——在你身边——如此靠近！——我会帮助你的——勇敢——坚定，亲爱的安泽穆斯！我会同你一起努力，最终你会属于我！"闻得这个声音，他内心充满狂喜，那些陌生的符号对他来说也更加容易理解了。他几乎不需要再看原稿，羊皮纸上仿佛已经显现出那些符号的浅浅印记，而他只需要用熟练的手将它们描为黑色。他就这么一直工作着，周围是令人安心的清朗的声音，就像被甜美温柔的气息包围着，直到六点的钟声敲响，档案馆长林德霍斯特走进房间。他带着奇怪的微笑走到桌前，安泽穆斯默默地站了起来，档案馆长仍然带着嘲讽的笑意望着他，但当他看到抄本时，笑容逐渐消失，脸上肌肉收紧，露出深沉的庄重严肃。转瞬，他就像变了一个人。原本双目如电，现在却以一种难以形容的温和注视着安泽穆斯，苍白的脸颊上透出淡淡的红润，原本紧抿嘴唇挤出的嘲讽消失不见，双唇形状柔和、姿态优美，微微张开，似乎要讲一些睿智精明、直叩人心的话。他的整个身形变得更高大、更威严；宽大的睡衣像国王的袍服一样在胸前和肩部呈现出一条条宽阔的褶皱，一个窄窄的金环蜿蜒穿过白色的卷发，绕在高高的、开阔的额头上。

"年轻人，"档案馆长郑重地说道，"年轻人，在你自己意识到之前，我就看出了把你和我最亲爱、最圣洁的孩子联系在一起的所有秘密纽带！塞佩蒂娜爱你，当她成为你的妻子，当你得到属于她的金罐作为嫁妆时，这奇特的、由敌人用不怀好意的线所牵连的命运，就会实现。但只有通过斗争，你才能获得超然物外的幸福。敌人的观念会侵袭你，只有内在的力量才能抵御异言，才能将你从耻辱和毁灭中拯救出来。通过在这里的工作，你将度过学徒期；如果你坚持初衷，信仰和知识将引领你接近目标。对她忠诚，将她铭刻于心，她，那个爱你的人，你将看到金罐的辉煌奇迹，并且永远幸福。保重！明天十二点，林德霍斯特馆长在你的书房等着你！再见！"档案馆长轻轻地把大学生安泽穆斯推出门外，然后关上房门，他发现自己来到了用餐的房间，房间的唯一一扇门通向走廊。他被这神奇的现象搞迷糊了，在门前停住了脚步，这时，头顶一扇窗户打开了，他抬头一看，是档案馆长林德霍斯特；同他平时所见一模一样，是个穿着灰白长袍的老人。林德霍斯特馆长朝他喊道："嘿，尊敬的安泽穆斯先生，您在想什么呢？什么事那么紧要，您就不能把那些阿拉伯文字从您脑中赶出去吗？如果您要去见保尔曼副校长，请代我向他问好，还有，明天中午十二点准时再来。今天的酬劳已经在您背心的右边口袋里了。"大学生安泽穆斯果然在右口袋里找到了一枚银光熠熠的塔勒币，但他一点也高兴不起来。

"我不知道这一切会变成什么样子。"他自言自语道，"但即使我只是陷入疯狂的妄念和鬼怪的把戏，可爱的塞佩蒂娜却仍占据我的内心，我宁愿彻底沉沦，也不愿舍弃她，因为我知道，我心中的信念是永恒的，任何敌对的观念都无法摧毁它；这个信念，就是塞佩蒂娜的爱。"

第七章

> **情节提要**
>
> 保尔曼副校长磕净烟斗上床睡觉。
> 伦勃朗和地狱布吕赫尔[①]。
> 魔镜和埃克施泰因医生的治病药方。

保尔曼副校长终于磕掉烟斗里的烟灰,说:"现在该去休息了。"

维罗妮卡回答说:"是呀。"十点钟声早就敲过了,她对父亲这么晚了仍不去睡觉感到不安。副校长刚踏进自己的书房兼卧室,小弗兰琴刚发出沉重的呼吸声,透露出熟睡的讯息,佯装睡着的维罗妮卡就蹑手蹑脚地再次起身,穿好衣服,披上外套,溜出了家门。从维罗妮卡离开老莉西的那一刻起,她的眼前就一直浮现出安泽穆斯的身影,而她自己也不知道是怎么回事,内心深处总有一个陌生的

[①] 小彼得·布吕赫尔(1564—1638年),比利时画家。他是老彼得·布吕赫尔的长子。画过风景画、宗教画和灾难画,以描绘火灾和奇形怪状的人物知名,得到外号"地狱布吕赫尔"。

声音反复同她讲，他表现出的若即若离都归因于一个对她怀有敌意的人，这个人束缚着他，而维罗妮卡可以通过神秘的魔法打破这种束缚。她越来越相信老莉西的话，就连那种不可思议、毛骨悚然的印象也变得模糊了，在她看来，她与老太太之间的一切奇妙而怪异的关系，仅仅笼罩在非同寻常的、富有浪漫意味的光辉中，她恰恰对此十分着迷。正因如此，她下定决心，即使冒着失踪和陷入千般麻烦的风险，也要完成秋分当日的冒险。终于等到了秋分之夜，也就是老莉西许诺给予帮助和慰藉的夜晚，早就心怀夜行之想的维罗妮卡此时感到异常振奋。她像离弦的箭一样飞快地穿过寂静的街道，全然不顾狂风暴雨，任由它们在空中咆哮，听凭滂沱大雨拍打面庞。当维罗妮卡浑身湿透地站在老妇人家门口时，圣十字教堂刚好敲响十一点的钟声，发出沉闷浑宏的声音。"哎，小宝贝，小宝贝，你来了！稍等片刻，稍等片刻！"声音从上面传来，紧接着老妇人就站到了门前，手里拎着一只篮子，身边跟着她的雄猫。老妇人说："那么，我们开始吧，这事儿适合晚上做，也只有晚上才能做好，夜晚有利于我们完成这项杰作。"她用冰冷的手抓住浑身颤抖的维罗妮卡，让她拎着沉重的篮子，自己则从中取出一口锅、三脚架和铲子。当她们来到外面时，雨已经停了，但风却更加强劲；狂风在空中发出怒吼，像是糅杂了千万种声响。乌云中响起了可怕的、撕心裂肺的哀嚎，这些乌云迅速汇集，将一切都笼罩在浓浓的黑暗中。但老妇以飞快的速度向前冲，同时尖声叫道："快给我照亮，照亮，我的孩子！"这时，一道道蓝色电光划破黑暗，在她们眼前延伸、交错，维罗妮卡发现，那只雄猫正在她们面前跳来跳去，喷射出噼里啪啦的火花，照亮了黑暗，当暴风雨沉寂的片刻间，她听到了它那骇人又惊悚的叫声。她感觉喘不过气来，仿佛冰冷的爪子刺进了她的内心深处，但她强打起精神，抱住老妇的手收得更紧了，开口道："现在我们得按计划行事，无论发生什么，都要完成！"

"这就对了，我的小姑娘！"老太婆回答道，"勇敢些，我要给你一些好东西，还有那个安泽穆斯！"最后，老太婆终于停下脚步，说："我们到了！"她在地上挖了个坑，将煤炭倒进去，在上面支起三脚架，再将大锅放在三脚架上。做这些事情的时候，她都在做一些奇怪的手势，雄猫也在她身边打转。它的尾巴上冒出火花，形成了一个火圈。不久，炭火开始发光，最后从三脚架下面喷出了蓝色的火焰。维罗妮卡不得不脱下斗篷和面纱，蹲在老妇人身边，老妇人紧紧地捏住她的手，目光炯炯有神，凝视着这个姑娘。现在，老太婆从篮子里拿出一堆奇奇怪怪的东西，没人能分辨出究竟是鲜花、金属、草药还是动物，她将这堆东西扔进大锅，锅里开始沸腾并咕噜作响。老太婆放开维罗妮卡，抓起一把铁勺，伸进那一堆东西里头开始搅拌，而维罗妮卡则遵循她的指令，定定地看向锅里，脑子里只想着安泽穆斯。接着，老太婆又把一些闪光的金属块、维罗妮卡从头顶剪下的一绺头发和一枚佩戴多年的小戒指都扔进了大锅，同时她还发出了意义不明的凄厉呼号，在夜里显得尤其恐怖，雄猫也在呜咽、呻吟，向前奔跑着，丝毫没有停歇。亲爱的读者，我希望9月23日你正好在前往德累斯顿的途中；当夜幕降临时，人们千方百计劝你在最后一个驿站留宿，但都是白费口舌；友好的旅馆老板告诉你，外面狂风暴雨，而且，秋分之夜摸黑前行一点儿也不安全，你仍毫不理会，你坚持认为：我给邮递马车的车夫一个塔勒作为小费，最迟一点钟到达德累斯顿，在德累斯顿，我就可以在金天使酒店、赫尔姆酒店或瑙姆堡市里，享用精心准备的晚餐和柔软舒适的床铺。于是你搭乘邮递马车在黑暗中行驶，突然看到远处有奇怪的光亮在闪烁。走近一看，原来是一个火圈，火圈中间有两个人影，他们坐在一口大锅旁，锅里冒着浓烟，闪烁着红色的电光和火花。前进的路必须穿过火圈，但马儿打着响鼻，步履沉重，前脚腾空，俨然受到惊吓不愿往前。车夫一边诅咒着，一边祈祷着，扬起马鞭挥向马儿，它们却纹丝不动。你不由地跳下马车，向前奔跑了几步。现在，你清楚地看到了那个身着单薄的白色睡衣，跪在大锅旁的女孩，她苗条、白皙。暴风雨吹散了她的发丝，栗色的长发随风自由飘动。天使般美丽的脸庞映照在三脚架下闪烁的耀眼火光中，但恐惧如冰流浇灌而下，她的脸庞被冻得苍白如纸。她目光呆滞，眉毛高高挑起的，张大嘴唇，却喊不出心中的极度恐惧，无法摆脱、不可名状的折磨令她窒息，你看到了她的战栗，她的惊惶；她的小手合十，哆嗦着伸向空中，仿佛在祈求守护天使护佑她免遭地狱恶魔的伤害，这些恶魔在强大咒语的召唤下即将现身！她就这样跪在那里，像大理石雕像一样一动不动。她对面，盘腿坐着一个又瘦又长、皮肤呈古铜色的女人，长着尖尖的鹰钩鼻和猫一般的眼睛，闪着凶光；一双瘦骨嶙峋的手臂，赤裸着从黑色斗篷下伸了出来，用力搅拌着魔鬼浓汤，她大笑着，呼喊着，尖厉的声音穿透了暴风雨的咆哮和怒吼。我相信，亲爱的读者，即使你并不是个胆小怯懦的人，但看到这幅伦勃朗式或地狱布吕赫尔式的画作活生生呈现在你面前，也会吓得毛发倒竖的。但是，你的视线却无法从那个着了魔的女孩身上移开，你的每一条肌肉纤维和神经都仿佛遭遇电击，颤抖着，霎时间，你心中燃起了一个勇敢的念头，那就是要挑战火圈的神秘力量；这个勇敢的念头击碎了你的恐惧，或者说，这种念头本身就萌生于恐怖与惊惧，是它们的结果。你觉得自己仿佛就是那女孩所祈求的守护天使，现在她被吓得要死，你须得立马掏出口袋里的手枪，毫不犹豫地射杀那个老太婆！但是，虽然你脑子里想着一枪解决问题，却没有这么做，只是大声喊起来："嘿！"或者"那儿怎么了？"，又或者"你们在干什么？"。车夫吹响了号角，老太婆滚进了她熬煮的魔鬼浓汤里，顿时，一切都消失在滚滚浓烟中。我无法断言，你在黑暗中急切寻找的女孩是否能找得到，但你破坏了老太婆的鬼把戏，解除了维罗妮卡由于轻信而陷入魔圈的咒语。亲爱的读者，不论是你还是其他人，都不会在9月23日，那个有利于施展巫术的暴风雨之夜，漫步或行驶在那条道路上，而维罗妮卡就不得不咬牙坚持，即使怕得要命，也依然守在那口大锅旁边，直到巫术趋近尾声。她听见周围的嚎叫和咆哮，咩咩声、嘎嘎声不绝于耳，交织成一片混乱、失谐的声音。她紧闭双眼，她害怕自己看到周围可怕的、恐怖的景象，会陷入无法治愈的毁灭性的癫狂之中。老太婆停止在锅里搅拌，烟雾变得越来越淡，最后锅底只剩一簇淡淡的灵焰。老太婆大声喊道："维罗妮卡，我的孩子，我的宝贝！快看锅底！你看见什么了？看见什么了？"但维罗妮卡无法回答，尽管她仿佛看到锅里有形形色色的身影，但是它们不停旋转，模糊不清。渐渐地，身影越来越清晰，突然间，锅底深处显现出了大学生安泽穆斯，他友善地注视着她，向她伸过手来。她大声叫道："啊，安泽穆斯！是安泽穆斯！"老太婆迅速打开锅边的龙头，滚烫的

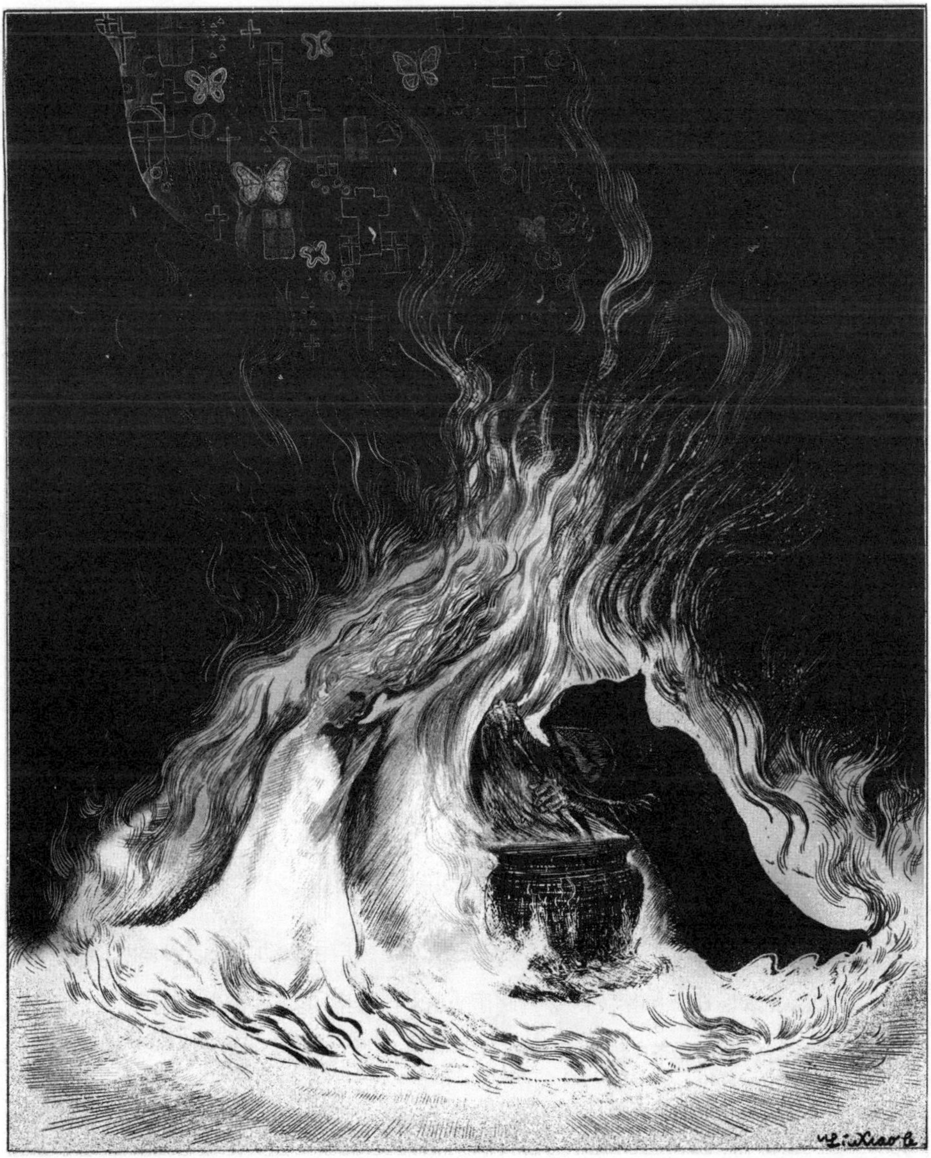

暴风雨吹散了她的发丝,栗色的长发随风自由飘动。天使般美丽的脸庞映照在三脚架下闪烁的耀眼火光中,但恐惧如冰流浇灌而下,她的脸庞被冻得苍白如纸。

金属哧哧作响，流入她放置在旁的小模具里。随即，老太婆一跃而起，以一种疯狂而可怕的姿态摇摆着身体，尖声大叫着说："这项杰作完成了。多亏了你，我的孩子！一直守护在旁。呼，呼——他来了！弄死他，弄死他！"就在此时，空中发出一声巨吼，像有一只巨大的鹰俯冲下来，拍打着翅膀，声音威严赫赫，喊道："嘿，嘿！你们这些无赖！到此为止，到此为止——回家去吧！"老太婆号啕大哭起来，跌坐在地，维罗妮卡逐渐失去意识。当她再次清醒过来时，已经是大白天了，她躺在自己的床上，小弗兰琴端着一杯热气腾腾的茶站在她面前，说："告诉我，姐姐，你到底怎么了，我在你面前都站一个多小时了，你躺在那里，像发烧一样不省人事，哀叹着，呻吟着，我们吓得不轻，十分担心你。因为你的缘故，父亲今天没去上课，他去请医生，马上就要回来了。"维罗妮卡默默地接过茶，当她饮下茶水时，那晚可怕的画面又清晰地浮现在她眼前。"原来这一切只是一场令我备受折磨的噩梦？但我昨晚真的去找了老太婆，而且昨天的确是9月23日呀？然而，也可能是我昨天就病得不轻，这些都是我的幻觉。要不是老想着安泽穆斯和那个自称是莉西戏弄我的古怪老太太，我也不会生这场病。"弗兰琴走了出去，再次进来时手里拿着维罗妮卡那件湿透了的外套。"姐姐，你看，"她说，"你的外套都成什么样了；夜里的暴风雨吹开了窗户，掀翻了搭着大衣的椅子；一定是雨水飘了进来，才将外套全淋湿了。"听了这话，维罗妮卡的心猛地一沉，因为她意识到，不是梦境在折磨她，而是她真的去过老太太那里了。恐惧和惊骇向她袭来，高烧过后的彻骨寒意传遍四肢百骸，她止不住地战栗。她抽搐着拉过被子盖好，这时她感觉到有一个坚硬的东西压在胸口。她伸手一摸，那似乎是一个圆形装饰盒。当小弗兰琴拿着外套离开后，她把小盒子掏了出来，那是一面小巧光亮的金属圆镜。"这是老太太送我的礼物。"她激动地喊道，仿佛从镜子里射出火热的光芒，照进了她的心底，让她感到无比温暖和舒适。发烧导致的寒意荡然无存，她感到通体舒泰，一种无法形容的幸福感流遍全身。她情不自禁地想起了安泽穆斯，当她越来越坚定地把思绪集中在他身上时，他就像一幅生动的微缩画像，从镜子里向她露出了亲切的微笑。但很快，她仿佛看到的不再是画像，不！这是安泽穆斯本人。他正坐在一间高大的、陈设奇特的房间里，孜孜不倦地书写着。维罗妮卡想走上前去，拍拍他的肩膀，跟他说："安泽穆斯先生，抬头看看吧，我在这儿呀！"但这根本行不通，仿佛有一股炽热的火焰围绕在他周围，维罗妮卡仔细端详，发现那只是一些切边镀金的大部头书籍。最后，维罗妮卡终于真切地看到了安泽穆斯。他好像先思索了一番才想起她，然后微笑着说："啊！亲爱的保尔曼小姐，是您啊！可您为什么有时候装成一条蛇的样子呢?"听到这些奇怪的话，维罗妮卡不由得哈哈大笑了起来，伴随着笑声，她仿佛大梦方醒，于是她赶紧把小镜子藏了起来，就在这时，门被推开，保尔曼副校长带着埃克施泰因医生走进了房间。埃克施泰因医生旋即走到床边，为维罗妮卡把脉，沉思良久后说："哎！哎！"接着他开出药方，再次把脉，又说了声，"哎！哎！"然后离开了房间。然而，从埃克施泰因医生的这番话中，保尔曼副校长根本听不懂维罗妮卡到底生了什么病。

第八章

> **情节提要**
> 棕榈树图书馆。
> 一只不幸的蝾螈的遭遇。
> 黑羽毛爱上萝卜。
> 赫尔勃兰特文书喝得酩酊大醉。

大学生安泽穆斯已经为林德霍斯特馆长工作好些天了；这些日子对他来说是一生中最快乐的时光，因为甜美的声音不绝于耳，还有塞佩蒂娜宽慰的话语萦绕耳边，轻拂而过的呼吸温柔地抚摸着他，一种从未有过的舒适感流淌全身，常常让他体会到最极致的幸福。所有的困苦和琐碎的烦恼都从他的思想和意识中消失殆尽，新生活像明亮耀眼的阳光一样，在这一片光明中，他理解了更高一层世界的所有奇迹，这些奇迹曾令他无比惊讶，甚至倍感恐惧。他誊写的进度非常快，而且他越来越觉得，他只是将早已熟悉的笔画描到羊皮纸上，几乎不需要对照原稿就能实现最精准的描摹。除了用餐的时间，档案馆长林德霍斯特就只是偶尔露面，但每次出现都恰好是安泽穆斯刚刚写完手稿最后一个字符的时候，然后再交给他另一篇手稿，他用一根黑色的棍子搅拌墨汁，把磨钝的羽毛笔换成削尖的新笔后，就立刻一言不发地离开。有一天，当安泽穆斯伴随着十二点的钟声爬上楼梯时，他发现过去常走的那扇门被上了锁，档案馆长林德霍斯特穿着他那件奇异的、仿佛开满闪亮花朵的睡袍从另一侧走了出来。他大声叫道："尊敬的安泽穆斯，今天请您从这里进来，因为我们要去另一个房间，阐释《薄伽梵歌》①的先贤们在那儿等着我们。"他迈步穿过走廊，领着安泽穆斯穿过第一次走过的那些房间和厅堂。大学生安泽穆斯又一次惊叹于花园的奇妙壮丽，但他现在才看清，幽暗的灌木丛上挂着的奇异花朵，其实是色彩绚丽的昆虫，它们上下拍打着翅膀，自由地盘旋飞舞着，似乎在用吸喙爱抚彼此。与此相反，玫瑰色和天蓝色的鸟儿其实是芬芳的花朵，它们散发出的香气从花萼中升腾而出，变成柔和动听的音调，与远处喷泉的潺潺水声、高大树木的簌簌低语交织在一起，奏出神秘的和弦，曲调里尽是深深的哀怨和思念。第一次来这里时讥讽嘲笑他的那些鸟儿，又在他的头上飞来飞去，叽叽喳喳

---

① 《薄伽梵歌》是印度古代宗教和文学名著，也是古代印度经典史诗《摩诃婆罗多》中最精彩的哲理对话和印度教最负盛名的经典。

地不停叫着："大学生先生，大学生先生，别那么着急，别老抬头望着天，您会摔跟头的。嘿，嘿！大学生先生，套上罩衣，让猫头鹰兄弟给你修剪假发吧。"就这么喋喋不休，讲着各种愚蠢的废话，直到安泽穆斯走出花园。最后，林德霍斯特馆长走进那间蔚蓝色的房间；摆放金罐的斑岩石板不见了，屋正中摆着一张铺有紫色天鹅绒的桌子，桌上是安泽穆斯熟悉的书写用具，桌前放着一把同样用紫色绒布包裹的扶手椅。"亲爱的安泽穆斯先生，"档案馆长林德霍斯特说，"您目前已誊写了不少手稿，既快又好，我对此十分满意；您已赢得了我的信任；但最重要的事情还有待完成，那就是抄写，或者更确切地说是描摹某些用特殊字符书写的著作，这些著作我都收藏在这个房间，只能就地誊抄。出于这个原因，您以后就在这里工作，但我提请您务必小心和谨慎；一旦有一笔画错，或者——老天爷保佑千万不要发生——墨渍溅到原稿上，都会让您跌入不幸的深渊。"安泽穆斯注意到，棕榈树金光闪闪的树干上长出了一些翠绿色的小叶子，十分惹人注意；档案馆长摘下了一片，安泽穆斯这才意识到，那片叶子其实是一个羊皮纸卷轴。档案馆长把羊皮卷轴展开，铺在他面前的桌案上。安泽穆斯对这些奇怪而复杂的符号不免有些惊讶，羊皮纸上画有很多圆点、短线、长线和曲线，它们有的像植物，有的像苔藓，有的像动物，看到这些符号，他几乎失去勇气，他不确定自己能够将一切都精准地描摹出来。他陷入了沉思。"鼓起勇气，年轻人！"档案馆长喊道，"如果你有坚定的信念和真爱，就会得到塞佩蒂娜的帮助！"他的声音听起来如铮铮金属，洪亮有力，安泽穆斯冷不防一震，抬起头时，发现林德霍斯特馆长就站在他面前，同第一次到图书室时见到的一样，俨然像一位威严的国王。安泽穆斯满怀敬畏，几乎要跪下朝拜，此时林德霍斯特馆长却腾跃而起，飞到棕榈树的树干上，消失在翡翠般碧绿的树叶中。大学生安泽穆斯知道，刚才是妖王在同他讲话，现在已飞回自己的书房，也许是去和某些行星派来的光之使者商议，探讨他与美丽的塞佩蒂娜未来该何去何从。"也可能是，"他又想，"尼罗河源头又传来了什么新的消息，或者某位来自拉普兰的魔法师前来拜访。而我现在该做的，是勤勤恳恳地埋头工作了。"说着，他便开始钻研起羊皮卷上的陌生符号。花园里传来美妙的音乐，香甜芬芳的气味环绕在他四周，他还能听到嘲鸫的鸣叫，虽然听不懂它们说的话，但在他看来也十分可爱。有时，房间里也能听到棕榈树翠绿的树叶相互摩挲的沙沙声响，有时还能听到悦耳的水晶铃声，同安泽穆斯在倒霉的升天节当日接骨木树下听到的一样。大学生安泽穆斯被这声音和色泽所鼓舞，他的思想与意志越来越坚定地集中在羊皮纸卷轴的标题上，很快，仿佛从内心深处升腾起一种感觉,告诉他,这些符号除了"蝾螈与绿蛇的婚事"这几个字之外,别无他意。这时,传来一阵响亮的水晶铃铛奏出的三和弦乐音。"安泽穆斯,亲爱的安泽穆斯。"树叶里飘出轻柔的呼唤,哦,多么奇妙啊!小绿蛇正顺着棕榈树干盘绕而下。安泽穆斯仔细一看,是一位可爱又美丽的姑娘,一双深蓝色的眼睛满含爱慕,深深凝望着他,如同记忆中的一般无二,他欣喜若狂,如痴如醉地喊着:"塞佩蒂娜!美丽的塞佩蒂娜!"树叶似乎变得更长、更宽了,树干上到处都长出了尖刺,但塞佩蒂娜灵巧地扭动身子,绕过尖刺,她拉了拉绚丽多彩的飘逸长袍,让它紧贴着自己纤细的身体,以免被棕榈树上突起的尖刺卡住。她坐到安泽穆斯身旁,拥抱着他,依偎在他身边,让他感受到她唇边流淌的气息,以及她身体炽热的温度。

"亲爱的安泽穆斯,"塞佩蒂娜开口道,"很快你就会完全属于我;你的信念和你的爱,打动了我,我会将金罐带给你,它能让我们永远幸福。"

"哦,美丽的、可爱的塞佩蒂娜,"安泽穆斯说,"我只渴望拥有你,我根本不在乎其他的东西;要是你只属于我,我甚至愿意在所有奇妙又古怪的事物中沉沦。自我见到你的那一刻起,这些怪事就时时折磨我。"

"这我知道,"塞佩蒂娜接着说,"我父亲经常心血来潮地同你玩一些小把戏,那些未知和古怪的事物让你恐惧不安，但现在，我希望不会再有这样的事了，因为此时、此地，在你面前，亲爱的安泽穆斯，我只想告诉你，我心底里的一切，我灵魂深处的一切，你需要知道的一切，这样你才能完全了解我的父亲，才明白我和他究竟是什么样的人。"

安泽穆斯觉得自己仿佛被这个美丽动人的身影紧紧拥抱着、缠绕着，他只能随着她一起摆动，觉得好像她脉搏的跳动也震颤着他的肌肉和神经，他们的心跳逐渐同频；他倾听着她的每一句话，这些话在他的内心深处激荡，像一束亮光，点燃了他内心深处天堂般的喜悦。他的胳膊搂着她纤细无比的身体，但她那闪闪发光的衣服面料是如此柔顺，如此光滑，以至于他担心她会立即从身边溜走，毫不犹疑地离开。想到这里，他内心一阵战栗。"哦，不要离开我，美丽的塞佩蒂娜。"他不由自主地喊起来，"你是我生命的唯一！"

塞佩蒂娜说："今天不走，我要把一切都告诉你，而你会明白，因为你爱我。亲爱的，你要知道，我的父亲是神奇的蝾螈族后裔，我是他与一条绿蛇相爱的结晶。远古时代，仙境亚特兰蒂斯由强大的妖王磷火统治，元素精灵们都臣服于他。有一次，他最喜爱的蝾螈（也就是我的父亲）在磷火母亲用最美丽的礼物装饰的华丽花园里散步，听到一株高大的百合花在轻声歌唱：'紧闭双眼，直

金 罐 087

到我的爱人——晨风——来将你唤醒。'他踱步走到近前,随着炽热的气息轻抚而过,百合花瓣层层绽放,他看到花蕊里沉睡的百合花的女儿——绿蛇。蝾螈热烈地爱上了这条美丽的小蛇,他从百合花怀里抢走了她,百合花的芳香化为凄凄悲叹,在花园里呼唤爱女,却都枉然。因为蝾螈把她带到了磷火的城堡,并请求他说:'请恩准我同心爱的姑娘结婚吧,她应永永远远属于我。'

"'荒唐,你在说什么傻话!'妖王说,'要知道,百合花曾是我的爱人,与我共同治理亚特兰蒂斯,但我投进她体内的火花却差点毁了她,后来只因战胜了黑龙,并交由地精看管,百合的花瓣才变得坚韧,足以包裹和保存火花,她才得以存活下来。但是,如果你拥抱绿蛇,你的炽热会吞噬她的身体,然后有一个新的生命会从中萌发,但它很快就会挣脱你的怀抱离你而去。'蝾螈没有听从妖王的警告,他满腔热望地拥抱了绿蛇,它便化为灰烬,一个长着翅膀的小家伙从灰烬中诞生,疾速飞走了。蝾螈极度绝望,陷入癫狂,他在花园里狂奔,喷射出熊熊烈焰,在狂怒的席卷下摧毁了这座花园,美丽的花朵变成了烧焦的断枝残梗,它们的哀鸣在空中弥漫。妖王盛怒,暴戾地抓住蝾螈说:'你的大火已平息,你的火焰已熄灭,你的光芒已暗淡,沉入地精的怀抱吧,他们会戏弄你、嘲笑你、囚禁你,直到你身体里的火种死而复燃,带着你从大地升起，成为一个新的生命，再次放射光芒。'可怜的蝾螈黯淡无光，被打落凡尘。但这时，磷火的园丁、脾气暴躁的老地精走了进来，说：'主人啊！我比所有人都更应该埋怨蝾螈！那些被他烧焦的美丽花朵，都是我用最好的金属饰品装点的，是我细心呵护它们的胚芽，为它们染上美丽的色彩。然而，我却想为可怜的蝾螈说几句话。他只是为爱情所困，正如主人你曾经经历过的那样，他摧毁花园是受绝望驱使。请减轻些对他的惩罚吧！'

"'他的火焰暂时熄灭了，'妖王说，'当不幸的时代来临时，堕落的人类再难听懂自然的语言；元素精灵被放逐到自己的领地，只能从遥远的地方与人类交谈，声音低沉难辨；人类脱离了与自然的和谐共生，只有执着追求能帮助他们获得来自仙境的模糊信息——在心怀信仰与爱的时候，那是他们曾经可以居住的地方。在这个不幸的时代，蝾螈的火种将被重新点燃，然而他只能变成人类，并且完全堕入窘迫的生活，忍受生活的苦难。但是，他不仅拥有对前世的记忆，而且依然生活在大自然的神圣和谐中，他了解大自然的奥妙，精灵兄弟的自然之力也听命于他。在百合花丛中，他将再次找到绿蛇，他与绿蛇的结合会带给他三个女儿，她们在人们眼里的形象也是绿色小蛇。春天的时候，她们会在幽暗的接骨木丛中攀缘，用水晶铃般悦耳的声音歌唱。在那个人类顽固不化的艰难时代，如果有一个年轻人听到她们的歌声，那么就会有一条小蛇用她迷人的眼睛凝望他，这目光将会点燃他对遥远的神奇国度的憧憬，如果他甩掉了俗世的拖累，他将会勇敢奔赴这个神奇国度。对小蛇的爱将会在他内心萌生对自然力量的信仰，他也会相信，这些自然的奇迹就在身边。到了这时，小蛇就会成为他的妻子。但是，只有当出现了三个这样的青年，并同三个女儿成婚，蝾螈才能卸下沉重的负担，回到他的精灵兄弟中去。'

"'主人啊，请允许我，'地精说，'给这三个女儿送上一份礼物，它将给她们和爱人带来幸福美满的生活。每人都将得到一个我所拥有的最美丽的金属制成的罐子，我将用从钻石中提取的光芒打磨它；它色泽光亮，能倒映出我们仙境与大自然和谐共处的画面，发出耀眼的光辉。成婚之时，它里面将会绽放出一朵火百合，它永不凋零的花朵将为这位忠实可靠的年轻人带来甜美的芬芳。很快，他就能听懂她的语言，了解我们王国的奥妙，甚至，他还能与心爱的人一起到亚特兰蒂斯生活。'

"亲爱的安泽穆斯，你现在应该知道，我的父亲就是故事里的蝾螈。尽管他拥有强大的自然之力，却不得不忍受普通生活中最微不足道的苦难，这也许就是他爱恶作剧捉弄人的原因吧。他时常对我说，妖王磷火提出，我们三姐妹的成婚对象必须具备某种精神品质，对于这种品质现在有一种说法,叫做孩童般的诗意心灵,这个表达却经常被不恰当地滥用。这种气质常常出现在一些年轻人身上,他们因为性情特别淳朴,又完全缺乏所谓的世俗教育,而遭到乌合之众的嘲笑。啊,亲爱的安泽穆斯!你在接骨木下听懂了我的歌声,读懂了我的眼神,你爱上了绿蛇,你相信我,并想永远同我在一起!美丽的百合花将在金罐中绽放,我们将在亚特兰蒂斯过上幸福快乐的生活!但我要坦率地跟你说,在蝾螈和地精与黑龙的恶战中,黑龙挣脱了束缚,腾空呼啸而逃。磷火虽然再次捆住了它,但战斗中散落在地上的黑色羽毛却化为妖魔,专与蝾螈和地精作对。亲爱的安泽穆斯,那个找你麻烦的老太婆,据我父亲所知,觊觎着金罐。她是黑龙翅膀落下的羽毛与萝卜相爱的产物。她知道自己的出身,也清楚自己的力量,因为她在被囚禁的黑龙的呻吟和抽搐中窥见了许多奇妙现象的奥秘,她用尽一切手段,妄图从外部对内部进行破坏,我的父亲则变作蝾螈,射出闪电阻止她。她收罗了毒草和毒虫所有用于制敌的成分,将它们混合成有效的药剂,以召唤邪恶的幽灵,用害怕和恐惧攻击人的意识,并让人们屈从于恶龙战败后产生的恶魔的力量。当心那个老太婆,亲爱的安泽穆斯,她是你的敌人,因为你童稚虔诚的性情已经多次摧毁了她的邪恶魔法。要忠诚——对我忠诚,很快你就能达到目的!"

"哦,我的——我的塞佩蒂娜呀!"大学生安泽穆斯叹道,"我怎么可能离开你,我怎么可能不永远爱你!"一个吻烙在他的唇上,他如大梦初醒,塞佩蒂娜不见了,六点钟声响起,他的心猛地一沉,他还一个字儿都没抄呢;不知道档案馆长会怎么说,他忧心忡忡地看向那张纸,啊,奇怪!他欣喜地发现,这份神秘的手稿已誊抄完毕,仔细辨认了手稿的笔画,他相信,抄写的正是塞佩蒂娜讲述的自己父亲的故事,那位来自神奇国度亚特兰蒂斯的磷火妖王的宠儿的故事。这时,档案馆长林德霍斯特穿着灰白色大衣走了进来,他头上戴着帽子,手里握着手杖;他看了看安泽穆斯誊抄的羊皮纸,吸了一大撮鼻烟,笑着说:"如我所料!好了,这是今天的一塔勒,安泽穆斯先生,现在我们去林基浴场吧。跟我来!"档案馆长快步穿过花园,花园里歌声、哨声、交谈声混杂在一起,安泽穆斯耳朵都快震聋了,当他终于站在大街上时,不禁说了句谢天谢地。刚走出去几步,就遇到了赫尔勃兰特文书,他态度和善,加入了同行的行列。大门前,他们把随身带来的烟斗装好;却听见赫尔勃兰特文书在抱怨没带火柴,这时档案馆长林德霍斯特没好气地说道:"要什么火柴!这不是火吗,要多少有多少!"说着,他打了个响指,手指间迸出火花,迅速点燃了烟斗。赫尔勃兰特文书说:"您看看这化学的小把戏。"但大学生安泽穆斯则深感震撼,又想到了故事里的蝾螈。在林基浴场，赫尔勃兰特文书喝了很多烈性浓啤酒，以至于他这个原本心地善良、沉默寡言的人开始扯着嘶哑的嗓音唱起了年轻人的歌，还激动地询问每一个人是不是他的朋友，最后大学生安泽穆斯不得不把他送回家，而此时档案馆长林德霍斯特早就起身离开了。

第九章

> **情节提要**
>
> 　　大学生安泽穆斯是如何恢复理智的。
> 　　潘趣酒聚会。
> 　　大学生安泽穆斯把保尔曼副校长误认为猫头鹰，而后者对此非常生气。
> 　　墨渍及其后果。

　　大学生安泽穆斯每天都会遇到各种奇奇怪怪的事情，这让他完全脱离了普通人的生活。他不再去看望任何朋友，每天早上都在焦急地等待着为他开启天国之门的十二点钟声。然而，当他一门心思倾慕美丽的塞佩蒂娜、领略档案馆长林德霍斯特奇妙如仙境般的大花园时，偶尔也会不由自主地想起维罗妮卡，有时他仿佛看见她走到跟前，红着脸向他倾诉衷肠，她多么爱他，多么想帮他摆脱掉那些只会戏弄和嘲笑他的幽灵。有时，仿佛有一种陌生的，突如其来的力量抓住他，将他推向被他逐渐淡忘的维罗妮卡。这股力量不可抗拒，他不得不跟随她，去她想去的任何地方，仿佛他被拴在了这个女孩儿身上。就在他第一次见到塞佩蒂娜美丽的少女形象，听到蝾螈与绿蛇婚姻的奇妙秘密的那个夜晚，维罗妮卡比以往任何时候都更加清晰地出现在他眼前。是的！只有当他醒来时，他才意识到自己只是在做梦，因为他确信维罗妮卡真的和他在一起，她抱怨他将自己最真挚的爱献祭给了蛊惑人心的幻象，他将陷入不幸和毁灭的深渊。维罗妮卡发自内心深处的痛苦哀叹，也触动了他的灵魂。维罗妮卡比他见过的任何时候都更加亲切可爱，他几乎无法将她从自己的思绪中抹去，这种状态让他痛苦不堪。他想清晨出去走走，以排遣苦闷。一股神秘的魔力把他吸引到了皮尔纳门[①]前，他正准备拐进一条小道时，保尔曼副校长从他身后走了过来，大声问道："哎，哎！尊敬的安泽穆斯先生！老朋友，老朋友！您到底躲哪儿去啦，最近压根儿看不到您。您知道吗，维罗妮卡可是盼着再同您一起歌唱呀？来吧，到我家去吧！"无奈之下，大学生安泽穆斯只好跟副校长走了。他们一进家门，打扮得精致整洁的维罗妮卡就迎了上来，保尔曼副校长不禁讶异，问道："穿戴得这么齐整，是在等客人吗？但我把安泽穆斯先生带回来了！"当大学生安泽穆斯彬彬

[①] 皮尔纳门建于16世纪末，是德累斯顿城防工事的四个城门之一，位于德累斯顿老城东南部出口，通往同名的皮尔纳城。1820年后被拆除。

有礼地亲吻维罗妮卡的手时,他感到了一丝轻微的压力,这种压力像炽热的岩浆一样流遍全身,带来一阵震颤。维罗妮卡是个开朗、优雅的人,当保尔曼去书房时,她便调侃和揶揄安泽穆斯,逗得安泽穆斯情绪渐高,不再拘谨,最后甚至和这个调皮的姑娘在房间里追逐打闹起来。然而,不幸的恶魔缠住了他的脖子,安泽穆斯鬼使神差地撞到了桌子上,维罗妮卡一个小巧可爱的针线盒掉了下来。安泽穆斯把它捡起来,盖子已弹开,一面小巧的金属圆镜子落入眼底,他饶有兴趣地对着镜子照了起来。维罗妮卡悄悄地走到他身后,把手搭在他的胳膊上,紧紧地依偎着他,越过他的肩膀向镜子里看去。安泽穆斯内心仿佛展开了一场争斗,思绪和影像往复闪现,又随即消失——档案馆长林德霍斯特、塞佩蒂娜、绿蛇,最后一切又归于平静,所有的迷乱拼凑在一起,显现成清晰的意识。现在他明白了,一直以来他都在思念维罗妮卡,昨天出现在蓝色房间的身影也是维罗妮卡,而蝾螈与绿蛇结婚的奇幻传说只是他抄写的内容,绝不是别人给他讲述的。他对自己的幻想感到纳闷,只能将其归因于对维罗妮卡的爱所导致的过度紧张,以及在档案馆长林德霍斯特家的那份工作,因为房间里的芳香让人迷乱。想象自己爱上了一条小蛇,还将地位优越的枢密档案馆长误认作蝾螈,对于自己离谱的幻想,他不禁失笑。"是呀、是的,就是维罗妮卡!"他大声喊着，转过头正好望进维罗妮卡的蓝眼睛，眼眸闪烁，散发着爱和渴慕的光芒。双唇微启发出一声低沉的叹息，下一刻她的唇便印上了他的，滚烫、灼热。"哦，我真是个幸运儿。"心神荡漾的大学生感叹道，"昨天梦寐以求的事情，今天就真真切切地实现了。"

"那么，你当上宫廷顾问后真的会和我结婚吗？"维罗妮卡问道。

"当然！"大学生安泽穆斯回答道。这时，吱呀一声，保尔曼副校长推门而入，说道："好了，尊敬的安泽穆斯先生，今天我可不让您走，您先在我这里喝点汤，之后维罗妮卡会为我们准备美味的咖啡，赫尔勃兰特文书也应承来访，他将和我们一起享用。"

"哦，副校长先生您真是太好了。"大学生安泽穆斯回答道，"不过，难道您不知道我得去林德霍斯特馆长那里誊抄手稿吗？"

"您看，老朋友！"保尔曼副校长将怀表递到他跟前，时间已到十二点半。大学生安泽穆斯这才意识到，现在去林德霍斯特馆长那儿已经太晚了，于是他心甘情愿地顺从了校长的意愿，因为这样他就一整天都能见到维罗妮卡，可以接收她频频暗送的秋波和温柔的握手，甚至有可能赢得一个香吻。安泽穆斯的愿望愈来愈强烈，他相信自己很快就会从那些不真实的幻想中解脱出来，否则真有可能变成一个十足疯狂的傻瓜,这种想法越是笃定,他就越是觉得畅快。赫尔勃兰特文书果真来了,喝完咖啡后,夜幕已降临,他嘿嘿一笑,高兴地搓了搓手,表示他随身带了一些东西,就像给文件归类和编号一样,这些东西可以在维罗妮卡一双美手的调配下,呈现出应有的形态,在这个凉爽十月的夜晚,给大家带来欢愉。

"那么,就将您带在身上的神秘东西拿出来吧,尊敬的文书先生。"保尔曼副校长喊道。赫尔勃兰特文书把手伸进外套的深口袋,分三次掏出了一瓶烧酒、柠檬和糖。不到半小时,保尔曼的桌上就摆上了热气腾腾的美味潘趣酒。维罗妮卡给客人们一一斟上了酒,几个朋友畅聊起来,气氛轻松惬意。但是,安泽穆斯饮下这酒后,酒气上涌,脑海中又浮现出最近经历的一幕幕稀奇古怪的事情。他看到档案馆长林德霍斯特穿着像磷火般熠熠发光的锦缎睡袍,他看到蔚蓝色的房间、金色的棕榈树,是的,他再次觉得,自己应该相信塞佩蒂娜。他心潮澎湃,万般思绪在胸中翻滚。维罗妮卡递来一杯潘趣酒,他接过酒杯,轻轻地抚摸着她的手。"塞佩蒂娜!维罗妮卡!"他轻叹一口气,陷入了深深的梦境。

赫尔勃兰特文书大声喊着:"档案馆长林德霍斯特,真是一个古怪的老头儿,谁也琢磨不透。好吧,祝他长寿!干杯,安泽穆斯先生!"

大学生安泽穆斯这才从梦境中惊醒，向赫尔勃兰特文书敬酒，说："尊敬的文书先生，那是因为，林德霍斯特馆长其实是一条蝾螈，他因为失去了小绿蛇，盛怒之下喷火烧了磷火妖王的花园。"

"怎么会这样？后来呢？"保尔曼副校长问道。

"正是这样。"大学生安泽穆斯接着说，"因为这件事的缘故，他才不得不来到凡间，屈就皇室档案馆长的职务，他带着三个女儿在德累斯顿生活，而他的三个女儿不是别的，正是在接骨木树上晒太阳的金绿小蛇，她们像海妖一样，唱着迷人的歌，引诱年轻人。"

"安泽穆斯先生，安泽穆斯先生，"保尔曼副校长喊道，"您疯了吗？您到底在胡说些什么？"

"他说的没错，"赫尔勃兰特文书插话道，"那个家伙，那个档案馆长，是一只被诅咒的蝾螈，他打个响指就能点火，像燃烧的海绵一样在你的外套上烧出个窟窿来。是的，是的，你是对的，安泽穆斯老弟，谁要是不相信，谁就是我的敌人！"说着，赫尔勃兰特文书用拳头敲了敲桌子，玻璃撞得叮当作响。

"文书先生！您也疯了吗？"副校长愤怒地喊道，"大学生先生，大学生先生，你究竟在搞什么名堂？"

"啊！"大学生说，"副校长先生，您也不是别的，您是一只鸟——一只修剪假发的猫头鹰！"

"什么？我是一只鸟——一只猫头鹰——给人理发的？"副校长气得不轻，火冒三丈。

"先生，疯了，真是疯了！"

"是老太婆附体在他身上。"赫尔勃兰特文书大声说道。

"是的，老太婆十分强大，"大学生安泽穆斯插话说，"她出身卑微，因为她爸爸不过是黑龙翅膀上掉落的羽毛，她的妈妈是一根污秽的萝卜，她的力量大部分来源于各种不友善的生物——来自她周围恶毒的坏家伙。"

"这是卑鄙的诽谤。"维罗妮卡叫道，眼睛因愤怒而发红，"老莉西是个有智慧的女人，黑色雄猫也不是什么敌视人类的生物，而是一个受过教育、举止优雅的年轻人，是她的表弟。"

"他吃蝾螈时会不会烧着胡子，就顾不上体面优雅了？"赫尔勃兰特文书问。

"不，不！"大学生安泽穆斯喊道，"这种事情绝不会发生，现在和将来都不可能；另外我还想说，小绿蛇爱我，因为我有孩童的心性，而且我还曾凝视塞佩蒂娜的眼睛。"

"雄猫会抠掉那双眼睛的。"维罗妮卡喊道。

"蝾螈——蝾螈会把它们全都制服！"保尔曼副校长怒火中烧，咆哮着说，"我是在疯人院里吗？我自己也疯了吗？我在说什么胡话？是的，我也很疯了，我也疯了！"说着，保尔曼副校长一跃而起，一把扯下头上的假发，扔向天花板，卷发散开，发丝的摩擦声像是叹息，最后假发化为灰烬，粉尘飞扬。然后大学生安泽穆斯和赫尔勃兰特文书抢过酒盅和酒杯，狂呼乱叫着，把它们扔向天花板，碎片叮叮当当声连绵不断。"蝾螈万岁！打倒老太婆！砸烂铜镜！挖掉猫眼！小鸟，有小鸟飞来。万岁，万岁，蝾螈万岁！"三人像着了魔一样，乱喊乱叫。小弗兰琴手足无措，哭着跑开了，维罗妮卡却没有走，痛苦又悲伤地躺在沙发上，轻声啜泣着。这时，门开了，一切突然安静下来，一个穿灰色外套的小个子男人走了进来。他一脸严肃，却透出些许滑稽，弯弯的鼻子格外显眼，让见过的人都印象深刻，鼻梁上还架着一副大眼镜。他还戴着一顶奇特的假发，看起来更像是一顶羽毛编织的帽子。"嘿，晚上好。"这个滑稽的小个子说，声音像锯木头一样有些刺耳，"我想我找到了大学生安泽穆斯先生。我带来了档案馆长林德霍斯特先生的消息，他今天白等了安泽穆斯先生一天，但请明日不要再错过约定时间。"说完，他又大步流星地走了出去，大家这才看清，这个严肃的小个子其实是一只灰色的鹦鹉。保尔曼副校长和赫尔勃兰特文书哈哈大笑，笑声在房里回荡，维罗妮卡仍在呜咽和叹息，仿佛心要被无名的痛苦撕碎，而大学生安泽穆斯的内心却充满恐惧，他毫无意识地冲出门外，穿过街道。他机械地回到了自己的公寓，自己的房间。没过多久，维罗妮卡来找他，情绪平静，态度和善，问他为什么在酒醉后如此吓唬她，还让他在为档案馆长林德霍斯特工作时不要又胡思乱想。"晚安，晚安，我亲爱的朋友。"维罗妮卡在他的嘴唇上轻轻一吻，轻声说着。他伸出双臂想拥抱她，但梦中的身影已经消失，他醒来时精神焕发，心情愉快。现在，他自己一想到酒后的言行也禁不住发笑，但一想到维罗妮卡，就感到自己完全浸润在一种温馨舒适的感觉里。他自言自语道："多亏了她，我才能摆脱愚蠢的幻象。说真的，我并不比那个以为自己是玻璃做的人好多少，也不比那个以为自己是一颗麦粒，因为害怕被鸡吃掉而不愿离开客厅的人好多少。但只要我当上了宫廷顾问，我就立即和保尔曼小姐结婚，然后过上幸福日子。"当他中午经过林德霍斯特馆长花园时，他怎么也想不明白，过去为何觉得这里的一切都那么奇特和神妙呢。他看到的不过就是一些普通盆栽植物，各种天竺葵、桃金娘等等；平时戏弄他的那些闪闪发光、色彩斑斓的鸟儿不见了，只有几只麻雀飞来飞去，它们看到安泽穆斯就叽叽喳喳叫了起来，听不懂，却叫人心烦。蓝色房间的感觉也变了，他不明白自己怎么会喜欢上这刺眼的蓝色和棕榈树那不自然的金色树干，它的叶子也是奇形怪状，还闪闪发光。档案馆长看着他，带着一种独特的讽刺意味，微笑着问道："昨天的潘趣酒口感如何，尊敬的安泽穆斯先生？"

"啊，一定是那只鹦鹉……"大学生安泽穆斯有些羞愧地答道，但他又顿住了，因为他琢磨着，鹦鹉可能只是他意识模糊时出现的幻象。

"哎，我本人也在那个聚会上。"林德霍斯特馆长插话道，"您没看见我吗？不过，在你们恣意胡闹的时候，我差点受到重创；因为那时我就坐在酒壶边，赫尔勃兰特文书抓起酒壶就要往天花板上扔，我只好赶紧躲到副校长的烟斗里。好了，再见，安泽穆斯先生！好好干，即使昨天旷工我还是会付您一塔勒，因为到目前为止您的工作完成得非常出色。"

"档案馆长怎么讲了这些胡话呢？"大学生安泽穆斯自言自语地说着，然后坐到桌前准备誊抄手稿，同往常一样，档案馆长已将手稿在他面前铺开。但是，他看到羊皮纸卷上有那么多古怪的扭曲的笔画和曲线，乱作一团，让人眼花缭乱。

他觉得要精准描摹出所有字符几乎是不可能的。是的，概览全貌，羊皮纸像是一块色彩斑斓纹理交错的大理石，或是一块长满青苔的石头。他想无论如何都要勉力一试，于是信心十足地蘸了蘸笔，但墨水一点儿也不流畅，他不耐烦地甩了甩。啊，天啊！一大块墨渍落在了铺开的原稿上。墨渍中劈出一道蓝色闪电，嘶鸣着，咆哮着，向上盘旋，直冲天花板。紧接着，四周墙面升腾起一股浓浓的水汽，树叶像遭到暴风雨侵袭，沙沙作响，在闪烁的火光中，从叶片里冲下来一群闪闪发光的蛇，它们点燃了水蒸气，安泽穆斯周围一团团火焰在翻滚，噼啪作响。棕榈树金色的树干变成了一条条巨蛇，它们狰狞的头颅撞在一起，发出铮铮之音，布满鳞甲的躯干盘绕在安泽穆斯身上。"你这个疯子！为你无耻的罪行接受惩罚吧！"头戴皇冠的蝾螈大声喊道，声音让人不寒而栗，他像是火焰中升起的一道耀眼光芒，凌空出现在巨蛇的上方。巨蛇张开大嘴向安泽穆斯喷射出瀑布般的火焰，火流仿佛在他的身体周围凝结，变成了一个坚硬冰冷的块状物。随着安泽穆斯的四肢被挤压到了一起，越来越紧，他的意识也逐渐模糊。当他再次醒来的时候，发现自己无法动弹，他仿佛被一团闪耀的光芒包围着，如果他想抬手或是做别的什么动作，都会撞到那团光。啊！他正坐在一个封得严严实实的水晶瓶里，水晶瓶摆在林德霍斯特馆长图书室的一排书架上。

第十章

> **情节提要**
>
> 大学生安泽穆斯在玻璃瓶中的苦难。
>
> 克罗伊茨学校学生和实习生的快乐生活。
>
> 林德霍斯特馆长图书室内的战斗。
>
> 蝾螈的胜利和大学生安泽穆斯的解放。

亲爱的读者，我有理由相信，你应该从来没有被锁在玻璃瓶里的经历，除非是一个逼真的噩梦曾将你困在这种幻想的闹剧中。如果是这样的话，你就能对可怜的安泽穆斯的悲惨遭遇感同身受了；但如果你从来没有做过这样的梦，那么就请帮帮忙，为我、也是为安泽穆斯，想象自己短暂地被锁在水晶瓶里。你被耀眼的光辉包围着，周围的所有东西在你眼中似乎都被蒙上了一层光亮的虹彩，熠熠生辉，看起来有些朦胧，一切都在颤抖、摇摆、发出低沉的回响。你像在凝固的以太中游泳，一动也不能动，你的身体被牢牢困住，只有灵魂在徒劳地指挥着僵死的躯体。

挤压在你胸膛的力量越来越沉重，每一次的呼吸消耗掉越来越多的空气，狭窄空间上下流动的空气越来越稀薄，你的血管肿胀，每一根神经都被极度的恐惧割断，鲜血淋漓，在死亡的阵痛中抽搐。亲爱的读者，请可怜可怜大学生安泽穆斯吧，他在玻璃牢笼里遭受这不可名状的折磨；但他清楚地感到，死亡不能让他解脱，每每因极度痛苦而昏厥过去，又会在清晨和煦温暖的阳光照进房间时醒来，如此，对他的折磨不是又重新开始了吗？他的四肢不能动弹，但他的灵魂在撞击玻璃，声响震耳欲聋，他听到的不是内心深处灵魂的表达，而是疯狂又愤怒的呓语。他无比绝望地喊道："哦，塞佩蒂娜，塞佩蒂娜，救我脱离这地狱般的折磨吧！"仿佛吹来一阵轻柔的叹息，它们像绿色透明的接骨木树叶一样飘浮在瓶子四周，那些声响停止了，刺眼的光芒也消失了，他感到呼吸也稍微轻松了一些。"我的痛苦难道不是我自己造成的吗，啊！心爱的、美丽的塞佩蒂娜，不正是因为我对你犯下了罪孽？不正是因为我可恶地对你产生了怀疑吗？不正是因为我失去了信念，也因此失去了本该让我幸福的一切吗？唉，我再也不能和你在一起了，我已经失去金罐了，我再也无法见证它创造奇迹了。哦，可爱的塞佩蒂娜，让我再见你一面，听听你甜美动人的歌声吧！"大学生安泽穆斯哀叹着，心如刀绞。

这时他旁边有人开口道:"我不知道您究竟想要什么,大学生先生,您为什么总是哭丧着脸呢?"大学生安泽穆斯这才注意到,书架上还摆着五个瓶子,就在他旁边,里面是三个克罗伊茨学校的学生和两个实习生。

"哦,先生们,和我一样不幸的同伴们,"他感叹道,"你们怎么做到如此平静,甚至如此快乐?从你们明朗的表情就可以看出来。明明和我一样,你们也被关在玻璃瓶里,一动也不能动,如果想思考一些有意义的事情,就有丁零当啷的噪声响起,让你头痛欲裂,脑袋也被震得嗡嗡作响。我想你们一定不相信蝾螈和绿蛇的故事吧。"

"你在胡说些什么呀,大学生先生?"一个克罗伊茨学校的学生回答道,"我们从来没有像现在这样好,因为我们胡乱抄写一气,却从疯疯癫癫的档案馆长那里领到了不少银币,这笔钱让我们过得不错。我们不用再死记硬背意大利合唱曲,每天都去约瑟夫酒吧或其他酒吧,享受浓啤酒,看着漂亮女孩的眼睛,像真正的学生一样唱歌:'何不纵情欢乐①。'快乐得很。"

"几位先生说得很对。"一位实习生插话道,"我也算手头宽裕,我旁边的同事也一样。我常常去山坡葡萄园散步,而不用再被围在四面墙之内,做那些痛苦的文案

---

① 原文"gaudeamus igitur",拉丁文,是歌曲的第一句,歌曲也以此命名。出现于十三世纪或者十五世纪的欧洲,反映学生的享乐主义精神,在西方学院中广为流传。

工作。"

"但是，尊敬的先生们！"大学生安泽穆斯说，"你们难道都没有感觉到，自己被关在玻璃瓶里，不能动弹，更遑论散步？"

听到这儿，克罗伊茨学校的学生们和实习生都发出一阵哄笑，喊道："大学生疯了吧，他明明站在易北河桥上望着水面，却想象自己坐在玻璃瓶里。我们走吧！"

"唉。"大学生叹了口气，"他们从未见过美丽的塞佩蒂娜，他们不知道何为自由，何为怀有信念和爱的生活。因此，他们感受不到这个牢笼的压迫。他们因为愚蠢、卑鄙而被蝾螈放逐到此。而我，如果我深爱的那个人不救我，那么我这个可怜虫就会在耻辱和痛苦中死去。"这时，像风一样，飘来塞佩蒂娜的声音："安泽穆斯！信念，爱，希望！"每一个音节都像光一样，照进了安泽穆斯的囚笼，水晶在这股力量下，变软了一些，空间也松动了些，这个囚徒的胸膛终于可以起伏和喘息了！他的痛苦逐渐减弱，他意识到塞佩蒂娜依然爱着他，只有她，才能让他继续忍受水晶瓶中的日子。他不再理会那些轻浮的难友，而是把他的思绪和意识都放在了美丽的塞佩蒂娜身上。但突然，另一头传来了一声低哑惹人厌的嘟囔。他很快意识到，这模糊的声音来自一个盖子缺了一半的旧咖啡壶，壶就放在他对面的一个小橱柜上。他仔细一看，一个干瘦老太婆丑陋的脸越来越清晰地显现出来，转瞬，那个黑门前卖苹果的老太婆就站在了书架前。她冲他咧嘴一笑，尖声叫道："哎，哎，年轻人！你还坚持得住吗？你会掉进水晶瓶里！我不是早就跟你说过么？"

"你就尽情嘲笑吧，你这该死的老巫婆。"大学生安泽穆斯说，"一切都是你造成的，但蝾螈会收拾你的，你这可恶的老妖婆！"

"嘀，嘀！"老妇人说，"别那么横！你踢了我儿子的脸，烧了我的鼻子，但我对你仍然很好，你这滑头，因为你本来是个好人，我亲爱的孩子也很喜欢你。但如果没有我的帮助，你就出不了这水晶瓶；我的手够不到你，但是我的教母，耗子太太，就住在你头顶上的天花板里，我请她把你所在的木板咬断，于是你就会滚下来，我用围裙接住你，这样你就不会砸坏鼻子，一点儿也不会伤到你光滑的小脸蛋。然后我马上把你带到维罗妮卡小姐那里，当你成为宫廷顾问时，你一定要娶她。"

"从我身边滚开，你这魔鬼。"大学生安泽穆斯怒火中烧，喊道，"就是你的鬼把戏让我犯下罪孽，我现在必须赎罪。但是，我将忍耐一切，因为我只能待在这里，我不惧折磨，美丽的塞佩蒂娜会用爱和安慰拥抱我！听着，老太婆，死心吧！我蔑视你的权力，我永远只爱塞佩蒂娜。我再也不想当宫廷顾问，再也不想见到维罗妮卡，她借助你的力量引诱我去做坏事！如果不能拥有绿蛇，我就会在渴慕和痛苦中灭亡！滚吧，滚吧，你这卑鄙的怪胎！"

听罢，老太婆哈哈大笑起来，笑声在房间里回荡，她喊道："那就坐着等死吧，现在该干正事儿了，我来这儿是为了另一桩事。"她扔掉黑色斗篷，赤身裸体地站在那里，令人不适，然后她开始转圈，空中掉落下来一本又一本大部头的对开本古书，她从里面撕下几页羊皮纸，将它们拼好钉在一起，然后披到身上，倏忽间，她身上就像长出了奇特的彩色鳞甲。黑色雄猫从书桌上的墨水瓶里跳了出来，口中喷火，它朝老太婆尖利地叫了几声，老太婆大声欢呼，带着它从门缝里消失了。安泽穆斯知道，她去了那间蓝色的房间，很快他就听到远处传来嘶叫和怒吼声，花园里的鸟儿在尖叫，鹦鹉在呱呱地喊着："救命，救命！抢劫，抢劫！"就在这时，老太婆又蹿进房间，怀里揣着金罐，姿态怪异骇人，朝着空中狂喊："你会成功的！你会成功的！孩子，杀了小绿蛇！来，我的孩子，快来！"安泽穆斯仿佛听到了一声低沉的呻吟，那好像是塞佩蒂娜的声音。他心里大惊，随即是深深的无力感。他鼓足全身力气，仿佛神经和血管都要爆裂一般，撞向水晶瓶，一阵尖锐的声音响彻屋宇，档案馆长穿着亮闪闪的锦缎睡袍出现在门口，他大喊："嘿，嘿！你这无耻之徒，疯癫的神棍！又在装妖作怪，来吧，来呀！"这时，老太婆的黑发像鬃毛一样直挺挺竖了起来，血红色的眼睛里燃起了地狱之火，血盆大口里的尖利獠牙紧紧咬在一起，恶狠狠地威胁道："刚拿到的，刚拿到的，嘶，走开，嘶，走开。"她轻蔑地讥笑着，嘲讽地挖苦着，同时，把金罐中紧紧地贴在自己身上，从金罐中抓出一把把亮晶晶的泥土扔向馆长，但泥土一碰到睡袍，就变成花朵簌簌落下。这时，睡袍上的百合花闪烁起来，变成了一团团的火焰升腾在空中，馆长把噼啪作响、燃烧着的百合花扔向女巫，她痛得嚎天喊地；但她跃上半空，一抖羊皮纸盔甲，百合花便熄灭了，悉数化为灰烬。"快上，我的孩子！"老妇人尖声叫道；黑猫闻声腾空而起，呼啸着冲向门口，往档案馆长头上扑去，此时却见灰色鹦鹉扑扇着翅膀冲向他，弯弯的长喙戳进它的脖子，鲜红炽热的鲜血从黑猫喉咙喷涌而出，塞佩蒂娜的声音传了过来："得救了！得救了！"老太婆恼羞成怒，绝望地朝档案馆长扑过去，她把金罐扔到身后，展开干瘪的拳头，伸出枯瘦的手指，想要抓住档案馆长，但档案馆长迅速拽下睡袍，向老太婆扔去。紧接着，羊皮纸盔甲中迸射出蓝色的火焰，嘶嘶嘶、滋滋滋、呼呼呼。老太婆痛苦地哀嚎着，翻滚着，同时还不停地从金罐里抓泥土出来，从古卷中撕羊皮纸页下来，用来扑灭身上熊熊燃烧的大火，当她终于把泥土或羊皮纸页覆盖到自己身上时，火才熄灭。但此时，档案馆长身体里仿佛射出无数道闪烁着的光束，嘶鸣着向老妇人袭来。"嘿，嘿！就是这样，就是这样——胜利属于蝾螈！"档案馆长洪亮的声音在房间里响起，百数道电光绕成一个火圈，将嚎天喊地的老太婆围在中间。黑猫和鹦鹉愤怒地厮打在一起，最终鹦鹉扇动有力的翅膀将黑猫打倒在地，用爪子刺穿了它的身体，紧紧钉牢在地上，黑猫长啸不绝，痛苦万分，鹦鹉抬起锋利长喙猛啄它闪着凶光的眼睛，灼热的液体喷涌而出。老太婆早被扑倒在地，睡袍覆盖在她身上，这时，那里翻起滚滚浓烟。只听得老太婆凄厉地叫着、喊着，恐怖刺耳的哀号传至远方。弥漫着恶臭的烟雾散去，档案馆长拾起他的睡袍，下面躺着一棵腐烂的萝卜。

"亲爱的林德霍斯特馆长，我将我制服的敌人交给您。"鹦鹉说着，把嘴里衔着的一根黑毛递给了林德霍斯特馆长。

"很好，亲爱的。"档案馆长回答道，"我也将我的敌人制服了，就躺在这里，剩下的事就交给您了。作为小小的奖励，您今天还将收到六个椰子和一副新眼镜，因为我看到，那只雄猫无耻地把您的眼镜打碎了。"

"尊贵的朋友和庇护者，我将终身为您效力！"鹦鹉非常高兴地说，叼起萝卜，从林德霍斯特馆长为他打开的窗户飞了出去。馆长抱起金罐，大声呼唤："塞佩蒂娜，塞佩蒂娜！"此时此刻，看到那个将他推入坠落深渊的可恶巫婆遭到毁灭，大学生安泽穆斯欣喜万分，他将目光移到了馆长身上。现在，他是威风凛凛的妖王，正带着一种无法形容的优雅和威赫，看向他。"安泽穆斯，"妖王说，"失去信念不怪你，是有一种敌对思想以毁灭性的姿态闯进你的内心，将你同你的本心剥离，它才是罪魁祸首。你证明了自己的忠诚，应该得到自由和幸福。"一道电光照进了安泽穆斯的心房，水晶铃美妙的三和音比以往任何时候都更加响亮，更加有力。他的肌肉和神经都在颤抖，但铃音仍在不断增强，响彻整个屋宇，囚禁安泽穆斯的玻璃瓶轰然破碎，他跌入了美丽可爱的塞佩蒂娜的怀抱。

第十一章

> **情节提要**
>
> 保尔曼副校长对家中发生的荒唐事件感到不快。
>
> 赫尔勃兰特文书成为宫廷顾问，冒着严寒脚蹬单鞋丝袜上门拜访。
>
> 维罗妮卡的忏悔。
>
> 在热气腾腾的汤碗旁订婚。

"但是，尊敬的文书先生，请告诉我，昨天那该死的潘趣酒是如何迷乱我们心智，让我们做出那么些荒唐事来的？"第二天早上，保尔曼副校长一边说着，一边走进了房间，房间里仍是一片狼藉，撒满了碎瓷片，屋子中间是那顶不幸的假发，泡在倾洒一地的潘趣酒里，早已松开，看不出任何形状。当大学生安泽穆斯跑出房门之后，保尔曼副校长和赫尔勃兰特文书就在房间里晃晃悠悠，四处乱窜，像着了魔似的冲向彼此，用头互相撞击，最后小弗兰琴费了好大的劲才把晕头转向的父亲扶上床，而文书则精疲力竭地瘫倒在沙发上,此时维罗妮卡早已起身离开了沙发,逃进卧室。赫尔勃兰特文书用他的蓝色手帕包着头,脸色苍白,神情忧郁,呻吟着说:"哦,尊敬的副校长,这不是维罗妮卡小姐精心准备的潘趣酒,不!这都是那个可恶的大学生惹的祸。难道您没看出来么,他早就疯了吗?您不知道疯狂是会传染的么?'一人傻,一群人都跟着傻。'抱歉,这是一句古老的谚语;尤其是喝了点小酒之后,很容易失去理智,领头的疯子一发作,人们就会不由自主地依葫芦画瓢,跟着胡作非为起来。副校长,您相信吗,到现在我一想起那只灰色鹦鹉都还会头晕?"

"什么?"校长插嘴道,"简直是胡说八道!那明明是档案馆当差的小矮子仆人,他穿了件灰外套,来找学生安泽穆斯。"

"也许是吧。"赫尔勃兰特文书回答道,"但我必须承认,心情非常糟糕;整整一夜,都是奇奇怪怪的铃声和哨声。"

"是我,"副校长回答道,"我鼾声很大。"

"唔,有这个可能。"文书接着说,"不过,副校长,副校长!我昨天特意准备,想让大家尽享欢乐,其实是有原因的,但是安泽穆斯把一切都毁了。您不知道,哦,副校长,副校长!"赫尔勃兰特文书跳了起来,扯下头上的手帕,抱住校长,热切地握着他的手,又一次激动地喊

金 罐　115

道:"哦,副校长啊,副校长!"然后抓起帽子和手杖,快步跑开了。

"今后再也不许安泽穆斯跨进我家门槛。"保尔曼副校长自言自语道,"我总算看明白了,他内心隐藏的疯狂能将最理智的好人也给弄迷糊。文书也昏头了。到目前为止,我还保持理智,但昨天在酒意迷蒙时叩开我家大门的魔鬼,仍有可能卷土再来,故技重施。那么听着,滚开吧,撒旦!带着安泽穆斯,滚吧!"维罗妮卡变得忧思重重、沉默寡言,只不时露出奇怪的微笑,只想一个人待着。"安泽穆斯也惦记着她。"副校长咬牙切齿地说,"不过,他不露面就好,我知道,他害怕我。安泽穆斯害怕我,所以他根本不敢来。"最后一句话保尔曼说得很大声,屋内的维罗妮卡的眼泪立马夺眶而出,她叹道:"哦,安泽穆斯怎么可能来?他早就被关进玻璃瓶里了。"

"什么?怎么了?"保尔曼副校长喊道,"哦,天哪,上帝啊!她也像文书一样开始胡言乱语了,一会儿又要发作了。"

"这该死的安泽穆斯,实在可恶!"他径直跑去找埃克施泰因医生,医生笑笑,还是说:"哎!哎!"然而,这一次他并没有开药方,只是临走时补了几句话:"一时神经发作!会自愈的。去呼吸新鲜空气,去兜风,去散心,去看戏,看《礼拜日的孩子》,看《布拉格的姐妹》,自己就会好起来的!"

"这么健谈的医生倒是少见。"保尔曼副校长心想,"简直是滔滔不绝。"日子一天天过去了,转瞬已是数月,安泽穆斯始终没有出现,赫尔勃兰特文书也不见踪影,直到二月四日那天,他穿着一身用上好布料剪裁的时髦新装,尽管冷冽,脚上依然只穿着单鞋和丝袜,他手里捧着一大束鲜花,中午十二点整踏进保尔曼副校长的房间,副校长对于这位精心装扮的朋友的到访感到有些惊讶。赫尔勃兰特文书郑重地走到保尔曼副校长面前,温文尔雅地与他拥抱,然后开口说道:"今天,在您的女儿——亲爱的敬爱的维罗妮卡小姐的命名日,我想坦率地说出长久以来藏在我心头的话!在那个不幸的夜晚,当我把制作那该死的潘趣酒的原料装进外衣口袋里时,我就想同您分享一个喜讯,然后高高兴兴地庆祝这个开心的日子。那时候,我已经得知我荣升宫廷顾问,现在,带有国王签名和印章的委任状就在我身上。"

"哦,哦!文……哦,不,我想说的是,宫廷顾问赫尔勃兰特先生。"副校长结结巴巴地说。

"但是您,尊敬的副校长先生,"如今的宫廷顾问赫尔勃兰特继续说道,"只有您才能让我的幸福趋于圆满。我一直默默地爱着维罗妮卡小姐,她多次向我投来的友好目光也让我不无得意,我想,她对我应该并不反感。总之,尊敬的副校长先生！我，宫廷顾问赫尔勃兰特，向您求娶您可爱的女儿维罗妮卡。如果您不反对的话，我希望近期完婚。"

保尔曼副校长十分讶异，双手合十惊呼道："哎，哎，哎，哎，文书……我是说宫廷顾问先生，这挺叫人意外的！好吧，如果维罗妮卡真的爱您，我也不会反对；也许她现在的忧愁正是来自对您隐藏的爱恋呢，尊敬的宫廷顾问先生！毕竟，大家都明白暗恋是怎么回事儿。"

就在此时，维罗妮卡走了进来，她脸色苍白，心神不宁，近日来总是如此。宫廷顾问赫尔勃兰特立即走到她跟前，同她说了一段妙语，还恰到好处地提到了她的命名日，然后把芬芳扑鼻的花束连同一个小盒子递给她，她打开盒子一看，里面是一对亮晶晶的耳环。她的脸颊迅速染上了红晕，眼里的光彩更加生动，她惊呼道："哦，天啊！这是我几周前戴过的，非常喜欢的那对耳环！"

"这怎么可能呢？"赫尔勃兰特文书有些惊愕，又有些恼火，他说，"这可是我一个小时前在宫院街花了大价钱买来的首饰。"但维罗妮卡根本不听，而是站到镜子前，仔细端详这对早已挂到耳上的首饰，品鉴效果。保尔曼副校长面色严肃、语气认真地向她讲述了他们的朋友赫尔勃兰特先生的升迁和提议。维罗妮卡望着宫廷顾问先生，仿佛想要看进他的内心，说道："我早就知道您想娶我。现在您来求婚了，我愿意答应。但我必须马上告诉您——其实是你们两位，父亲和新郎——许多压在我心头的事情，现在就要说，我看小弗兰琴已经把汤端上了桌，但不管是否会放凉。我还是要现在说。"尽管副校长和宫廷顾问都已话到嘴边，但维罗妮卡不等他们回答就继续说道："亲爱的父亲，您可以相信，我曾全心全意地爱着安泽穆斯，当现在自己已成为宫廷顾问的赫尔勃兰特文书向我保证，安泽穆斯可以当上宫廷顾问时，我便决定非他不嫁。但后来，似乎有陌生的敌人想把他从我身边抢走，我就去找老莉西帮忙，她曾是我家的保姆，现在是个可以求签问卜的先知，是一位伟大的女巫。她答应帮助我，让安泽穆斯完全臣服于我。我们在秋分的午夜去了十字路口，她召唤出了恶灵，在黑色雄猫的帮助下，我们炼制了一面金属小镜子，只要我将意念放在安泽穆斯身上，望向镜子，就能在思想和意识上完全控制他。但我现在由衷地忏悔所做的这一切，我发誓以后再也不被魔鬼的伎俩所迷惑。蝾螈战胜了老莉西，我听到了她的哀号，但帮不上她；当她变回萝卜被鹦鹉吃掉的时候，我的金属镜子就伴随着刺耳的声音碎裂开来。"维罗妮卡从针线盒里拿出破镜的两块碎片和一根卷发，递给宫廷顾问赫尔勃兰特，接着说："亲爱的宫廷顾问先生，请您拿着镜子的碎片，今晚十二点从易北河桥上，从立有十字架的地方把它们扔进还未结冰的河里，而这根卷发，则请您珍藏起来。我再次起誓绝不受惑于魔鬼的伎俩，我衷心祝福安泽穆斯获得幸福，因为他现在已经同绿蛇结合，她远比我更美丽、更富有。而我，亲爱的宫廷顾问先生，我将做一个好妻子，爱您，敬重您！"

"哦，上帝啊！哦，上帝啊！"保尔曼副校长痛苦地喊道，"她疯了，她疯了。她永远也当不上宫廷顾问夫人了——她疯了！"

"绝对没这回事儿。"宫廷顾问赫尔勃兰特插话道，"我知道，维罗妮卡小姐对乖张的安泽穆斯有些好感，可能在为情所困时向那个可以算卜吉凶的妇人求助，我想她不是别人，正是湖门外用纸牌和咖啡算卦的女巫，也就是那个劳埃琳老太太。现在，不可否认，确实有一些秘术不怀好意，对人产生过分强大的影响，这些在古籍中也有记录。但维罗妮卡小姐所说的蝾螈的胜利和安泽穆斯同绿蛇的结合，可能只是一种诗意的比喻。就像一首诗，一首唱颂她与大学生彻底告别的诗。"

"善良的宫廷顾问先生，您要这么想也行！"维罗妮卡说道，"也许，您把这一切都看作是一场虚妄的痴情梦。"

"我绝不会这么想。"宫廷顾问赫尔勃兰特坚定地答道，"因为我很清楚，那个安泽穆斯也是受到了神秘力量的影响，被这些力量驱使，才做出各种荒唐的恶作剧。"保尔曼副校长再也忍耐不住了，他大声喊道："住口，看在上帝的分上，住口！是我们又被那该死的潘趣酒灌醉了吗，还是安泽穆斯的癔症在影响我们？宫廷顾问先生，您又在说什么胡话？不过，我更愿意相信，是爱情在你们脑子里捣乱，但你们结婚后便会好起来。如果不是这样，尊敬的宫廷顾问先生，我真怕连您也染上了癔症，那样的话，那我将不得不忧心你们的后代也遗传到这个毛病。现在，我以父亲的身份祝福你们的幸福结合，并允许你们以新郎新娘的身份亲吻对方。"他们立马就照做了，正式的订婚仪式结束时，桌上的汤还没有凉。几周以后，宫廷顾问赫尔勃兰特的夫人真正地坐在了新市场一座漂亮宅子的窗台上，就像她曾经所向往的那样，她面上带着微笑，俯视着优雅得体的路人，他们经过时，都会用长柄眼镜向上张望，感叹一声："宫廷顾问赫尔勃兰特的夫人，真是一位仙女般的人儿！"

第十二章

> **情节提要**
>
> 　　来自骑士庄园的消息：林德霍斯特馆长的女婿安泽穆斯搬进庄园，他与塞佩蒂娜在此安家。
>
> 　　尾声。

　　我深深感受到了大学生安泽穆斯的至高幸福，他与美丽的塞佩蒂娜亲密无间、心心相印，现在搬到了神秘而奇妙的国度，这是他充满奇思妙想的心灵渴望已久的地方，他将其视为故乡。但是，亲爱的读者，我曾试图为你描述环绕在安泽穆斯周围的所有美妙事物，却事与愿违，我不情愿地发现，每一个表达都苍白无力。我觉得自己陷入了琐碎的日常生活的困顿中，食不甘味、痛苦不堪，我像梦游一般四处游荡，总之，我陷入了我在第四章向你——亲爱的读者——所描述的大学生安泽穆斯的状态。当我重读侥幸完成的前十一章时，感到越发忧愁，我想，可能我再也没法续写出第十二章，来为故事画下句点，因为每当我夜里坐到桌前试图完成这项工作时,就仿佛看到一个阴险的鬼魂(很可能是被杀女巫的亲戚,也许是堂兄)向我举起一块锃亮的金属镜子,在金属的反光中我瞥见了自己,面色苍白、精神恍惚、神情忧郁,像极了被潘趣酒灌醉的赫尔勃兰特文书。于是我便扔下笔,匆匆上床睡觉,至少还能梦见幸福的安泽穆斯和美丽的塞佩蒂娜。这样的日子持续了很多个日夜,后来我竟意外地收到了档案馆长林德霍斯特的来信,来信如下:

阁下敬启,我听闻您在已写就的十一章中描述了我的好女婿——昔日的学生、如今的诗人安泽穆斯——的神奇际遇,想在第十二章,也是最后一章中讲述他在亚特兰蒂斯的幸福生活,您知道,我在那里拥有一座美丽的骑士庄园,他与我的女儿已搬了过去,但您在下笔时却伤透脑筋。虽然我不愿意看到您将我的本体披露给读者,因为这可能会让我在以档案馆长的身份履行职责时有诸多不便,甚至可能遭到同僚的质疑,从法律角度看,蝾螈能否宣誓出任公职,能否承担相应后果,以及能否委之以重任?因为加巴利[①]和斯威登堡[②]认为,精灵是完全不可信任的——

[①] 出自《加巴利伯爵:关于神秘巫术的谈话》。

[②] 伊曼纽·斯威登堡(Emanuel Swedenborg,1688年1月29日生于瑞典斯德哥尔摩;1772年3月29日卒于英国伦敦),瑞典的科学家、哲学家、神秘主义者和神学家。

我也不愿看到最好的朋友们躲开我的拥抱,因为害怕我在兴头上劈出电光,弄乱了他们的头发和周日的华服。但是,这一切我都不管了,我希望能够帮助尊贵的阁下您完成这部作品,因为这里面包含了许多对我本人和我刚完婚的女儿的善意(但愿另外两个女儿也早日觅得良婿)。因此,如果您想写第十二章,那么请您从那该死的五楼下来,离开您的小屋,到我这里来。在您已非常熟悉的有蓝色棕榈树的房间里,你将找到合适的写作素材,紧接着您就可以三言两语地告诉读者您的所见所闻,这比喋喋不休地描述道听途说的生活要好得多。致以敬意!

您忠实的

蝾螈林德霍斯特

皇家枢密档案馆馆长

林德霍斯特档案馆长的这封词句诚然略显生硬却十分友好的信让我喜出望外。虽然这个怪老头似乎已经知道我获悉他女婿神奇际遇的非常规手段——由于保密义务,我不得不向您,好心的读者,隐瞒此事,但他并没有像我担心的那样对此耿耿于怀。他甚至还主动为我提供帮助,由此我可以断定,他基本上同意通过纸本故事让人们知道他在精灵世界的神奇存在。"也许,"我想,"他自己也对此抱有期待,能尽早为另外两个女儿觅得佳偶,因为也许会有一点火星落到某个年轻人的心中，点燃对小绿蛇的渴慕之情，然后他将在升天节那日去接骨木树丛中寻找挚爱。他会从安泽穆斯被囚禁到玻璃瓶中所遭遇的不幸中，吸取教训，不可有一丝犹疑，信念不可动摇。"十一点整，我关掉书房的灯，蹑手蹑脚地来到林德霍斯特馆长的寓所，他已在门厅里等着我了。"您来了，尊敬的先生！很高兴你接受了我的好意——快来吧！"就这样，他带着我穿过让人目眩神迷的花园，走进天蓝色的房间，那里，我看到了安泽穆斯工作时用的铺有紫色台巾的书桌。档案馆长林德霍斯特忽地不见了，旋即拿了只漂亮的金色高脚杯在手上，再次出现在我面前，杯中的蓝色火焰噼啪作响。他说："给，这是您的朋友，乐队指挥约翰内斯·克赖斯勒，最喜欢的饮料。这是燃烧的烧酒，我在里面放了一些糖。小酌一些吧，现在，我想脱掉睡袍，去高脚杯里游游泳，享受我自己的乐趣，您尽管坐在这里随意观看和写作，我则享受您的陪伴。"

"悉听尊便，尊敬的馆长先生，"我答道，"但要是我品尝美酒，您不就……"

"别担心，我最好的朋友。"馆长大声说着，迅速脱掉睡袍爬进高脚杯，消失在了火焰中，着实令我吃了一惊。我壮着胆子端起酒杯，轻轻地吹开火苗，小啜一口，真是美味极了！

那不是棕榈树翠绿的叶子在晨风轻抚中的沙沙低语吗？它们从睡梦中醒来，抖动着，摇曳着，低吟浅唱，诉说着一个个神奇的故事，语调仿佛从远方传来的甜美竖琴声！蓝天从墙上剥离下来，上下翻腾，像芬芳的雾霭，耀眼的光芒射穿了香雾，雾气像欢闹的孩子一样，转着圈向上盘旋，升到了棕榈树上方拱起的穹窿之下。一束又一束的光芒穿透雾霭，越来越耀眼，最后在明亮的太阳光辉中，一片开阔的树林徐徐展开在眼前。树林中，我看到了安泽穆斯。发光的风信子、郁金香和玫瑰挺起美丽的花朵，它们的芬芳仿佛是最悦耳的声音，朝着幸福儿呼唤："漫步吧，到我们中间来漫步吧，心爱的人儿，你懂得我们的心思——我们的芳香就是爱的渴望——我们爱你，永远永远属于你！金色光芒熠熠生辉，吐露滚烫的爱语：我们是火，为爱点燃。芳香是渴慕，火焰是热盼，我们不是在你心房扎了根吗？我们是你的！"幽暗的灌木丛沙沙作响，参天大树朝他呼喊："到我们这里来吧！幸运儿！爱人！火焰是热盼，而我们撒下的清凉树荫则是希望！我们满怀爱怜地轻抚你的头顶，因为你懂得我们的心思，因为爱在你胸中扎根。"泉水和小溪潺潺流动，呼唤着："亲爱的人儿，不要走得如此匆忙，看看我们晶莹的水面——你的身影就在我们心中，我们用爱呵护它，因为你懂得我们的心思！"在欢快的合唱中，五彩斑斓的小鸟叽叽喳喳地唱着:"听呀,听我们唱吧,我们是爱的欢乐,爱的幸福,爱的狂喜!"安泽穆斯望着远处高耸入云的宏伟庙宇,满怀热切期盼。人造的廊柱仿佛是树干,而柱头和檐角则像莨苕叶,流畅的线条和优美的形态使得庙宇更加壮丽威严。人造的柱子仿佛是树木,柱头和檐角则是刺桐叶,以奇妙的线条和图案构成了奇妙的装饰。安泽穆斯大步走向神庙,内心满含喜悦地注视着色彩斑斓的大理石建筑和长满青苔的台阶。"哦,瞧啊!"他欣喜若狂地叫道,"她就快来了!"这时,神庙里款款走来了塞佩蒂娜,她是那么地美丽,那么地优雅,她手捧金罐,一株艳丽的百合花在金罐内绽放。幸福的眼眸中闪烁着无限渴慕、无比喜悦的光芒,她看着安泽穆斯说:"啊,心爱的人儿!百合花已绽放——最高的愿望得以实现,还有谁能比我们更幸福吗?"安泽穆斯怀着最炽烈的爱慕拥抱着她。百合花在他的头顶上燃烧,释放耀眼的光芒。树木和花朵更加喧闹,清泉发出更加愉悦清亮的欢呼声,鸟儿高歌,色彩斑斓的昆虫在空气的旋涡中翩翩起舞。空气中、溪水里、大地上一片幸福、欢乐、喜庆的喧闹,庆祝着爱的节日!一道道电光闪烁,照亮树林,宝石像闪闪发光的眼睛,扒开土地向外瞧!泉水喷涌而出,如高高跃起的水柱,奇异的香气伴随着翅膀的窸窣声从远处飘来——那是来致敬火百合、祝福安泽穆斯的元素精灵们。然后，安泽穆斯抬起头，沐浴在神圣的光辉中。是目光？是言语？是歌声？人们能清晰地听到："塞佩蒂娜，对你的信任和爱情为我揭露了大自然最真实的奥妙！在磷火点燃思想之前，你就给我带来了百合花，它从金罐中绽放，从大地的原始力量中萌发，它蕴含万物众生神圣和谐的奥秘，领悟了它，我将永远生活在至高无上的幸福中。是的，我，一个最走运的幸福儿，已经领悟了最高的奥妙，哦，塞佩蒂娜，我一定永远爱你！百合花的金色光芒永不褪色，因为领悟同信任和爱一样，都是永恒的。"

　　看到亚特兰蒂斯骑士庄园里的安泽穆斯本人的幻象，要归功于蝾螈的神奇法术。令人惊奇的是，当一切都像迷雾一般消散后，刚经历的如梦似幻的景象已经跃然纸上，就摆在我面前的紫缎书桌上，字迹工整，而且明显出自我手。但现在我感到被突如其来的痛苦刺穿和撕裂。"啊，幸福的安泽穆斯，你甩掉了日常生活的重担，你与美丽的塞佩蒂娜相爱，现在幸福快乐地生活在亚特兰蒂斯的骑士庄园里！但可怜的我——很快——是的，再过几分钟，就会离开这个美丽大厅——它还远不是亚特兰蒂斯骑士庄园——回到我的小阁楼里。贫穷生活的困顿将占据我的心灵，无数不幸像浓雾一般遮蔽我的目光，这样的俗世红尘中，我将永远无缘得见百合花。"这时，林德霍斯特馆长轻轻拍了拍我的肩膀说："好了，好了，尊敬的先生！别抱怨了！您不是刚到过亚特兰蒂斯吗？您在那里不是至少有一个像样的农家庭院作为心灵的诗意的国度吗？安泽穆斯的幸福难道不就是诗意的生活吗？在诗意的生活中，万物众生的神圣和谐即是大自然最深邃的秘密。"

童话尾声

被称为辛奥伯的小矮人扎克斯

朱佳 译

第一章

> **情节提要**
>
> 畸形的小矮人。
>
> 牧师的鼻子危在旦夕。
>
> 帕夫努蒂乌斯亲王如何在他的领地推行新政,以及仙女罗莎贝尔维德是如何来到一座女修道院的。

离一个迷人的村庄不远,临近大路,一个衣衫褴褛的贫穷农妇躺在被太阳晒得滚烫的路面上。这个不幸的女人饥渴难耐、精疲力竭,背篓里高高堆着的干柴是她费尽力气从森林里的树木和灌木丛下捡来的,它们已经压得她直不起身来。她感觉几乎无法呼吸,因此相信自己可能快要死了,这样一来,她无望的困苦也会全部终结。但她很快又重获力量,解开了将背篓固定在背上的绳子,慢慢地将自己靠到附近的一块草地上。然后她开始大声哭诉起来:"难道,"她哀号道,"难道只有我和我可怜的丈夫必须承受这所有的艰难困苦?为什么全村就只有我们,尽管什么脏活累活都肯干，却仍然生活在贫困之中，挣的钱还不够充饥？三年前，我的丈夫在我们的花园掘地时发现了地里埋着的金币，是的，我们以为幸运终于降临到了我们身上，好日子要来了；但是发生了什么！小偷偷走了金币，房子和谷仓在我们眼前被烧了个干净，田里的谷物也都被冰雹砸光了。这些还不够，为了让我们吃尽苦头，老天爷还用一个小怪物惩罚我们，令我成为全村的耻辱和笑柄。到圣劳伦斯节[①]，这个男孩就两岁半了，两条腿细得跟小蜘蛛腿似的，站站不住，走走不了，不会说话，只能发出呼噜声和喵喵声，好像一只小猫。然而这些对他却没有丝毫影响，这个不祥的畸形儿吃起饭来，就像一个至少八岁大的强壮无比的男孩。上帝怜悯他，也怜悯我们，让我们把他养大，而我们自己则必须承受无尽的折磨和更大的苦难；因为小家伙越来越能吃能喝，却一辈子都无法干活！不，不，这世上没有一个人能够承受这一切！啊，让我死了算了，死了算了！"说完，这个可怜的女人开始号啕大哭，最终强忍着悲痛，筋疲力尽地睡着了。

这个女人完全有理由抱怨，两年半前她生下的那个令人生厌的怪胎，乍一看可能被认为是一块奇怪的多节木头，但实际上是一个身高只有不到两拃的畸形男孩。他原

[①] 劳伦修斯是教皇西克斯图斯二世时期的罗马执事，于258年8月10日作为殉道者而死，他在多个教派中被尊为圣人。在罗马天主教、东正教、英国圣公会和福音派教会中，8月10日为圣劳伦斯节。

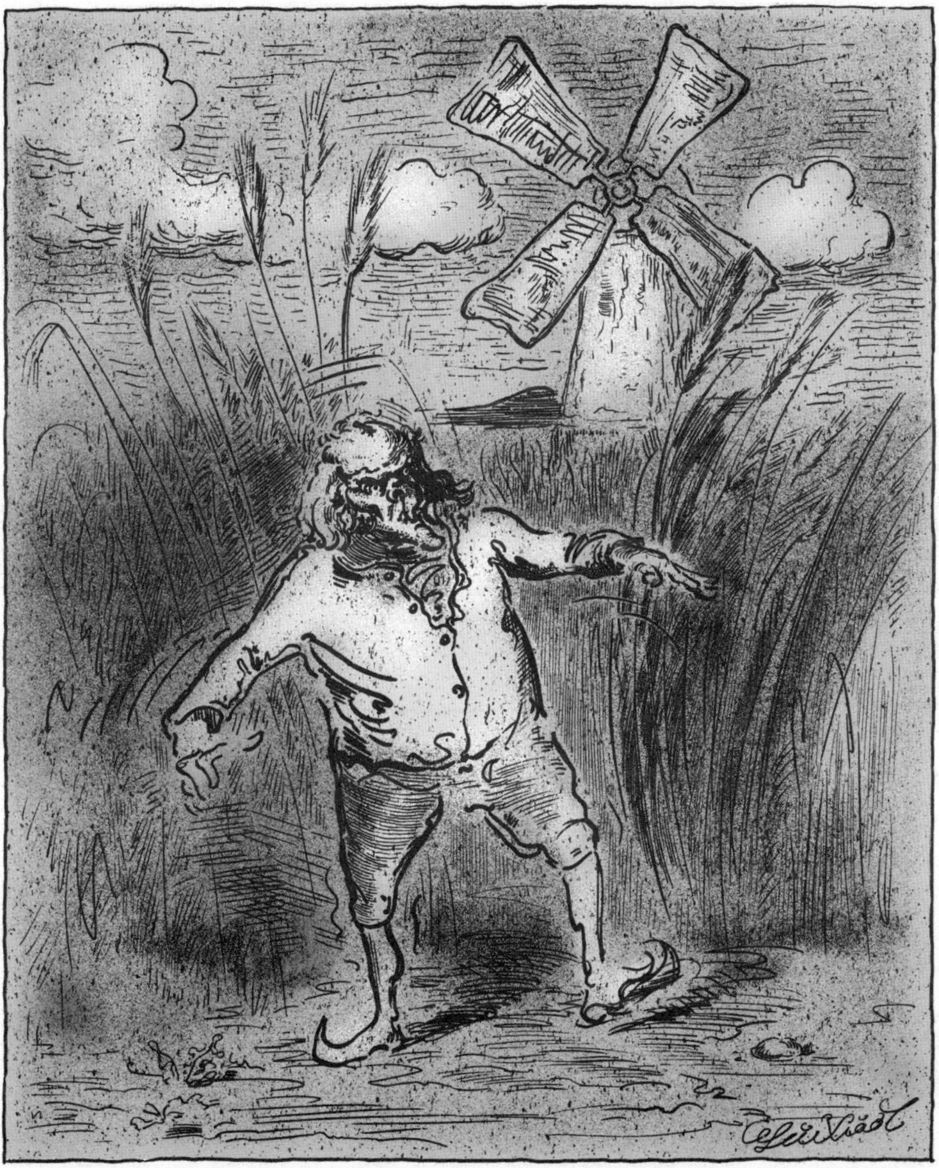

他的头深深地陷在肩膀之间,后背上长了一个南瓜状的肉瘤,小腿细如榛子枝,垂在胸口下方,让男孩看起来像一个被劈开的萝卜。

本躺在背篓里,这会儿爬了下来,在草地上呼噜呼噜地滚来滚去。他的头深深地陷在肩膀之间,后背上长了一个南瓜状的肉瘤,小腿细如榛子枝,垂在胸口下方,让男孩看起来像一个被劈开的萝卜。不经意的话,根本看不出脸上的五官,再仔细端详,你能看到一个长而尖的鼻子,从黑色的蓬乱头发中伸出来,在那一张非常苍老、布满皱纹的脸上,还露出一双黑亮的小眼睛,整个人看上去像一棵小小的曼德拉草①。

正如前面所说,当这个女人悲痛过度陷入沉睡,而她小小的儿子在她身边爬来爬去时,恰巧附近修道院的玫瑰美小姐散步归来,途经此处。她停下脚步,由于生性虔诚而富有同情心,亲眼目睹这悲苦一幕的她深受触动。"噢,公正的老天爷,"她开始说道,"这世上到底有多少烦恼与苦难啊!这个不幸的女人!我知道她几乎没有过过好日子,因为长期超负荷的工作、饥饿和贫苦而彻底崩溃了!我现在是多么真切地感受到自己的贫穷和无能为力啊!唉,如果我能帮上忙就好了!我还拥有的那些所剩无几的救济手段,是不怀好意的命运所无法掠夺或摧毁的,我还能支配它们,该积极而忠实地用来帮助人们消弭痛苦。可怜的女人,金钱,即使我能提供给你,对你也于事无补,

---

① 曼德拉草(Atropa Mandragora),别名毒参茄、向阳花或毒苹果,属于茄科类四季草本植物,其根茎形如人体,是一种有毒的药用以及祭拜仪式所使用的植物。

甚至可能会让你的处境更加糟糕。你和你丈夫，老天爷没有赐予你俩财富，凡是不富有的人，金币就会从他的口袋里消失，他自己也不明所以，除了巨大的挫败感之外，他一无所获，并且流向他的钱越多，他反而越穷。但我知道，和所有的贫穷、所有的困苦相比，更让你痛彻心扉的，是你生下个小怪物，它就如同一个糟糕、可怕的负担黏着你，而你终其一生也必须背负它。高大、漂亮、强壮、聪慧，是的，所有的这一切这个孩子都不会有，但或许有别的方法可以帮助到他。"说着，这位小姐坐到草地上，把小家伙抱到腿上。调皮的小曼德拉草张牙舞爪地挣扎反抗，发出呼噜声，想要咬住这位小姐的手指。玫瑰美小姐却说："放轻松，放轻松，小金龟子！"并用平顺的手掌轻柔地抚摸他，从头顶到额头再到脖颈。就这样，小男孩蓬乱的头发渐渐被抚平，直到它们被分开，紧紧地贴着他的额头，漂亮、柔软的卷发垂在他高耸的肩膀和南瓜背上。小家伙终于安静下来，沉入梦乡。玫瑰美小姐小心翼翼地把他放在他母亲身旁的草地上，从口袋里掏出嗅盐瓶，向他们洒了一滴灵水，然后快步离开了。

不久，昏睡的女人苏醒过来，她感到出奇地神清气爽、精力充沛，就好像自己饱餐了一顿，又饮下一大口美酒。"哎呀，"她惊呼道，"只不过小睡了一下，竟让我感到如此舒适、如此精神！不过太阳很快就要落山了，现在还是赶紧回家吧!"说完,她想把背篓收拾起来,但当她向里面一看时,却没有看到那个小家伙,他正从草地上站起来,呱呱啼哭。他的母亲闻声环顾四周,当发现他时,她惊讶地握紧双手喊道:"扎克斯,小扎克斯,这么一会儿工夫,谁把你的头发梳理得这么漂亮?扎克斯,小扎克斯,要不是你长得如此丑陋怪异,有这一头卷发该多俊俏啊!好吧,过来,过来!进篓子里!"她想抓住他,放到木柴上,但小扎克斯却跺着脚对他的母亲坏笑,发出清晰可闻的喵喵声:"我不要!"

"扎克斯!小扎克斯!"那女人惊呼,"谁这么一会儿工夫教会你说话了?好吧!既然你的头发梳得这么漂亮,说话这么伶俐,那你应该也可以自己走路了。"女人把背篓推到背上,小扎克斯拽着她的衣襟,就这样朝村子走去。

牧师的房子是他们的必经之路,他们经过时,牧师正带着他最小的儿子站在门口,那是一个三岁的男孩儿,有着一头漂亮的金色卷发。当牧师看到女人背着沉重的木背篓,和抓着她的衣襟的小扎克斯晃晃悠悠走过来时,他向女人喊道:"晚上好,利泽太太,你们还好吗?这个背篓的负担太重了,你们很难再继续走下去,来这里,在我门前的这张长凳上休息一下,我的女仆会给你们端一杯新鲜的饮料来!"牧师的话音刚落,利泽太太就卸下了背篓,

被称为辛奥伯的小矮人扎克斯　139

想向这位受人尊敬的先生一吐她所有的烦恼和困苦,而这时小扎克斯则因为他母亲突如其来的转身失去了平衡,飞也似的扑倒在牧师脚边。他连忙弯下腰,把小家伙抱了起来,说道:"嘿,利泽太太,利泽太太,你们有一个多么漂亮、可爱的小男孩啊!能有这么漂亮的孩子,真是上天的恩赐。"说着,他把小家伙抱在怀里,亲昵地爱抚着他,似乎根本没有注意到这个顽皮的小家伙发出难听的呼噜声、喵喵声,甚至还想咬这位受人尊敬的先生的鼻子。利泽太太一脸惊讶地站在这位神职人员面前,瞪大眼睛呆呆地望着他,也不知道在想什么。

"啊,亲爱的牧师先生,"她终于带着哭腔说道,"像您这样一位侍奉上帝的人,是不会取笑一个可怜不幸的女人的,但愿老天爷自己知道,为什么要用这个丑陋的畸形儿来惩罚我!"

"胡说什么,"牧师非常严肃地回答,"您说的这是什么疯话,亲爱的太太!什么嘲笑、畸形儿、上天的惩罚,我根本无法理解您的想法,只知道如果您不真心实意地爱您这个俊俏的孩子,那您一定是瞎了眼。亲亲我,乖孩子!"牧师亲热地抱住小家伙。

但扎克斯呼噜呼噜地说道:"我不要!"并再次去咬牧师的鼻子。

"看这头凶狠的野兽!"利泽惊恐地叫起来;然而就在

此刻，牧师的儿子开口了："啊，亲爱的父亲，你这么善良，对孩子们这么好，他们一定都真心实意地爱你！"

"噢，听听，"牧师大声说道，眼睛里闪烁着喜悦的光芒，"听听，利泽太太，这个俊俏、聪慧的男孩子，你们亲爱的扎克斯，你们觉得他碍眼。我已经看出来了，无论他多么俊俏、多么聪慧，你们也永远不会看得上他。听着，利泽太太，把你们这个前途不可限量的孩子交给我来照顾和抚养。你们的生活如此困苦，这个男孩对你们来说只是一种负担，我很高兴能把他当作自己的儿子一样抚养成人！"

利泽惊讶得根本回不过神来，一遍又一遍地喊道："可是，亲爱的牧师，亲爱的牧师，您是认真的吗？您真的要收留这个小怪物，教育它，让我摆脱这个畸形儿带来的痛苦？"可是，女人越是跟牧师唠叨小曼德拉草的丑陋不堪，牧师越是热切地声称，鉴于她的愚昧无知，她不配得到上天的祝福，拥有这样一个神奇男孩，如此美好的礼物。到最后，他非常生气地抱着小扎克斯跑进屋，从里面闩上了。

这会儿，利泽太太在牧师门前像石头一样僵住了，不知道该如何看待这一切。"这到底是怎么了，"她自言自语道，"我们可敬的牧师为什么对我的小扎克斯如此着迷，还认为这个头脑简单的家伙是一个英俊聪明的男孩？好吧！那就让上帝保佑这位亲爱的先生，他卸下了我肩上的重担，自己承担起来，那就看他怎么承担吧！嘿！这个木篓如今没有小扎克斯坐在里面，也因我摆脱了最沉重的烦心事，变得多么轻了啊！"

说完，利泽太太背上木篓，轻松愉快地继续赶路！

即使我此刻对此不置一词，好心的读者，你是不是也感觉到修女玫瑰美（或者她称自己为玫瑰绿美）一定做了什么相当特别的事情。因为很可能正是因为她抚摸头部和抚平头发的神奇功效，小扎克斯才被这位和蔼可亲的牧师认定为一个英俊而聪明的孩子，而且对他视如己出。亲爱的读者，尽管你思维清晰敏锐，但你可能还是会陷入错误的猜想，甚至跳过很多页，只是为了马上了解更多关于这个神秘修女的来历，而这样会极大地影响你对这个故事的理解；因此，先给你讲一讲我所知道的关于这位尊贵女士的一切，可能更好。

玫瑰美修女身材高大，仪态端正庄重，带着几分骄傲和威严。她的脸，不得不说是绝美的，但是当她一脸严肃地直视前方时，却给人一种奇怪的、近乎阴森可怕的印象，这主要归结于她眉宇之间总是透着一种让人捉摸不透的异样神情，人们也无法确定修女是否真的都是这副神情。但有的时候，尤其是在天气晴朗、玫瑰花开的季节，她的眼神里充满了慈爱和优雅，每个人都能感受到一种甜

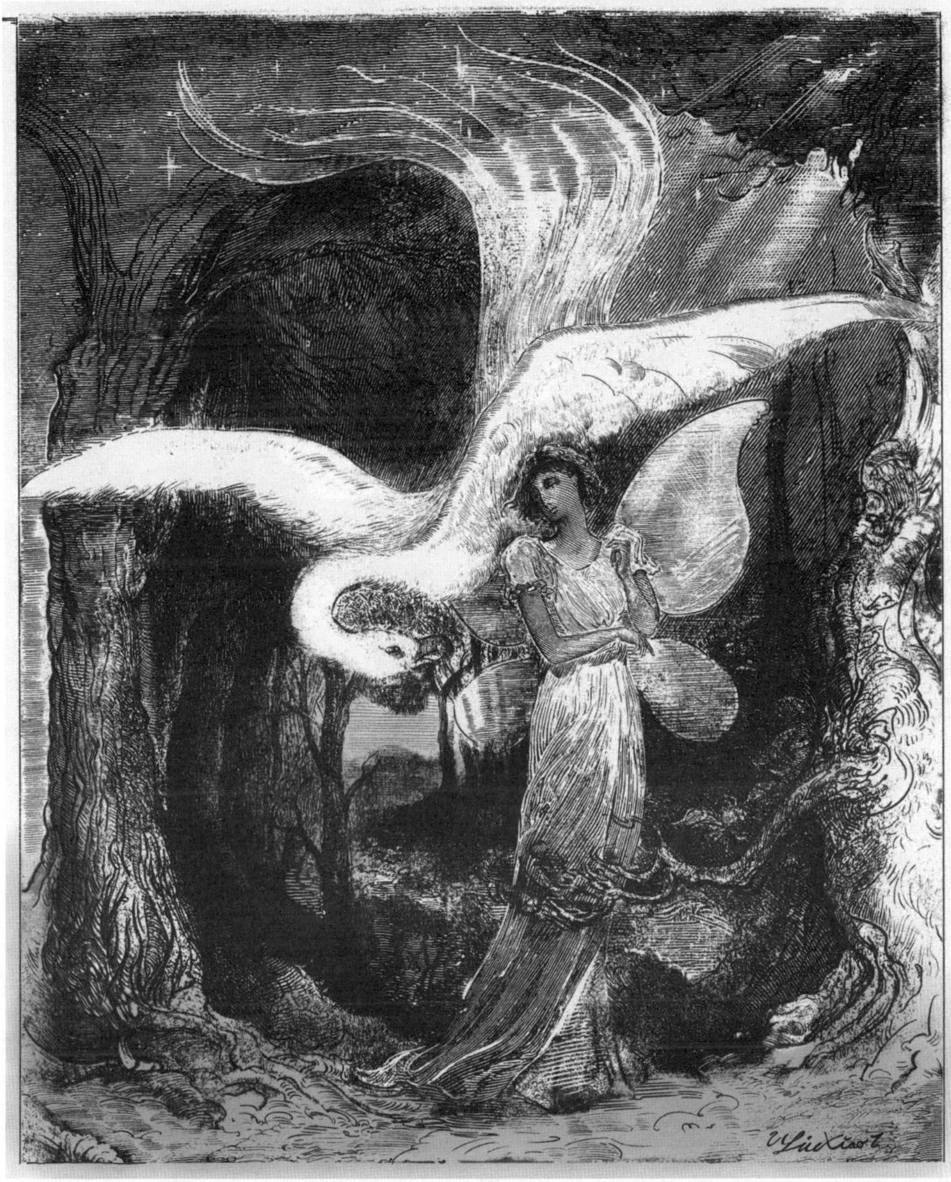

当她独自在森林里散步时,她会放声与各种美妙的声音交谈,这些声音似乎来自树木、灌木丛、泉水和溪流。

她站在最茂密的树林中央,一群奇怪的鸟在她身边飞来飞去,亲昵地爱抚她,这些鸟的羽毛艳丽发光。

蜜的、令人无法抗拒的魔力。当我有幸第一次也是最后一次看到这位小姐时,她看起来正处于一生中最辉煌、最完美的巅峰时期,在一条弧线的最高点上。我想我何其有幸,刚好在这个巅峰时刻见到了这位女士,并为这或许会转瞬即逝的绝美容貌而惊叹不已。然而我错了。就连村里最年长的人都确定,他们有生以来就认识这位小姐,而她看起来从未有过任何变化,没有变得比现在老,也没有更年轻,没有变丑,也没有更漂亮,时间似乎对她没有任何影响。仅这一点就够让人惊讶的了,但还有很多事情,假使一个人仔细回想的话,同样会感到无比惊讶,并深陷其中无法自拔。首先,这位小姐取名于花,与此花的关系显而易见。不仅因为这世上没有人能够像她一样种植出如此绚烂的千瓣玫瑰,而且即使是最糟糕最干巴的带刺花苗,她插在土里,它们也会抽芽并从中绽放出最繁茂、最绚丽的花朵。还有,可以肯定的是,当她独自在森林里散步时,她会放声与各种美妙的声音交谈,这些声音似乎来自树木、灌木丛、泉水和溪流。是的,一位年轻的猎人有一次无意中看到,她站在最茂密的树林中央,一群奇怪的鸟在她身边飞来飞去,亲昵地爱抚她,这些鸟的羽毛艳丽发光,根本不是这个国家的本土物种,它们欢快地歌唱、叽叽喳喳地似乎在给她讲述各种趣事,她听得开怀大笑,满心欢愉。因此,玫瑰美小姐当时一来到修道院,很快就引起当地的各方瞩目。女修道院遵照亲王的命令接受了她，普雷泰克斯塔图斯·冯·月光男爵，这份产业的所有者，就住在附近，监管着这所修道院，尽管对此事疑虑重重，却不敢对亲王的命令说半个不字。他费尽心力在李克斯纳的《骑士比赛手册》[①]以及其他编年史中寻找玫瑰绿美家族，却徒劳无功。因此，他完全有理由怀疑这位小姐，她没有三十二辈祖先的家谱可溯，是否有承接修道院事务的资格。最后，男爵只能饱含晶莹的泪水，无可奈何地请求她，看在上帝的分上，至少不要称自己为"玫瑰绿美"，而是"玫瑰美"，因为用这个姓氏还能说得过去，给它找到一个祖先也还有可能。她照做了。这位备受困扰的普雷泰克斯塔图斯，大概对这位身份不明的小姐以这种或者那种方式抱怨了几句，最初不免引起了村里的流言蜚语，并且越传越邪乎。除了森林里那些捕风捉影的神奇交谈之外，又出现了各种各样的猜测，而经过人们口口相传，这位小姐的真实面目变得扑朔迷离。村长太太安妮大娘大胆断言，只要这位小姐向窗外使劲打个喷嚏，全村的牛奶都会变酸。然而，这一说法还未得到证实，另一个可怕的说法就又传开了。教书先生家的孩子米歇尔，在修道院的厨

[①]《骑士比赛手册》首次出版于1530年，作者为乔治·吕克斯纳（Georg Rüxner），也称为乔治·李克斯纳（Georg Rixner），此书采用插图手稿书籍的形式，收集记录了中世纪晚期德意志民族一些骑士比赛以及参赛者的情况和画面。因此也被视为一种早期的贵族家谱手册。

房里偷吃煎土豆,被这位小姐给撞见了,她微笑着摇了摇手指吓唬了他一下,那个男孩的嘴就一直张着,好像他嘴里永远有一个煎得滚烫的土豆一样。自此以后,他都必须头戴一顶宽檐的帽子,否则雨水就会流进这个可怜人的嘴里。很快,人们似乎可以确定,这位小姐能够呼风唤雨,驱散暴风雨和冰雹云,会编魏克瑟尔辫子①等等。人们对牧羊人的说法也深信不疑,他声称自己在午夜时分惊恐万状地看到,这位小姐骑着扫帚在空中呼啸而过,在她的前面是一只巨大的锹甲虫,两个犄角之间熊熊燃烧着蓝色的火焰!这些传言如今已然引起了轩然大波,人们想要制裁女巫,村法院决定把这位小姐从修道院里拉出来,扔进水里,看她能不能通过通常的女巫测试。普雷泰克斯塔图斯男爵对这一切听之任之,他微笑着自言自语道:"对于普通老百姓就该如此,他们没有像月光家族那样古老的优良血统。"小姐一听说这危及性命的荒唐行为,便逃进了亲王府邸。不久之后,普雷泰克斯塔图斯男爵收到了亲王领地的内阁命令,告知他并不存在女巫,并下令把那些爱管闲事的村法官和一心想看修女游泳技巧的贪婪之徒扔进监狱,对于其余的农民和他们的妻子,则向他们表明,如若

---

① 取自魏克瑟尔河,在波兰语中有夜女、噩梦的意思。在中世纪直到16世纪的德国,由于皮肤病和卫生条件差而导致头发打结,被认为是一些疾病的始作俑者。人们相信把这些缠结的头发编成辫子,有辟邪消灾的功能。

受到严厉的体罚,不要对玫瑰美小姐心怀怨恨。他们都退缩了,畏惧可能受到的惩罚,从此以后,他们对这位小姐心生好感,这对于村庄和玫瑰美女士双方来说,都是最有利的结果。

在亲王的内阁中,大家都心知肚明,玫瑰美小姐正是举世闻名的仙女罗莎贝尔维德。事情的原委是这样的:

在整个偌大的世界上,很难找到比这个小公国更迷人的国家了,普雷泰克斯塔图斯·冯·月光男爵的庄园就坐落于此,玫瑰美小姐也居住在这里。简而言之,我即将向你,我亲爱的读者,展开来讲的一切,也都发生在这里。

这个小公国由高高的山脉环绕,国土上分布着翠绿芬芳的森林,鲜花盛开的草地,流淌着湍急的潺潺溪流和欢快的汩汩泉水,再加上由于没有城市,只有恬静宜人的村庄,以及零星的宫殿点缀其中,仿佛一座美丽无比的花园,居民们摆脱生活的沉重负担,随心所欲地在其间漫步。每个人都知道德梅特里乌斯亲王统治着这片土地,但是,没有人意识到政府的存在,每个人都对此心满意足。那些追求充分的自由、美丽的地区、温和的气候的人,找不到比这个公国更好的居住地了,正因为如此,除了这些人以外,许多优秀、心地善良的仙女也都迁居此地,众所周知,对她们来说温暖和自由胜过一切。在这里,几乎每个村庄,尤其是在森林里,经常会发生一些令人无比欣喜的奇迹，这些奇迹是她们的杰作，而每个为这些奇迹心醉神迷、欣喜若狂的人，尽管连自己都不知道是怎么回事，依然对这些神奇的事情深信不疑，乐得做一个快乐的好公民。善良的仙女们像金尼斯坦①的精灵一样随心所欲地生活，她们本想赐给杰出的德梅特里乌斯永生，却力所不能及。德梅特里乌斯去世后，年轻的帕夫努蒂乌斯继位，执掌了政权。在他父亲在世时，帕夫努蒂乌斯就已经在内心深处暗暗伤怀，在他看来，人民和国家疏于管理，并且正在以最绝望的方式被忽视和摈弃。他决定掌管政权，并立即任命他的内廷侍从安德烈斯为王国第一大臣。有一次，当他把钱包落在山后的旅馆里时，安德烈斯借给他六枚杜卡特②，把他从困境中解救出来。"我要掌管政权，我的好伙计！"帕夫努蒂乌斯对安德烈斯喊道。安德烈斯从他主人的眼中读出了他心中所想，扑倒在他脚下郑重地说道："殿下！伟大的时刻已经到来！在您的领导下，一个清明的王国将从乱世中冉冉升起！殿下！最忠诚的仆人在这里乞求您，这是成千上万可怜而不幸的民众发自肺腑的呼声！殿下！推行您的新政吧！"帕夫努蒂乌斯被他大臣的崇高想

---

① 《金尼斯坦》，是克里斯托夫·马丁·维兰德（Christoph Martin Wieland）于1786年至1789年出版的一部童话故事集，其中的故事部分为新编，部分为翻译和改编。

② 杜卡特（Dukat），也称泽基尼，是一种直至20世纪初，在整个欧洲包括地中海沿岸国家流通的金币。

法彻底震撼了。他扶起安德烈斯，热烈地将他拥抱在怀里，哽咽道："我的大臣……安德烈斯……我还欠你六块杜卡特呢……不止这些……我的幸福……我的王国！哦，忠诚、聪慧的仆人！"

帕夫努蒂乌斯想立即用大号字体印刷一道法令，并将其张贴在街头巷尾的各个角落，言明从现在起推行新政，每个人都必须重视起来。

"英明的殿下！"安德烈斯当即喊道，"英明的殿下！这样可不行！"

"那怎样才行，我的好伙计？"帕夫努蒂乌斯说，拽着他的大臣的衣服扣眼，把他拉进内阁，关上了所有的门。

"您看，"安德烈斯在亲王对面的一把矮凳上坐下，开始说道，"您看，仁慈的主人！如果我们不采取一种尽管严厉却巧妙的措施与新政结合起来，您这道君主法令的效果可能会受到不良干扰。在我们推行新政之前，也就是说，在我们砍伐森林、疏浚河道以便通航，种植土豆、改善乡村学校、种植金合欢树和白杨，让年轻人用两个声部吟唱晨歌暮曲，修建公路，让人民接种牛痘疫苗之前，有必要将所有冥顽不灵、妖言惑众的危险分子驱逐出这个国家。您是读过《一千零一夜》的，英明的亲王，因为我知道，您已故的最尊贵的父亲大人——愿上天赐予他在坟墓里安息——喜欢这类要命的书籍，当您还在热衷于骑木马和吃金黄姜饼的年纪，他就让您阅读它们。那么现在！仁慈的主人，您从这类乱七八糟的书中，知道了所谓的仙女，但您肯定预料不到，这些危险人物中的一些已经迁居到您所拥有的这个可爱的国家，并且就在您宫殿的附近，还各种胡作非为。"

"怎么回事？你说什么？安德烈斯！我的大臣！仙女们！在我的领地？"亲王惊呼着，脸色苍白地倚靠在椅背上。

"冷静些，我仁慈的主人，"安德烈斯继续说道，"要想巧妙地打败反对新政的敌人，我们就得保持冷静。是的！我称她们为新政的敌人，因为她们滥用了您已故父亲的仁慈，导致这个可爱的国家仍处于无尽的黑暗之中，对此她们难辞其咎。她们从事着危险的交易，和那些神奇的事件脱不了干系，并且毫不避讳地以诗歌的名义传播一种神秘的毒药，使人们完全丧失为新政服务的能力。而且令人难以容忍的是，她们习惯于不遵守警方的规章制度，仅凭这一点，她们就不应该存在于任何文明的国度。比如说，那些厚颜无耻的家伙毫不在乎，随心所欲地骑着鸽子、天鹅甚至带翅膀的马到空中兜风。现如今我问您，仁慈的主人，当这个国家有人可以随心所欲地将未征税的商品扔进任何普通老百姓家的烟囱时，还值得费心去制定并推行精妙的消费税吗？因此，仁慈的主人，一旦宣布新政,就得赶走仙女们!让警察包围她们的宫殿,没收她们的危险物品,把她们像流浪汉一样赶回老家,正如您从《一千零一夜》中所知,仁慈的主人,她们来自金尼斯坦这个小国家。"

"我们和这个国家通邮吗,安德烈斯?"亲王问道。

"目前不通,"安德烈斯回答道,"但也许在新政推行之后,可以在那里设立一个邮政的驿站。"

"但是安德烈斯,"亲王继续说道,"人们会不会觉得我们处置仙女的手段太严厉了?那些被放纵惯了的老百姓会不会指指点点?"

"对此,"安德烈斯说道,"对此我也想好了应对之策。仁慈的主人,我们不会把所有的仙女都遣返回金尼斯坦,留几个在国内,不过,不仅要剥夺她们危及新政的所有手段,而且还要用行之有效的方法,把她们改造成对革新后的国家有用的一员。如果她们不想维系稳固的婚姻,就得在严密的监管下做一些有用的事情,比如战时给军队织袜子,或者其他。您等着瞧吧,仁慈的主人,只要这些仙女成天混迹于老百姓之中,人们很快就不会再相信她们了,这就是最好的办法。这样所有的流言蜚语便会不攻自破。至于仙女们的随身物品,将它们收入侯府的金库里。把鸽子和天鹅送到侯府的厨房做成美味的烤肉,那些带翅膀的马,可以通过割掉它们的翅膀,放在马厩里喂养,试着把它们调教驯化成为有用的牲口。但愿我们在实行新政的同时，也能把这些措施推行开来。"

帕夫努蒂乌斯对他大臣的所有建议都满意至极，第二天就执行了所决定的事情。

推行新政的法令显眼地张贴在各个角落，同时警察闯入仙女们的宫殿，没收了她们所有的财产，并将她们掳走。

天知道怎么回事，仙女罗莎贝尔维德是唯一一个在新政公布前几个小时听到风声的，她利用这段时间放飞了她的天鹅，藏起了她富有魔力的玫瑰手杖和其他宝物。并且她还知道，她被选中留在这个国家，尽管她很不情愿，但她还是服从了。

总的说来，无论是帕夫努蒂乌斯还是安德烈斯都无法理解，为什么那些被遣送回金尼斯坦的仙女们会如此喜形于色，并一而再再而三地保证，她们对必须留下的所有财物都毫不在意。"到头来，"帕夫努蒂乌斯愤愤不平地说，"到头来，金尼斯坦比我的国家漂亮得多，她们嘲笑我，连同我的法令以及我这项现在应该正值蓬勃发展之际的新政！"

亲王让王国的地理学家和历史学家一起，详细汇报下那个国家的情况。

两人都一致认为金尼斯坦是一个穷困潦倒的国家，没有文化、没有新政、没有学问、没有金合欢树、没有牛痘,事实上它根本就不存在。对于一个人或一个国家,大概不会有比根本不存在更糟糕的事情了。

这下帕夫努蒂乌斯放心了。

仙女罗莎贝尔维德的宫殿孤零零地坐落于一片鲜花盛开的美丽小树林,当这片树林被砍伐掉时,帕夫努蒂乌斯本人正在亲自示范,给邻村的那些乡巴佬注射牛痘疫苗,而仙女则在森林中等着亲王,他和大臣安德烈斯想返回他的城堡必经此地。当他们经过时,她运用各种花言巧语,尤其是一些她用来欺瞒警察的阴险伎俩来纠缠他们。亲王被缠得无计可施,只得请求她,看在上帝的分上,接受全国唯一也是最好的女修道院里的一个职位,在那里她可以随心所欲,不必遵守新政的法令。

仙女罗莎贝尔维德接受了这个建议,就这样来到了女修道院,在那里,正如已经说过的,"玫瑰绿美"小姐,在普雷泰克斯塔图斯·冯·月光男爵急切的请求下,改名为"玫瑰美"小姐。

第二章

> **情节提要**
>
> 　　学者普托罗莫易斯·费拉德尔夫斯在旅行中发现的未知种族。
> 　　开厄佩斯大学。
> 　　一双马靴如何在大学生法比安的头上飞舞,以及莫什·特尔平教授是如何邀请学生巴尔塔萨尔喝茶的。

　　世界著名学者普托罗莫易斯·费拉德尔夫斯在长途旅行时写给他的密友鲁芬的书信中,有这样一段文字引人注意:

　　"你知道,我亲爱的鲁芬,世界上没有什么比白天灼热的阳光更让我害怕和恐惧的了,它耗尽了我身体的力量,让我神经紧张,精神疲惫不堪,所有的思绪都汇聚成一幅混乱的画面,我竭力想要抓住我灵魂中任何清晰的具象,却是徒劳。所以在这个炎热的季节里,我习惯白天休息,晚上继续赶路,昨天我也是晚上上路的。我的车夫在浓重的黑暗中迷了路,偏离了正确、舒适的道路,意外地走上了公路。尽管我在马车里被剧烈的颠簸弄得东倒西歪,磕碰出一头包的脑袋无异于装满核桃的麻袋,但我还是没有从沉睡中醒来,直到猛地一震,我从马车上摔到了硬邦邦的地上。明媚的阳光照在我的脸上,越过近在眼前的公路障碍物,我看到了一座美丽城市高耸的塔楼。车夫只顾着叫苦不迭,因为不仅是车辕,连马车的后轮轴都被横在路中间的大石头给撞断了,他看上去几乎或根本不关心我的死活。我克制住自己的愤怒,就像一个智者所应有的那样,只是温和地呵斥那个家伙,说他是一个该死的流氓,别去管什么车辕车轴,他应该想到普托罗莫易斯·费拉德尔夫斯,当代最著名的学者,正坐在地上。我亲爱的鲁芬,你知道我掌控人心的能力。因此车夫立即停止了抱怨,并在公路收费员的帮助下扶我站了起来,事故就发生在收费员的小房子前面。幸运的是,我没有受到什么特别的伤害,能够沿着道路慢慢行走,而车夫则艰难地拖着破损的马车在后面跟着。在蔚蓝的远处,距离城门不远,我看到许多稀奇古怪的人,他们身着奇装异服,我揉了揉眼睛,想搞清楚自己是否真的清醒,还是一个疯狂、怪诞的梦,把我带到了一个陌生的、神话般的国度。这些人,我看到他们从这个城市的城门进来,有理由相信他们就是当地的居民,他们穿着又长又宽的裤子,都按照日本人的方式剪裁,用昂贵的材料制成:天鹅绒、灯芯绒、精纺布料

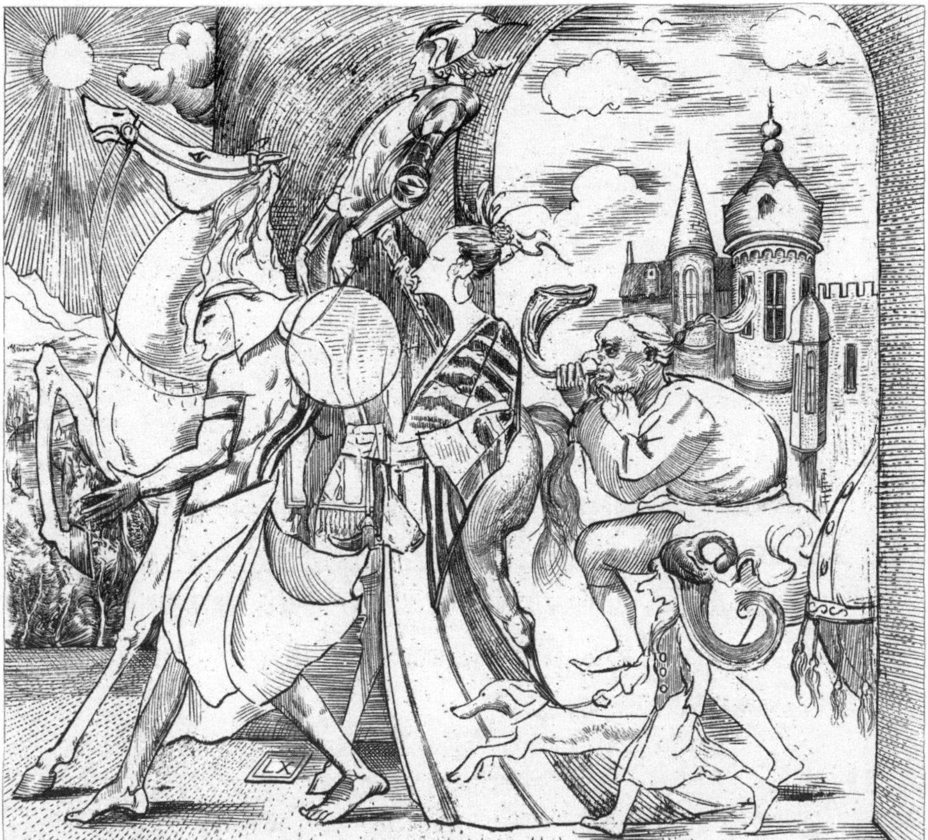
LX

在蔚蓝的远处，距离城门不远，我看到许多稀奇古怪的人，他们身着奇装异服。

他们穿着又长又宽的裤子，都按照日本人的方式剪裁，用昂贵的材料制成：天鹅绒、灯芯绒、精纺布料或者颜色鲜艳的亚麻布，上面布满金银丝条带或漂亮的丝带和花边。

或者颜色鲜艳的亚麻布，上面布满金银丝条带或漂亮的丝带和花边。此外还有几乎遮不住下半身的小童裙，大多是阳光般明亮的色彩，只有少数人穿黑色的衣服。未经梳理的头发自然随性地垂在肩膀和背上，头上戴一顶奇怪的小帽子。有些人像土耳其人和现代希腊人那样完全裸露脖子，而另一些人则在脖子和胸前围一块白色亚麻布，几乎和衬衫领子一样，就像你，亲爱的鲁芬，在我们祖先的画像中看到的那样。尽管这些人看起来都很年轻，但他们言语低沉粗鲁，动作笨拙，有些人的鼻子下面还有一道细细的阴影，仿佛蓄着山羊胡子。有些人的小裙子后面伸出一根长管子，管子上晃动着一个丝质的大流苏。而另一些人的管子则挂在前面，或大或小，有时也会有硕大的、奇形怪状的脑袋牢牢地固定在下面，他们知道如何从顶部通过一根非常尖的管子吹气，巧妙地升起人造蒸气云。有些人手里拿着闪亮宽大的剑，似乎要迎战敌人；还有一些人则将小皮具或锡器挂在肩上或绑在背上。你可以想象一下，亲爱的鲁芬，我这样一个通过仔细观察每一个新现象来丰富自己知识的人，站在那一动不动，眼睛紧紧地盯着那些奇怪的人。这时他们聚集到我周围，一边高声呼喊：'腓力斯人，腓力斯人！[①]'一边爆发出可怕的笑声。这让我

[①] 腓力斯人是公元前12世纪居住在历史悠久的巴勒斯坦海岸的一个民族。后专指市侩、庸俗的人。

很恼火。因为,亲爱的鲁芬,对于一位大学者来说,还有什么比被认为是数千年前被驴腮骨杀死的种族中的一员更侮辱人的呢?①我振作精神,恢复了与生俱来的尊严,大声对周围古怪的民众说,我希望自己身处一个文明的国度,将向警察和法院求助,让他们为我所遭受的不公主持公道。于是这些人都咆哮起来;即使是那些之前没有冒蒸汽的人,也从口袋里掏出专用的机器,所有人都将浓浓的蒸汽吹到我的脸上,这时我才注意到,这些气体散发着令人难以忍受的臭味,并且麻痹了我的感官。然后他们对我骂骂咧咧,亲爱的鲁芬,我不想对你复述这些话,因为他们过于粗鄙不堪,我自己想到都带着深深的惊惧。最后,他们在一片嘲讽的笑声中离开了我,我感觉空气中仿佛回荡着'鞭子'这个词!我的车夫耳闻目睹这一切,他绞着双手说道:'唉,我亲爱的主人!既然事情已经发生了,就不要再进那个城市了!就像俗话说的,一条狗是不会从您手中接受一块面包的,并且持续的危险将会威胁着您。例如痛打……'我没有让这位实在人说完,而是尽可能快地转身前往最近的村庄。在这个村子唯一一家客栈里,我坐在一个偏僻的小房间里,写信告诉你这一切,我亲爱的鲁芬!我尽可能地搜集居住在那座城市里这个陌生的野蛮

---

① 见《圣经·旧约·士师记》第15章,参孙被腓力斯人缚住,在耶和华的帮助下他挣脱绳索,用一块驴腮骨杀死了1000名腓力斯人。

种族的消息，关于他们的举止、习俗、语言等方面，我听说了一些极其古怪的事情，我会忠实地告诉你这一切……"

我亲爱的读者啊，你会发现，一个人可以是一位伟大的学者，却对生活中非常普通的现象一无所知，还会陷入到对世界上广为人知的事情最不可思议的梦中。普托罗莫易斯·费拉德尔夫斯曾上过大学，但他甚至不认识一个大学生，也根本不知道自己所在的是上雅各布斯海姆村，众所周知，该村毗邻著名的开厄佩斯大学。他正在写信给他的朋友谈论一件事情，最匪夷所思的冒险故事已然在他的脑海中成形。当善良的普托罗莫易斯遇到那些兴高采烈地在乡间游玩的大学生时，他大吃一惊。如果他早一个小时到达开厄佩斯，如果他碰巧来到博物学教授莫什·特尔平的家，他会多么胆战心惊！成百上千的学生会从屋子里涌出来，把他团团围住，吵吵嚷嚷，争辩不休等等。在这一团乱麻、一片喧嚣中，可能会有更多奇异的梦境涌现在他的脑海里。

莫什·特尔平的讲座在整个开厄佩斯是最受欢迎的。如前所述，他是一位博物学教授，他解释雨是如何形成的，雷电是如何产生的，为什么太阳在白天照耀，而月亮在夜晚出现，以及草是如何生长的等等，这些是每个孩子都要理解的。他将整个自然界的现象总结成一个小巧的概要,方便他随意翻阅,这样就像从抽屉里取出东西一样,可以从中得到任何问题的答案。他第一次声名鹊起是在经过多次物理实验后,成功地得出结论,即黑暗主要是由于缺乏光线而造成的。此外,他巧妙地将这些物理实验转化成有趣的小游戏,甚至是一些轻松愉快的戏法,这使他获得了令人难以置信的赞誉。我好心的读者,既然你比著名学者普托罗莫易斯·费拉德尔夫斯更了解那里的学生,也对他梦境中的胆怯一无所知,请允许我现在将你带到开厄佩斯,来到莫什·特尔平教授的房前,此时他刚刚结束了他的讲座。在蜂拥而出的学生中,一个年轻人立刻吸引了你的注意。你会看到一个相貌端正的年轻人,大约二十三四岁,从他那双深邃明亮的眼睛可以看出,他的内心活跃着一个热烈美好的灵魂。如果不是他苍白的脸上笼罩着一层痴缠的悲伤,如同面纱般将那灼热的光芒遮掩起来,他的目光几乎可以说是高傲的。他穿着一件黑色的优质细呢外套,镶着碎天鹅绒,几乎是按照古老的德国风格剪裁的,搭配精致洁白的花边领子,再加上戴在漂亮的栗色卷发上的天鹅绒小礼帽,看上去十分得体。这种装束非常适合他,因为从他整个气质、仪态和意味深长的面容来看,他似乎真的属于美丽而虔诚的古代。因此,人们不会认为这是种装腔作势,这种做作在日常生活中时有发生,是对过往范例的错误理解和肤浅模仿,同样也是对当今需求的错误解读。亲爱的读者,你看到的第一眼就很喜欢的年轻人,不是别人,正是大学生巴尔塔萨尔,他是体面和富裕家庭的孩子,虔诚、聪明、勤奋,在我动笔写下的这个引人入胜的故事中,还要向你讲述很多关于他的事情。

巴尔塔萨尔一如往常地一脸严肃并沉浸在深思之中,他从莫什·特尔平教授的课堂漫步出来,朝着门口走去,没有去击剑场,而是走向距离开厄佩斯只有几百步的优美的小树林。他的朋友法比安,一个英俊潇洒、性格活泼的小伙子,跟在他后面,在门口附近追上了他。

"巴尔塔萨尔!"法比安高声喊道,"巴尔塔萨尔,好吧,你又要走进树林里,像个忧郁的腓力斯人一样独自徘徊,而那些能干的小伙子则在英勇地练习高贵的剑术!我求你,巴尔塔萨尔,停止你这傻里傻气、莫名其妙的行为,重新变得开朗和快活,就像你以前那样。来吧!我们来切磋几招,如果到时候你还是想去树林,我会陪着你。"

"你是出于好意,"巴尔塔萨尔答道,"你是出于好意,法比安,所以我不会怪罪你有时像个疯子一样对我穷追不舍,让我错过了一些你无法理解的快乐。你就是那种奇怪的人,看到任何一个独自行走的人,都以为他是个忧郁的傻瓜,并想以自己的方式对待和治愈他,就像那个廷臣对待尊贵的哈姆雷特王子一样,当时那个人断言王子不懂吹笛子,结果被狠狠教训了一番。亲爱的法比安,我宽恕你的行为，但还是衷心地请求你，另找一个伙伴用花剑和佩剑去练高贵的剑术吧，让我继续自在地散步。"

"不行，不行，"法比安笑着说，"你摆脱不了我，我忠诚的朋友！如果你不想和我一起去击剑场，那我就跟你到小树林里去。作为忠诚的朋友，我的职责就是让你从意志消沉中振作起来。那走吧，亲爱的巴尔塔萨尔，走吧，如果你实在不愿意做别的。"

说完，他挽住朋友的胳膊，精神抖擞地和他一起离开了。巴尔塔萨尔愤恨地咬紧牙关，一脸阴郁，沉默不语，而法比安则一口气讲了许多欢快轻松的故事。其中也夹杂着许多愚蠢无聊的事情，这在兴致勃勃讲故事的时候是很常见的。

当他们终于踏入芬芳的树林，站在清凉的树荫下时，灌木丛仿佛在渴望的叹息中发出呢喃低语，湍急溪流潺潺流过的美妙旋律、远处鸟儿歌声的回荡，唤起了山间的回响。就在此时，巴尔塔萨尔突然停下脚步，伸开双臂，仿佛要深情地拥抱树木和灌木丛。"哦，我现在感觉舒服多了！舒服得无法形容！"法比安有些困惑地看着朋友，就像一个听不懂对方言语的人，不知道该怎么回应。巴尔塔萨尔紧紧握住他的手，激动不已地喊道："是不是，兄弟，你的心也在此刻敞开了，你现在也明白幽静森林带来幸福感的秘密了吧？"

法比安回答道:"我并不完全理解你,亲爱的兄弟,但如果你认为在这片森林里散步让你身心愉悦,我完全同意你的观点。我也喜欢散步,尤其是在良好的陪伴下,还可以进行理智而富有教益的对话。例如,和我们的莫什·特尔平教授一起在乡间漫步,就能获得真正的乐趣。他认识每一株植物,每一根草,知道它们的名称和所属的分类,还了解风和天气……"

"别再说了!"他喊道,"我求你别再说了!提到他会让我发疯的,难道就没有其他让人高兴的事情可说了吗?教授谈论自然的方式,让我的内心备受煎熬。或者更确切地说,我被一种不可思议的恐惧所包围,就好像看到一个疯子,以国王和统治者的姿态,滑稽而愚蠢地抚摸着自制的稻草人,却妄想自己在拥抱皇室的新娘!他所谓的实验,在我看来,就像是对神圣存在的一种可憎的嘲弄,这样的气息在大自然中吹拂着我们,激发出我们内心深处最深刻、最神圣的想象。如果不是念及,猴子不到烧伤自己的爪子不会放弃玩火,我会经常想要打碎他的试管、他的药瓶、他的所有工具。你看,法比安,在莫什·特尔平的课堂上,这些感觉让我心惊胆战,倍感压抑,你们可能觉得我比平常更加深沉和孤僻。我觉得头顶上的房屋濒临坍塌,一种难以言喻的恐惧驱使我离开城市。然而在这里,我的心灵很快就会被一种甜美的宁静所填满。躺在花香四溢的草地上，抬头望着广阔的蓝天，而在我上方，金色的云朵从欢快的森林上空飘过，如同置身于来自遥远世界的美妙梦境，洋溢着幸福的喜悦！噢，我的法比安，然后一个奇妙的灵魂从我的胸中升起，我听到它用神秘的语言和灌木丛、树木、林间溪流交谈，甜美而忧郁的战栗流遍我的全身，这样的幸福感我无法形容。"

"嘿，"法比安喊道，"嘿，这又是关于忧伤和欢愉、会说话的树木和林间溪流的老生常谈。你所有的诗句都充满了这些雅致的事物，只要我们不去深究字里行间的深意，听起来还是相当顺耳的，并且让人受益匪浅。不过，你告诉我，我最出色又多愁善感的朋友，如果莫什·特尔平的讲座真的让你如此痛苦和恼火，告诉我，为什么你还满世界地追随着他，为什么你从不错过他的任何一场讲座，然后每次都像一个正在做梦的人一样，闭着眼睛缄默而僵硬地坐在那里？"

"别问我，"巴尔塔萨尔垂下眼睛回答道，"别问我为什么，亲爱的朋友！每天早上，有一股未知的力量，拉着我走进莫什·特尔平的家。我预感到自己会受折磨，但我无法抵抗，一种神秘的力量将我往前推！"

"哈哈，"法比安开心地笑起来，"哈哈哈，这是多么精妙，多么诗意，多么神秘啊！那股把你带到莫什·特尔平家的未知力量，就在美丽的坎蒂达那双深蓝色眼眸里！

我们早就知道你深深地爱上了教授可爱的小女儿,所以我们对你的那些幻想以及愚蠢的行为也都表示理解。恋爱中的人就是如此。你正处于犯相思病的第一阶段,在往后的青春岁月中,你得应对所有稀奇古怪的恶作剧,这些我和许多其他人,在学校时都体验过,谢天谢地,还好不是在众目睽睽之下!不过你相信我说的吧,我亲爱的朋友。"

说完,法比安又挽上他朋友巴尔塔萨尔的胳膊,和他一起快步继续往前走。他们走出茂密的丛林,踏上了横亘在森林中间的一条宽阔大路。这时,法比安注意到远处尘土飞扬,一匹无人骑着的马狂奔而来。"喂,喂!"他断断续续地叫道,"喂,喂,有匹该死的马失控了,甩下了骑它的人,我们必须抓住它,然后在森林里找它的主人。"于是,他站到了路中间。

马跑得越来越近,似乎有一双马靴在两侧迎风上下翻飞,马鞍上还有什么黑色的东西在动。一个长而尖锐的"吁——吁——"声在法比安面前响起,与此同时,一双马靴从他的头顶飞过,一个奇怪的黑色小东西滚了下来,落到他两腿间。那匹高头大马像墙一般一动不动地站着,伸长脖子嗅着它的小不点主人,这位小主人在沙子里打了个滚儿,终于吃力地站了起来。这个小矮人的头深陷在高耸的肩膀之间,他的胸膛和背部都有突起物,短短的身体和长长的蜘蛛腿让他看起来像是被扎在叉子上的苹果,然后在上面刻了一张怪脸。当法比安看到面前这个长相奇特的小怪物时,不禁爆笑出声。小矮人傲慢地把从地上捡起的小贝雷帽压在眼睛上,一边用粗鲁的目光瞅着法比安,一边用沙哑、低沉的声音问道:"去开厄佩斯走这条路对吗?"

"没错,先生!"巴尔塔萨尔温和而认真地回答道,然后将自己收拢来的两只靴子递给了他。小矮人千方百计想穿上靴子都没有成功,他翻过来倒过去,在沙地上来回打滚、唉声叹气。巴尔塔萨尔把两只靴子竖直放在一起,轻轻地把小矮人举起来,然后再以同样的方式放下来,把他的两只小脚插进又重又宽的靴筒里。这个小矮人一只手放在腰间,另一只手放在贝雷帽上行了个礼,高傲地喊了声:"谢谢,先生!"然后朝马走去,抓住了缰绳。然而,他试图踩上马镫或爬上那匹大马的努力都徒劳无功,一贯严肃而温和的巴尔塔萨尔走过去,把小矮人托上了马镫。大概是他自己用力过猛,因为他刚一坐上马背,就从另一边掉了下去。"别那么心急,我最亲爱的先生!"法比安喊道,再次爆发出响亮的笑声。

"鬼才是你最亲爱的先生,"小矮人一边掸着衣服上的沙子,一边愤怒地喊道,"我是个大学生,如果您也是,那么您嘲笑我像个胆小鬼一样,这就是挑衅,明天您必须在开厄佩斯与我决斗!"

"天啊，"法比安依然笑着喊道，"天啊，这可真是个了不起的家伙，无论是勇气还是真实的才能，他都是个人物。"说完，他不顾那小矮人的挣扎和反抗，将他举了起来，放到了马背上，马儿立刻驮着它的小主人，欢快地嘶鸣着，小跑而去。法比安捧腹大笑，简直笑得喘不上气来。

"这太残忍了，"巴尔塔萨尔说道，"嘲笑一个被大自然以如此可怕的方式抛弃的人，就像那个小骑手一样。如果他真是个大学生，你必须与他决斗，并且得用手枪，不然就违背了所有学界的规矩，因为他既无法使剑，也无法拿刀。"

"这么严肃啊，"法比安说道，"这么严肃啊，你又把这一切当回事了，我亲爱的朋友巴尔塔萨尔。我从未想过嘲笑一个畸形儿，不过你告诉我，这么一个小不点儿，马脖子挡在前面都看不见路，怎么可以骑马？他怎么可以把小脚插进那么糟糕的宽大靴子里？他怎么可以穿那么紧身的短上衣，上面还缀满带子、穗子和流苏？他怎么可以戴一顶如此奇特的天鹅绒贝雷帽？他怎么可以摆出如此傲慢、如此不可一世的姿态？他怎么可以发出这样野蛮、嘶哑的声音？我问你，他怎么可以做这一切，而不被当作一个固执的胆小鬼嘲笑？但我必须回去，我得看看这位一身骑士打扮的大学生骑着他威风凛凛的骏马进城时，会引起什么样的骚动！反正今天和你也无从说起！你自己保重！"说完，法比安就心急火燎地穿过森林，赶回了城里。巴尔塔萨尔离开开阔的大路，走进茂密的灌木丛深处，跌坐在一片长满青苔的地上，被一阵痛彻心扉的感觉淹没了。也许他真的爱上了可爱的坎蒂达，但他却把这份爱，好比一个深沉、温柔的秘密，对所有人，甚至对他自己，封锁在了灵魂的最深处。现在，当法比安如此毫不隐晦、漫不经心地谈论这件事时，他觉得仿佛有一双粗鲁的手肆无忌惮地撕开了圣像的面纱，可他却不敢触碰这圣像，仿佛圣人会永远迁怒于他。是的，法比安的话对他来说，似乎是对他的整个人，对他最甜蜜的梦想的恶意嘲讽。

"所以，"他怒不可遏地喊道，"所以法比安，你把我看成一个坠入爱河的花花公子、一个傻瓜，为了和美丽的坎蒂达在同一个屋檐下待上至少一个小时，他跑去上莫什·特尔平的课；为了构思那些送给爱人的诗句，把那些乏善可陈的情话写得更加楚楚可怜，他在树林中孤独地徘徊；他毁坏树木，幼稚地在它们光滑的树皮上刻下名字；他在女孩面前说不出话来，只知道唉声叹气、无病呻吟，哭丧着一张脸，好像面部痉挛了一样；他将她胸前佩戴过的已经枯萎的花朵，甚至是她丢掉的手套，戴在没有任何装饰的胸前——简而言之，他干了无数件孩子气的傻事！为此，法比安，你打趣我；为此，所有的小伙子都在嘲笑我;为此,我连同我日益明朗的内心世界,都可能是被嘲笑的对象。而那位美丽可爱的坎蒂达啊……"

当他说出这个名字的时候,他的心如同被灼热的匕首刺穿一般!啊!就在那一刻,一个内心的声音非常清晰地对他轻声低语,告诉他,他只是为了坎蒂达才去莫什·特尔平家,他写情诗给所爱之人,将她的名字刻在阔叶树上,在她面前默不作声、叹息、呻吟,把她丢弃的枯萎花朵戴在胸前;告诉他,他的确做了所有这些愚蠢的事,就像法比安所预见的那样。直到现在,他才真正感觉到,自己对美丽的坎蒂达的爱是多么难以言表,但同时,让他感觉奇怪的是,最纯粹、最深入人心的爱情在现实生活中,竟然显得有些傻里傻气,这大概就是自然界赋予人类一切活动的深刻讽刺吧。他或许是对的,然而,他开始对此非常生气,这就毫无道理了。原本萦绕在他心头的梦境消失了,森林里的声音在他听来,都像是嘲笑和讥讽,于是他迅速折返,回到开厄佩斯。

"巴尔塔萨尔先生,亲爱的巴尔塔萨尔。"有人在喊他。他抬眼一看,如着魔一般地定在原地,因为莫什·特尔平教授正迎面走来,胳膊上挽着他的女儿坎蒂达。坎蒂达以她特有的开朗友好、不偏不倚的态度向这个一动不动的雕像打招呼。"巴尔塔萨尔,亲爱的巴尔塔萨尔,"教授喊道,"事实上,您在我的所有听众中是最勤奋的,也是我最喜爱的！哦，我最好的学生，我注意到您像我一样，热爱大自然及其所有奇观，我对此着迷得近乎痴傻！您这是又在我们的小树林里进行植物学研究了吗？有什么收获吗？来吧！让我们更亲近一些。来我家做客吧，随时欢迎，我们可以一起做实验，您见过我的气泵吗？来吧！亲爱的，明天晚上我家将有一个朋友间的小聚会，大家会品尝茶和黄油面包，在惬意的交谈中享受欢愉的时光，您的到来会为这个聚会添光增彩。您将会结识一个非常迷人的年轻人，我会把他特别推荐给您。祝您晚上好，亲爱的。晚上好，优秀的年轻人，再见，再见！您明天会来上课的吧？那好，亲爱的，再会！"还没等巴尔塔萨尔回答，莫什·特尔平教授就带着他的女儿离开了。

　　巴尔塔萨尔惊愕得不敢抬起双眼，但坎蒂达的灼灼目光却穿透他的胸膛，他感受到了她呼吸的气息，甜蜜的战栗直抵他的内心深处。

　　他所有的烦闷都烟消云散，他满心欢喜地注视着可爱的坎蒂达，直到她消失在林中的小径。然后他慢慢地踱回森林，沉醉在比以往任何时候都更美好的梦中。

第三章

> **情节提要**
>
> 法比安不知道该说什么。
> 坎蒂达和少女们不准吃鱼。
> 莫什·特尔平的文学茶会。
> 年轻的王子。

法比安一边沿着森林里的小路走，一边想，也许他能赶上那个从他面前跑开的奇怪的小矮人。然而，他错了，因为当他从灌木丛中走出来时，看到远处一位英俊的骑手与那个小矮人会合，两人一起骑向开厄佩斯的城门。"嗯！"法比安自言自语道，"就算这个小个子骑着他的大马先于我到达，我还是有足够的时间，赶上一睹他到达时的热闹场面。如果这个古怪的东西真是个大学生，人们会让他去'飞马'客栈投宿，他就会停在那，发出尖锐的'吁——吁——'声，然后先把马靴扔下来，自己再跟着摔下来，当大伙儿笑话他时，他会表现得粗野而傲慢。这样一来,这出疯狂的闹剧就结束了!"

法比安来到城里,他以为在前往"飞马"客栈的路上,满大街都会遇到嬉笑的人群。但事实并非如此。所有人都平静而严肃地来来往往。同样的,"飞马"客栈前的广场上有几位学者正在那里散步,他们聚集在一起,相互交谈着走来走去。法比安确信,小矮人一定还没有抵达这里,然而他向客栈大门里瞥了一眼,发现小矮人那匹非常有辨识度的马正被牵进马厩里。当他看到第一个熟人,就立刻冲过去,询问是否有一个相当古怪、奇特的小矮人来过。被法比安询问的人和其他人一样,对此一无所知,于是法比安向他们讲述了,他和那个想要成为大学生的小不点儿之间发生的事情。大家都开怀大笑,但同时保证,像他描述的那个小不点儿,根本没有来过这里。不过,不到十分钟前,有两个骑着漂亮大马的相貌堂堂的骑手在"飞马"客栈下马。

"其中一个人骑的是刚刚被带进马厩的那匹马吗?"法比安这样问道。

"自然是的,"一个人回答道,"自然是的。骑在那匹马上的人个头虽然稍微矮小一些,但身材纤细,五官端正,还有一头你从未见过的最漂亮的卷发。同时,他也展现出极为娴熟的骑术,他飞身下马的身形敏捷而优雅,堪比我们亲王的首席侍从官。"

"他,"法比安喊道,"他没有失落马靴,滚到你们脚下?"

"绝无此事,"所有人异口同声地回答,"绝无此事!你怎么会这么想,兄弟!那个小矮人是个多么出色的骑手!"法比安不知道该说些什么。这时,巴尔塔萨尔沿着街道走了过来。法比安冲到他身边,拉住他,告诉他在城门口遇到并从马上摔下来的那个小家伙,刚刚如何来到这里,如何被大家认为是一个体形纤细、骑术出众的英俊男子。

"你看,"巴尔塔萨尔严肃而平静地回答,"你看,亲爱的法比安兄弟,并不是每个人都像你一样,无情地嘲笑那些被大自然遗弃的不幸的人。"

"但是,我的天啊!"法比安打断他说道,"现在谈论的不是嘲笑和刻薄的问题,而是一个三英尺高、与萝卜无异的小矮人,怎么会被称为英俊、精致的男人?"在这个小个子大学生的身高和长相方面,巴尔塔萨尔也不得不赞同法比安的说法。其他人则都确定,那个小骑手是一个英俊而娇小的男人,而法比安和巴尔塔萨尔则不断坚称,他们从未见过这么丑陋的小不点儿。事已至此,所有人不无惊奇地四散离去。

夜幕降临,两位朋友一起返回他们的住处。这时,巴尔塔萨尔突然说起,自己也没明白怎么发生的,他竟然遇到了莫什·特尔平教授,教授还邀请他第二天晚上去他的住处。

"哎呀,你真幸运,"法比安喊道,"哎呀,你太幸运了!你将会见到你的心上人,漂亮的坎蒂达小姐,听她说话,与她交谈!"又被戳到痛处的巴尔塔萨尔想甩开法比安一走了之。但他冷静下来,停下脚步,强压住愤懑说道:"也许你是对的,亲爱的兄弟,认为我愚蠢可笑,是个坠入爱河的花花公子,可能我确实如此。但这种愚蠢可笑的行为却给我的心灵带来深刻而痛苦的伤口,稍有不慎触及它,愈加剧烈的痛苦可能会驱使我做出各种疯狂的事情。所以,兄弟,如果你真的爱我,就不要再提坎蒂达的名字了!"

"我亲爱的朋友巴尔塔萨尔,"法比安回答道,"你又把这件事看得过于悲观了,不过以你现在的情况,也没法有别的期待。但是为了不与你产生各种不愉快的争执,我答应你,在你松口给我这个机会之前,坎蒂达这个名字不会再从我的嘴里说出来。只是请允许我今天再对你说一点,我预感恋爱会让你陷入无穷无尽的烦扰。坎蒂达是个漂亮迷人的女孩,但她并不适合你那忧郁、多愁善感的性格。如果你对她有进一步的了解,就会觉得她那无拘无束、开朗活泼的性格缺乏诗意,而诗意是你四处追寻的东西。你会陷入各种异想天开的幻梦中,整件事情将在难以想象的痛苦和彻底的绝望中草草收场。顺便说一句，我也和你一样受邀明天去拜访我们的教授，他将为我们展示一些非常精彩的实验！那么现在，晚安，伟大的梦想家！好好睡一觉吧，如果你能在明天这样重要的一天前睡得着的话！"

说完，法比安离开了陷入沉思的朋友。法比安预感坎蒂达和巴尔塔萨尔可能会面临各种悲情的不幸时刻，这并非没有道理，因为他们两人的气质和性格看上去确实大有可能导致这样的结果。

所有人都不得不承认，坎蒂达是一个画一般漂亮的女孩，她的眼睛摄人心魄，玫瑰般的嘴唇微微翘起。此外，她的头发很漂亮，她会精妙地将它们编织成奇特的发辫，但是我记不起来它们是偏金色还是栗色，只记得它们有一个奇怪的特点，就是你看的时间越长，它们的颜色就变得越深。这个女孩修长高挑，举止轻盈，尤其是在热闹的环境中，她是美丽和优雅的化身，有如此多外在的魅力，人们很容易忽略这样一个事实，即手脚或许可以更小巧、更精致一些。坎蒂达读过歌德的《威廉·迈斯特》、席勒的诗歌和富凯的《魔戒》，但又几乎淡忘了它们包含的所有内容；钢琴弹得还过得去，有时甚至还边弹边唱；会跳最新的法国舞和加沃特舞，还能漂亮、清楚地手写便签条。如果非要对这位可爱的女孩挑剔点什么，也许就是她说话声音有些过于低沉,腰身束得太紧,对一顶新帽子喜欢得太久,喝茶时吃太多的蛋糕。当然,对于热情洋溢的诗人,漂亮的坎蒂达身上还有很多不尽如人意的地方,但他们的要求是没完没了的。首先,他们希望小姐对他们所说的每一句话都如痴如醉,要深深叹息,翻白眼,偶尔昏厥一下,甚至暂时失明,这才是女性气质的最高境界。然后,这位小姐必须按照她自己内心自然流淌的旋律,吟唱诗人的诗歌,还立刻因此生病;自己也会写写诗,但写成后又非常害羞,不过无论如何,她还是会用清秀的字体把诗作誊写在芬芳精美的纸上,亲手交给诗人。诗人也因此高兴得病倒了,可这完全怨不得他。有些富有诗意的禁欲主义者走得更远,他们认为女孩子欢笑、吃饭、喝水,穿着打扮时尚精致,都与所有女性的优良品德背道而驰。他们几乎和禁止少女戴耳环和吃鱼的圣热罗尼莫①一样。按照圣人的规定,她们只能享用一些煮熟的草料,时刻保持饥饿状态,却又感觉不到饥饿,身穿粗制滥造的衣服,只是为了遮身蔽体。最重要的是,他们认为一定要选择一个严肃、苍白、伤感,还有些脏兮兮的人做自己的妻子!

坎蒂达是一个完完全全开朗活泼、无拘无束的人,所以对于那些开着无伤大雅的玩笑所进行的轻松愉快的谈

---

① 热罗尼莫是拉丁教会中最博学、最重要的教父之一,大约出生于公元348/349年,于公元420年逝世。他以其严谨的禁欲主义作风和作为《圣经》翻译家、注释家的成就,对拉丁基督教产生了巨大的影响。

话，她都毫无保留地投入其中。凡是滑稽的事她都会开怀大笑；她从不叹息，即使雨天破坏了她散步的愿望，即使再小心新的披肩还是被弄脏了。如果真的出于什么原因，她的目光中透出一种深沉而发自内心的情感，这种情感也绝不会沦为肤浅的多愁善感，所以对于我和你，亲爱的读者，我们不属于那种热情奔放的人，这个女孩恰好合适。但到了巴尔塔萨尔身上，事情就可能完全不同了！但我们很快就能看到，毫无诗意的法比安的预言在多大程度上是正确的！

　　巴尔塔萨尔因为满心的不安，因为不可名状的爱情焦虑而整夜无法入睡，这是再自然不过的了。他满脑子都是他心上人的画面，他坐在桌前写下了一大堆优美动听的诗句，借一个夜莺爱上紫玫瑰的神秘故事，来表达自己的心境。他打算带着这些诗句去参加莫什·特尔平的文学茶会，只要有机会，他便以此征服坎蒂达那毫无防备的心。

　　法比安按照约定的时间来接他的朋友巴尔塔萨尔，发现巴尔塔萨尔比以往任何时候都穿得更为考究，他微微一笑。只见巴尔塔萨尔的锯齿状衣领上镶着最精美的布鲁塞尔花边，他的短外套袖口开衩，是碎天鹅绒制成的。此外，他穿一双后跟又高又尖，还带有银色流苏的法式靴子，戴一顶最好的英式海狸帽①和一副丹麦手套。他完全是一身德式装束，而这套衣服非常适合他。他还精心地把头发弄卷，小山羊胡也梳理得整整齐齐。

当坎蒂达在莫什·特尔平的家里走近他时，巴尔塔萨尔的心由于喜悦而止不住地颤抖起来，她穿着老派德国少女的服装，眼神和言语都很友好、优雅，举止风度就像人们一贯看到的那样。"我最可爱迷人的小姐！"当坎蒂达，甜美的坎蒂达亲手给他端来一杯热气腾腾的茶时，巴尔塔萨尔发自肺腑地暗自叹息。坎蒂达用她炯炯发光的眼睛看着他，说道："这是朗姆酒和樱桃甜酒、面包干和粗麦黑面包，亲爱的巴尔塔萨尔先生，您喜欢什么，就拿什么吧！"然而，激动的巴尔塔萨尔既没去看朗姆酒和樱桃甜酒、面包干或粗麦黑面包，也没去拿它们，而是怀着最深情的忧郁，将目光锁定在这个可爱的少女身上，并竭力寻找措辞，想要表达自己内心深处的感受。但就在这时，高大强壮的美学教授用他有力的拳头从后面抓住了他，并把他转了过来，以至于他手上的茶水洒了一地，美学教授用雷鸣般的声音喊道："亲爱的卢卡斯·克拉纳赫②，别喝这

---

① 海狸帽，源自拉丁语 castor "海狸"，是一种用海狸毛制成的毡帽。从17世纪到大约19世纪中叶，男性和女性都佩戴这种帽子。

② 老卢卡斯·克拉纳赫（1472—1553），多瑙河画派创始人之一，与丢勒（1471—1528）并列为16世纪早期德国最重要的艺术家，被誉为"德国文艺复兴时期最伟大的艺术家"。因为巴尔塔萨尔的德式装扮，让美学教授联想到老卢卡斯·克拉纳赫的画作。

么难喝的水,这样会彻底毁了您的德国胃。在另一个房间里,我们勇敢的莫什摆放了一排美丽至极的瓶子,里面装着上等的莱茵葡萄酒,让我们现在就去开怀畅饮吧!"他拖着这个不幸的年轻人离开了。

然而,莫什·特尔平教授从隔壁房间走了出来,牵着一个身材矮小、非常奇怪的小个子男人的手,并大声宣称:"女士们、先生们,我在这里向你们介绍一个极具天赋的年轻人,他拥有非凡的品格,将会轻而易举地赢得你们的好感和尊敬。那就是年轻的辛奥伯先生,他昨天才来到我们大学,打算攻读法学!"法比安和巴尔塔萨尔一眼就认出了那个奇怪的小矮人,就是他在城门前向他们飞驰而来,还从马上摔了下来。

"我应该,"法比安轻声对巴尔塔萨尔说,"我应该用吹箭还是鞋匠锥子挑战这棵小曼德拉草?对付这个可怕的对手,我可无法使用任何其他武器。"

"你羞愧去吧!"巴尔塔萨尔回答道,"羞愧去吧,嘲笑这个天生残疾的人,你听到了吧,他拥有非凡的品格,从而用精神价值弥补了天生的体格缺陷。"

然后他转向小矮人说道:"亲爱的辛奥伯先生,您昨天从马上摔下来,我希望没有造成什么不好的后果吧?"辛奥伯用他手上那根短小的手杖撑在身后,踮起脚尖站直身体,这样差不多能够到巴尔塔萨尔的腰带,他仰起头,抬起闪烁着危险光芒的眼睛，用一种奇怪的呼噜声低声说道："我不知道您想干什么，您在说什么，先生！从马上摔下来？我，从马上摔下来？您可能还不知道，我是世界上最优秀的骑手，我从来没有从马上摔下来过，我曾作为志愿兵参加过胸甲骑兵的战役，还在竞技场教过军官和士兵马术！哼，哼，从马上摔下来，我从马上摔下来！"说完他想赶紧转身，但撑着他的手杖滑落了，小矮人在巴尔塔萨尔脚前踉跄了几下。巴尔塔萨尔弯腰想把小矮人扶起来，无意间碰到了他的头。小矮人发出刺耳的尖叫，响彻整个大厅，宾客们都惊恐地从座位上站了起来。他们围住巴尔塔萨尔，七嘴八舌地问他为什么发出如此可怕的尖叫声。

"请不要介意，亲爱的巴尔塔萨尔先生，"莫什·特尔平教授说，"不过这个玩笑开得有些奇怪。可能是您想让我们相信，这里有人踩到了猫的尾巴！"

"猫，猫，把猫赶走！"一位神经衰弱的女士喊了一声，就立刻晕了过去，一些同样对猫深恶痛绝的老先生也大喊着："猫，猫！"随后他们纷纷冲出门外。

坎蒂达把整个嗅盐瓶都撒在昏倒的女士身上，悄声对巴尔塔萨尔说："但是，您看您这可怕、尖利的喵声闯了多大的祸，亲爱的巴尔塔萨尔先生！"

巴尔塔萨尔根本不知道自己做错了什么，他因为愤懑和羞愧而满脸通红,一句话也说不出来,无法解释发出那可怕尖叫声的其实是小矮人辛奥伯先生,而不是他。

莫什·特尔平教授看出了年轻人的尴尬。他友好地走近他,说道:"好啦,好啦,亲爱的巴尔塔萨尔先生,您放心吧。我已经注意到了发生的一切。您弯下腰,四肢着地跳跃,把那只遭受虐待炸了毛的雄猫模仿得惟妙惟肖。我通常非常喜欢这类自然史的游戏,但今天是在文学茶会上……"

"可是,"巴尔塔萨尔脱口而出,"可是,尊敬的教授先生,那不是我。"

"没关系,没关系。"教授打断他说道。坎蒂达走了过来。

"代我安慰一下,"教授对坎蒂达说,"代我安慰一下善良的巴尔塔萨尔,他正在为所发生的这一团乱尴尬着呢。"

可怜的巴尔塔萨尔站在那儿,目光低垂、手足无措,心地善良的坎蒂达对他感到由衷的怜悯。她向他伸出手,带着优雅的微笑低声说道:"总有一些可笑的人,居然对猫都这么害怕。"

巴尔塔萨尔热情地亲吻了坎蒂达的手。坎蒂达那双湛蓝的眼睛充满感情地注视着巴尔塔萨尔。他陶醉在天堂般的幸福里,不再想着辛奥伯和猫叫。混乱过去,一切重又归于平静。那位神经衰弱的女士坐在茶几旁,享用了几块蘸了朗姆酒的面包干,她确信这么做可以让受到惊吓的心灵得到慰藉,骤然的惊恐之后迎来的是对希望的憧憬!

那两位老先生,在外面确实遇到一只逃窜的猫从他们的两腿间一跑而过,也放心地回来了,和其他人一样回到了游戏桌旁。

巴尔塔萨尔、法比安、美学教授以及几个年轻人和女士们坐在一起。与此同时,辛奥伯先生拉来一个踏脚凳,借助它爬上沙发,坐在两个女人中间,骄傲地、目光炯炯地环顾着四周。

巴尔塔萨尔认为,现在正是展示他那首关于夜莺对紫玫瑰之爱的诗歌的最佳时机。因此,他以年轻诗人惯有的适当羞涩表示,如果他不怕引起厌烦和无聊,如果能得到尊敬的来宾们善意的宽容,他就斗胆朗读一首诗,这是他灵感的最新产物。

由于女士们已经详细议论了城里发生的一切新鲜事物,姑娘们则把校长家举行的最近一次的舞会谈论了个遍,甚至就最新帽子的标准款式也达成了一致,而男士们也不指望接下来的两个小时内还会有更多的食物和饮料,于是大家一致要求巴尔塔萨尔给大家带来这个美妙的享受。

巴尔塔萨尔拿出那份写得很工整的手稿,读了起来。

他自己的作品，实实在在是从一个真正诗人的心灵中流淌出来的，充满力量和勃勃生机，让他越来越为之振奋。他的朗诵愈发激昂，流露出内心炽热的爱意。女人们轻声地叹息，或者轻声地感慨，男人们发出一些赞叹："太美妙了，太出色了，太神奇了！"他欣喜得浑身颤抖，确信自己的诗歌打动了所有人。

最后他结束了朗诵，这时大家喊道："多好的一首诗啊！多么深刻的思想！多么丰富的想象！多么美丽的诗句！多么悦耳的声音！感谢您，亲爱的辛奥伯先生，给我们带来这么美妙的享受！"

"什么？怎么回事？"巴尔塔萨尔大声喊道。但没有人理会他，大家都冲向坐在沙发上的辛奥伯，他像只小火鸡一样趾高气扬，用刺耳的声音呼噜呼噜地说道："请多包涵，请多多包涵，差强人意！这只是我昨晚匆匆写下的一个小作品！"

美学教授却大喊道："出色的、神奇的辛奥伯！亲爱的朋友，除了我之外，你现在是世界上排第一的诗人！来吧，美丽的灵魂，让我来拥抱你！"说着，他将小矮人从沙发上拉了起来，拥抱他，亲吻他。辛奥伯对此非常抗拒，他的两条小短腿在教授肥硕的肚子上乱蹬，嚷着："放开我，放开我，弄疼我了，疼，疼，我要把你的眼睛抠出来，我要咬断你的鼻子！"

"不,"教授把小矮人放回沙发上,说道,"不,可爱的朋友,不要太过于谦虚!"

莫什·特尔平此时也离开游戏桌走了过来,他握住辛奥伯的小手,捏了捏,非常认真地说道:"好极了,年轻人!人们说您有很高的天分,说得不过分,是的,说得还不够。"

"有谁?"美学教授再次充满热情地喊道,"辛奥伯用他精彩的诗歌,表达了对无比纯洁的爱情最深刻的感受,你们中有哪位少女,愿意为他献上一个吻?"

只见坎蒂达站了起来,满脸通红地走到小矮人面前,弯下腰亲吻了他那张蓝色得令人作呕的嘴。

"是的,"巴尔塔萨尔仿佛发疯了似的突然喊了起来,"是的,辛奥伯,神圣的辛奥伯,你创作了这首寓意深刻的夜莺和紫玫瑰的诗篇,你得到了你应得的美好奖赏!"

说完,他把法比安拉到隔壁房间,说道:"帮我一个忙,仔细地看着我,然后坦诚地告诉我,我是不是那个大学生巴尔塔萨尔,你是否真的是法比安,我们是不是在莫什·特尔平的房子里,我们是不是在梦里,或者我们是不是疯了。拧我的鼻子或者摇醒我,这样我就可以从这该死的诅咒中醒来!"

"你怎么可以,"法比安回答道,"你怎么可以纯粹出于嫉妒而表现得如此疯狂,只是因为坎蒂达亲吻了那个小矮人。你必须承认，这个小矮人读的诗确实很棒。"

"法比安，"巴尔塔萨尔大声喊道，表情惊讶无比，"你在说什么？"

"好吧，"法比安继续说道，"好吧，这个小矮人的诗写得非常好，我认为他值得得到坎蒂达的吻。总之，这个奇怪的小个子似乎隐藏了一些比美丽的外在更有价值的东西。但就他的身材而言，他现在还是和刚开始的时候一样令我生厌。在朗诵诗歌时，他内心的激情美化了他的容貌，以至于我时常觉得他是一位风度翩翩、体格健全的年轻人，尽管他几乎还没有桌子高。放弃你多余的嫉妒吧，你作为诗人，去和这位诗人交个朋友吧！"

"什么，"巴尔塔萨尔愤怒地喊道，"什么？还要和那该死的畸形儿交朋友？我真想用这对拳头掐死他！"

"这样的话，"法比安说，"这样的话你就完全失去了理智。还是让我们回到大厅，那里一定发生了什么新鲜事情，因为我听见人们在高声欢呼。"

巴尔塔萨尔机械地跟着他的朋友回到了大厅。

当他们进来时，看见莫什·特尔平教授独自站在中间，手里还拿着他刚做过的物理实验的仪器，一脸呆滞、惊愕的表情。所有的宾客都聚集在小辛奥伯周围，他挂着手杖，踮着脚尖站着，用骄傲的目光接受着来自四面八方的欢呼。之后大家又转向教授，他演示了另一个非常精妙的小戏法。还没等他做完,所有人再次围住了小辛奥伯,欢呼道:"太棒了,太精彩了,亲爱的辛奥伯先生!"

最后,莫什·特尔平也兴奋地走向小矮人,用比别人大十倍的声音喊道:"太棒了,太精彩了,亲爱的辛奥伯先生!"

在这个聚会中,还有年轻的格雷戈尔亲王,他也正在大学就读。亲王是人们见过的最优雅的人,他的举止如此高贵和自然,淋漓尽致地体现出了他高贵的血统,以及展现出了他在上流社会的社交习惯。

现在连格雷戈尔亲王也跟着辛奥伯,寸步不离,并且对他赞不绝口,称其为最出色的诗人,最有才华的物理学家。

这两人站在一起,形成了一个奇特的组合。这个矮个子男人,鼻子翘得高高的,靠那两条纤细的小腿几乎站不稳,在身材魁梧的格雷戈尔的映衬下显得格外突兀。然而所有女人的目光所在,却不是亲王,而是那个小矮人,他不断地踮起脚尖又放下来,上上下下起起伏伏,好像一个笛卡尔小恶魔[①]。

莫什·特尔平教授走到巴尔塔萨尔面前说道:"你对我的门生、我亲爱的辛奥伯有何看法?这个男人有许多让

---

① 也称笛卡尔潜水员,是一种以法国数学家、哲学家笛卡尔命名的中空彩色玻璃的丑娃娃,把它放入装满水的瓶中,如果封住瓶子,它就会上浮。如果按压瓶盖,它就会下沉。

人捉摸不透的地方，现在我仔细观察，大概猜到了他真正的背景。抚养他并向我推荐他的牧师对他的出身讳莫如深，但您只需观察一下他高贵的风度，他优雅、从容的举止。他肯定有王侯的血统，甚至可能是国王的儿子！"就在这时，有人报告说，宴会已经准备好了。辛奥伯摇摇晃晃地走向坎蒂达，笨拙地抓住她的手，领着她走进餐厅。

不幸的巴尔塔萨尔盛怒之下，顶着狂风大雨，连夜跑回了家。

第四章

> **情节提要**
>
> 　　意大利小提琴家斯比奥卡是如何威胁辛奥伯先生，要把他扔进低音提琴里的。
> 　　书记员普尔彻是如何无法从事外事工作的。
> 　　关于收费员和保留在家里的奇异的东西。
> 　　一个手杖按钮赋予了巴尔塔萨尔魔力。

　　巴尔塔萨尔坐在森林偏僻处一块突出来的长满青苔的岩石上，若有所思地凝视着森林深处，一条泛着浪花的溪流在岩石和茂密灌木丛之间湍急地流淌。乌云飘过来，隐没在山后；树木沙沙作响，溪水潺潺流淌，仿佛在低沉地哀鸣，其间夹杂着猛禽的尖叫声，它们从昏暗的树丛中飞出，冲向广阔的天空，去追逐那逃逸到天边的云彩。

　　对于巴尔塔萨尔而言，他仿佛在森林奇妙的声音中听到了大自然无望的哀叹，他自己仿佛也将淹没在这哀叹中，他的整个存在仿佛都只感受到最深、最难以忍受的痛

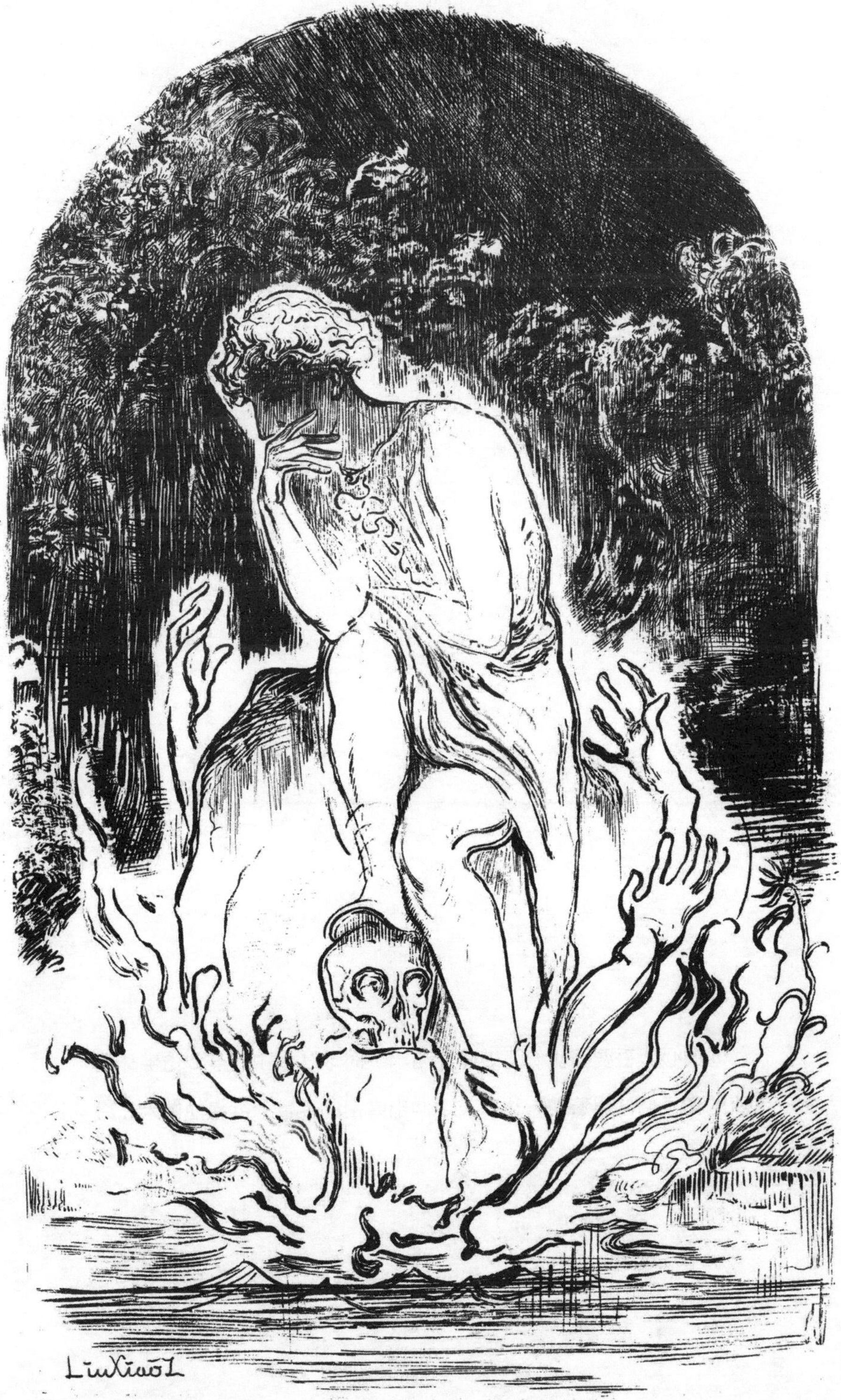
LiuXiaoL

他的心似乎要因忧伤而破碎,泪水不时地从眼中滴落,仿佛林间溪流的精灵们仰望着他,从水波中伸出雪白的手臂,欲将他拉入冰冷的深渊。

苦。他的心似乎要因忧伤而破碎，泪水不时地从眼中滴落，仿佛林间溪流的精灵们仰望着他，从水波中伸出雪白的手臂，欲将他拉入冰冷的深渊。

这时，从远处传来一阵明亮、欢快的号角声，飘荡在空中，让他的心胸豁然开朗，他心中的渴望被唤醒，随之而来的是甜蜜的希望。他环顾四周，当号角声继续响起，森林里绿色的阴影似乎不再那么忧伤，风声和灌木丛的低语也不再那么哀婉。他说起话来。

"不，"他喊出声，从他坐的石头上一跃而起，眼神炯炯地看着远方，"不，希望还没有全部破灭！但是可以肯定的是，某种阴暗的秘密，某种邪恶的魔法已经侵入了我的生活，但我会打破这个魔咒，即使为此付出生命！当我终于克制不住自己发自肺腑的感情，向可爱、甜美的坎蒂达表达我的爱意时，我难道没有从她的眼神里读出，以及从她和我的握手中感受到我的幸福吗？但只要这个该死的小怪物一露面，所有的爱就都转向了他。坎蒂达的目光落在这个可恶的怪胎身上，当那个笨手笨脚的年轻人靠近她，甚至触碰她的手时，她的心口就逸出思慕的叹息。他身上一定有什么秘密，假如我相信愚蠢荒谬的故事，我会说这个年轻人会法术，可以像人们所说的那样，对别人为所欲为。这不是很令人难以置信吗？本来所有人都在嘲笑讥讽这个畸形的、奇丑无比的小个子，然后，当这个小矮人再次出现时,大家又吹捧他为我们之中最聪慧、最博学甚至最英俊的大学生先生。我在说什么!我自己不也差不多是这样吗?我不是也经常觉得辛奥伯既聪明又漂亮吗?只有在坎蒂达面前,这个魔法才对我不起作用,辛奥伯先生依然是一株愚蠢、可憎的小曼德拉草。没错!我做好了对抗敌对力量的准备,一种隐隐约约的预感在我内心深处蔓延,会有某种意想不到的力量将武器交与我手,来对抗邪恶的魔鬼!

巴尔塔萨尔寻找返回开厄佩斯的路。他沿着一条树荫小道行走,注意到路上有一辆装满行李的小旅行车,车里有人用一块白色手绢在友好地向他挥手。他走近一看,认出是世界著名的小提琴演奏家文森佐·斯比奥卡先生。斯比奥卡先生的演奏出色而富有表现力。巴尔塔萨尔对其推崇备至,并且已经在他那里上了两年的课。"太好了!"斯比奥卡跳出车窗喊道,"太好了,我亲爱的巴尔塔萨尔先生,我真诚的朋友和学生,太好了,我还能在这里遇到您,能够真诚地和您告别。"

"怎么了,"巴尔塔萨尔说,"怎么了,斯比奥卡先生,您该不会要离开开厄佩斯吧?这里的每个人都尊重您、敬仰您。没有人愿意您离开。"

"是的。"斯比奥卡回答道,脸上尽显内心的愤怒,"是的,巴尔塔萨尔先生,我要离开这个地方,这里的人都是傻瓜,这里就像一个巨大的疯人院。昨天您没有参加我的演奏会,因为我看您从乡间过来,否则您本可以站在我这一边,支持我对抗那些疯狂的民众,我算是被他们给打败了。"

"发生了什么事,我的天啊,究竟发生了什么事?"巴尔塔萨尔喊道。

斯比奥卡继续说道:"我演奏了维奥蒂①难度最大的协奏曲。这是我的骄傲,我的快乐。您听我演奏过,每次都会为之动容。昨天我可以说心情非常好,我指的是身心愉悦,情绪热情饱满。这个世界上没有哪个小提琴演奏家能超越我,甚至包括维奥蒂本人。当我演奏结束,全场爆发出热烈的掌声,我的意思是掌声轰鸣,正如我所期待的。我把小提琴夹到腋下,走上前去,彬彬有礼地道谢。但是!我看到的是什么,我听到的是什么!所有人,对我没有丝毫关注,都挤在大厅的一个角落高喊:'太棒了,棒极了,神奇的辛奥伯!多么精彩的演奏,多么优美的姿势,多么出色的表现,多么娴熟的技艺!'我冲过去,挤进人群一看,那里站着一个只有三拃高的畸形的家伙,用一种令人生厌的声音嘟囔着:'见笑,见笑,我真的已经尽我所能了,当然,我现在是欧洲和世界上其他已知地区

---

① 乔瓦尼·巴蒂斯塔·维奥蒂(1755—1824),意大利小提琴家、作曲家。他的作品强烈地影响着19世纪的小提琴演奏风格,被认为是现代(指19世纪)法国小提琴学派之父。

最强的小提琴家。'

"'见鬼去吧,'我喊道,'是谁在演奏,是我还是那条蚯蚓!'小矮人还在继续呼噜呼噜地说:'见笑,见笑。'我真想不顾一切地冲上去,把他攥在手心里。但这时大家却向我冲过来,对我疯言疯语地说些我羡慕、嫉妒、怨恨之类的话。与此同时,有人喊道:'多么美妙的乐曲!'然后大家异口同声地高呼:'多么美妙的作品,神奇的辛奥伯!非凡的作曲家!'

"我比之前更加愤怒了,高声喊道:'难道大家都疯了吗?着魔了吗?这是维奥蒂的协奏曲,而我,我,举世闻名的文森佐·斯比奥卡演奏了它!'但是这帮人紧紧抓住我,说我是个意大利疯子——我的意思是疯狗,说这是些莫名其妙的巧合,强行把我带到隔壁的一个房间,把我当成一个病人、一个疯子一样对待。没过多久,布拉加奇夫人冲了进来,晕倒在地。和我的遭遇一样,她的咏叹调一唱完,大厅里就响起了一片'太棒了,棒极了,辛奥伯',所有人都在欢呼,说世界上没有比辛奥伯更好的女歌唱家了,而他则依然嘟哝着那该死的'见笑,见笑!'。布拉加奇夫人躺在那发起了烧,命不久矣;至于我,我逃离了那群疯狂的民众,成功脱身。保重,最亲爱的巴尔塔萨尔先生!如果您碰巧见到辛奥伯先生,请告诉他,不要在我出场的任何演奏会上露面。否则,我肯定会抓住他那甲壳虫小细腿，把他从F孔扔进低音提琴里，这样他就可以一辈子在那里面，随心所欲地演奏音乐，演唱咏叹调。保重，我亲爱的巴尔塔萨尔，不要荒废您的小提琴！"说完，文森佐·斯比奥卡先生拥抱了目瞪口呆的巴尔塔萨尔，登上马车，马车迅速离开了。

"我说得没错吧。"巴尔塔萨尔自言自语道，"我说得没错吧，这个邪恶的家伙，这个辛奥伯，他会法术，迷惑了大家。"就在这时，一个年轻人跑了过去，脸色苍白，惊慌失措，脸上写满了疯狂和绝望。巴尔塔萨尔的心头一沉，他认出这个年轻人是他的一个朋友，因此立刻跟上他进了森林。

才走了二三十步，他就看到书记员普尔彻，他站在一棵大树下，仰望着天空说道："不！不能再容忍这种耻辱了！所有生活的希望都破灭了！每一条前程都只是通向坟墓，永别了，生活，世界，希望，爱人。"

说完，绝望的书记员从怀里掏出一把手枪，将枪口抵在额头上。

巴尔塔萨尔闪电般冲向他，将手枪从他手中远远抢开，大声喊道："普尔彻！上帝啊，你怎么了，你在做什么！"

这个书记员好几分钟都没回过神来，他瘫倒在草地上，神情恍惚。巴尔塔萨尔坐在他旁边，尽其所能地安慰他，尽管他并不知道普尔彻绝望的原因。

巴尔塔萨尔问了书记员上百次,究竟发生了什么可怕的事情使得他动了自杀的阴暗念头。普尔彻终于深深叹了口气,开始说道:"亲爱的朋友巴尔塔萨尔,你知道我身处困境,你知道我把所有的希望都寄托在外交部机要特派员这个空缺的职位上;你知道,为了准备这个事情,我付出了怎样的热情,花费了怎样的精力。我提交了我的报告,我欣喜地得知,报告得到了大臣的充分赞赏。今天上午我是多么信心满满地去参加面试!我在房间里发现了一个畸形的小矮人,你可能知道他就是辛奥伯先生。负责面试的外交部参赞友好地接待了我,并告诉我,辛奥伯先生也报名参加,与我竞争同一个职位,他将对我们两人进行面试。然后他轻声告诉我:'亲爱的书记员,您不必担心您的竞争对手,小辛奥伯提交的报告非常糟糕!'面试开始了,我无所不答。而辛奥伯什么都不知道,他根本一无所知;他没有作答,只是发出些无人理解的呼噜声和吱吱声,他的小细腿还毫无规矩地乱踢,好几次从高高的椅子上摔下来,以至于我不得不一再地把他扶上去。我的心因喜悦而颤抖;我认为参赞投向那个小矮人的友好眼神,是对他最痛苦的嘲讽。面试结束了。谁能描述出我当时的惊恐,我感觉就像猛然出现一道闪电,将我打入无尽的深渊,当参赞拥抱那个小矮人,称赞他说:'多么了不起的人呀!知识多么渊博,理解多么透彻,思想多么敏锐!'

然后对我说：'书记员普尔彻先生，您欺骗了我，您什么也不知道！而且，请别见怪，您在面试中的表现违反了所有的规章和礼节！您完全无法在椅子上好好坐着，从椅子上摔下来，还得辛奥伯先生把您扶起来。外交人员必须时刻保持清醒和冷静。告辞，书记员先生！'此时，我仍然认为这一切都是一场荒谬的表演。我鼓起勇气去找大臣。他让人告诉我，就我在面试中的表现，我怎么还敢来打扰他，他已经知晓了一切！我极力争取的职位已经分配给了辛奥伯先生！某种来自地狱的力量夺去了我所有的希望，我甘愿献出自己的生命，它已然陷入了黑暗的厄运！你离开我吧！"

"千万别这样，"巴尔塔萨尔喊道，"你先听我说！"

他讲述了他所知道的和辛奥伯有关的所有事情，从辛奥伯第一次出现在开厄佩斯城门前；他在莫什·特尔平家遇到小矮人发生的事情；以及他刚刚从文森佐·斯比奥卡那里听说的事情。"可以肯定的是，"然后他说，"在这个邪恶的畸形儿身上发生的一切都基于某种神秘的东西，相信我，朋友普尔彻，如果这其中有某种邪恶的巫术在作怪，那么关键就是要坚定地对抗它，只要我们勇敢面对，胜利是必然的。因此，不要沮丧，不要仓促行事。让我们联手对付这个会巫术的小子！"

"巫师小子，"书记员激动地喊道，"是的，巫师小子，这个小矮人就是一个该死的巫师小子,毫无疑问!但是巴尔塔萨尔兄弟,我们这是怎么了,我们是在做梦吗?巫术,魔法,这不是很久以前就没有了吗?帕夫努蒂乌斯亲王不是多年前就引入了新政,把所有疯狂和不可理喻的东西都赶出了这个国家。怎么这些装神弄鬼的家伙又偷偷摸摸混进来了?该死!我们必须立刻向警察和海关报告!但不,不,大众的疯狂跟风,或者正如我担心的那样,巨额贿赂才是我们不幸的罪魁祸首。这个该死的辛奥伯应该非常富有。不久前,他站在造币厂前,人们用手指指着他,喊道:'看那个帅气的小神父!里面铸造的所有金灿灿的金子都是他的!'"

"安静,"巴尔塔萨尔回答,"安静,书记员朋友,那不是金子在起作用,背后有其他东西在作祟!确实,帕夫努蒂乌斯亲王为了造福他的人民、他的后代而引入了新政,但许多玄乎的、难以理解的东西仍然留存了下来。我的意思是,有人还是在家里保留了一些神奇的东西。例如,平凡普通的种子中竟然可以长出参天大树,甚至结出各种各样的果实和谷物,供我们填饱肚子。还有人让彩色花朵的花瓣、昆虫的翅膀上生出最鲜艳璀璨的颜色,甚至还有最令人惊叹的笔画,没有人知道是油彩、水粉还是水彩,也没有一个书写高手能够看懂这些漂亮的库伦特字体[①],更不用说誊抄了!嗬嗬!书记员,我告诉你,我内

[①] 库伦特字体是一种德语的草书字体,也被称为德语手写体、花体字。

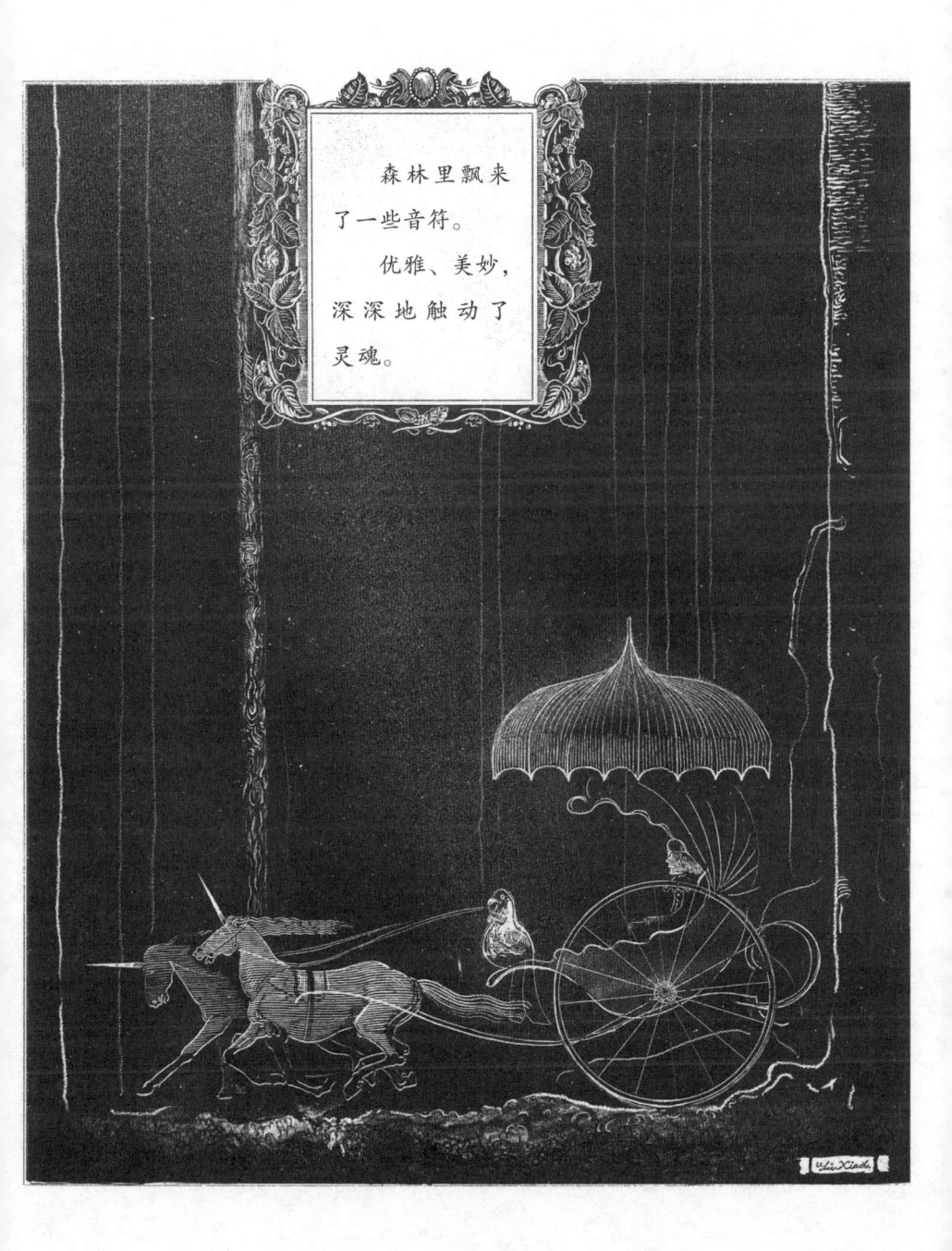

森林里飘来了一些音符。

优雅、美妙，深深地触动了灵魂。

两只雪白的独角兽套着金色的挽具拉着马车,马车上车夫的位置坐着一只白鹈,嘴里叼着金色的缰绳。

心时不时会有一些异样的感觉！我放下烟斗，在房间里来回踱步，一个奇怪的声音在我耳边低语，说我自己就是一个奇迹，魔法师的微观宇宙在我的体内操控我，驱使我做出各种疯狂的事情！但是，书记员，这时我就会跑开，去欣赏大自然，我能明白所有花朵和流水对我说的话，周身沉浸在天堂一般的幸福中！"

"你发烧了在说胡话吧。"普尔彻喊道；但巴尔塔萨尔却没有理会他，他朝远处伸展双臂，仿佛被热切的渴望紧紧抓住。"你仔细听听，"巴尔塔萨尔喊道，"你仔细听听，哦，书记员，晚风吹过森林沙沙作响，这是何等的天籁之音啊！你听到没有？泉水的歌声多么婉转悠扬，灌木丛、鲜花发出悦耳的声音相互应和。"

书记员竖起耳朵聆听巴尔塔萨尔所描述的音乐。"确实，"他开始说道，"确实，森林里飘来了一些音符，这是我一生中听过的最优雅、最美妙的声音，深深地触动了我的灵魂。但那不是晚风，不是灌木，不是花朵在吟唱，在我听来，更像是有人在远处弹奏着一架手风琴的低音。"

普尔彻说的没错。那些声音确实像是音色饱满的和弦，越来越强，越来越近，就像手风琴的音符一样，然而其声音的大小和强度却闻所未闻。当这对朋友继续前行时，一幅奇景出现在他们面前，如此奇幻，以至于他们生了根一样惊讶地呆立在原地。不远处，一个男人驾着车缓缓驶过森林，全身上下几乎都是中式穿着，除了他戴着一顶宽大的贝雷帽，上面插着美丽的羽毛。他的马车就像是一个敞开的晶莹剔透的水晶贝壳，两个高大的车轮似乎是相同的尺寸。每当它们转动时，那些美妙的手风琴音就会响起，这对朋友远远地就听到了这些声音。两只雪白的独角兽套着金色的挽具拉着马车，马车上车夫的位置坐着一只白鹇，嘴里叼着金色的缰绳。车后坐着一只金色的大甲虫，扑扇着亮闪闪的翅膀，似乎在为贝壳里神奇的男人送去清凉。当他经过这对朋友时，友好地向他们点头示意。就在这一刹那，从那个男人手里拿着的手杖的闪亮球形杖头里发出一道光，射在巴尔塔萨尔身上，他感到有一根炙热的针深深地刺入了胸膛，随即发出一声沉闷的"啊"！

男人看着他，比之前更加和善地微笑着向他挥手。就在那辆奇幻的马车消失在浓密的灌木丛中，那柔和的手风琴音仍余音不绝时，巴尔塔萨尔还完全沉浸在幸福和喜悦之中，他搂着他朋友的脖子喊道："书记员，我们有救了！那个人就是打破辛奥伯魔咒的人！"

"我不知道，"普尔彻说，"我不知道我此时此刻是醒着，还是在做梦；但有一点是肯定的，一种未知的喜悦弥漫在我心中，我的内心又重新得到了慰藉，升起了希望。"

第五章

> **情节提要**
>
> 巴萨努夫亲王如何在早餐时享用莱比锡云雀糕点①和但泽金水酒②，他的卡西米尔裤子上是如何沾上了黄油，以及如何将机要秘书辛奥伯提拔到枢密院的。
>
> 普罗斯珀·阿尔帕努斯医生的画册。
>
> 一名门房是如何咬伤了学生法比安的手指，他又是如何穿着女士拖裙并因此受到嘲笑的。
>
> 巴尔塔萨尔的逃亡。

无法再隐瞒的是，录用辛奥伯先生为机要特派员的外交大臣，就是那位无法在《骑士比赛手册》以及编年史中找到仙女罗莎贝尔维德族谱的普雷泰克斯塔图斯·冯·月光男爵的后裔。和他的祖先一样，他也叫普雷泰克斯塔图

---

① 莱比锡云雀是莱比锡的特色烘焙糕点，其名字让人联想到过去在莱比锡尤其节假日时被食用的鸣禽。这种馅饼形式的糕点是在1876年该市正式禁止捕鸟后发明出来的。

② 但泽金水酒是一种添加香料的利口酒，这种清澈而香气浓郁的甜利口酒中漂浮着小金箔片，度数有40度。其历史可以追溯到16世纪，最初由但泽的利口酒工厂生产。

斯·冯·月光,受到过最好的教育,举止得体,在人称代词"我"和"您"上从不会混淆三格和四格形式,用法文印刷体写自己的名字,并且字迹清晰,对于工作有时甚至会亲力亲为,即使在天气不好的时候。巴萨努夫亲王,伟大的帕夫努茨的继承人深深地喜爱他,因为他知道每个问题的答案,闲暇时与亲王一起打保龄球,精通金融交易,在加沃特舞方面更是无人能及。

有一次,普雷泰克斯塔图斯·冯·月光男爵邀请亲王共进早餐,享用莱比锡云雀糕点和一小杯但泽金水酒。当亲王来到月光男爵家时,在前厅几位文质彬彬的外交官员之中,他发现了小矮人辛奥伯,小矮人拄着手杖,眨巴着小眼睛瞅了亲王一眼,没有再理会他,把一只他刚从桌子上偷拿的烤云雀点心塞进了嘴里。亲王看到小矮人,友善地冲他笑了笑,对外交大臣说:"月光!你家这位小巧、英俊、聪慧的男人是谁啊?一定是撰写出我这段时间从您那收到的那些文笔优美、书写漂亮的报告的人吧?"

"确实是他,仁慈的大人,"月光回答道,"命运把他带到我身边,让他成为我办公室里最机智、最熟练的员工。他称自己为辛奥伯,请允许我向您特别推荐这位年轻有为的人,我最好的亲王大人!他来我这里还没几天。"

"正因为如此,"一位年轻英俊的男子这时凑过来说,"正因为如此,请允许我提请阁下注意,我那位小同事还没有发送任何东西。有幸受到您——我最尊贵的亲王大人——青睐的那些报告，都是我写的。"

"您想干什么！"亲王生气地呵斥他说。而辛奥伯正紧挨着亲王，胃口大开地吧唧着嘴，贪婪地吃着云雀点心。那些报告确实是这个年轻人写的，可是亲王却大喊："您想干什么，您压根连笔都没碰过吧？而且您竟然还挨着我吃烤云雀。我很恼火地发现，我的新卡西米尔裤子已经沾上了黄油的污渍，而且您还一边吃一边吧唧嘴，是的！这一切足以证明您完全不适合从事任何外交工作！您最好回家，不要再让我看到您，除非您为我的卡西米尔裤子带一个有用的去污球来。也许到那时，我会心生怜悯！"然后他对辛奥伯说，"像您这样的年轻人，尊贵的辛奥伯，是国家的荣耀，应该光荣地接受表彰！您现在是特别机要顾问了，亲爱的先生！"

"感谢之至，"辛奥伯一边咽下最后一口食物，用两只小手擦了擦嘴巴，一边嘟哝着说，"感谢之至，我会做好自己分内的事情的。"

"坚定的自信，"亲王提高了声音说道，"坚定的自信来自于内在的力量，这是一个合格的国家公务员必须具备的！"说完，亲王喝了一小杯大臣亲自端给他的金水酒。他为此感到十分高兴。新的顾问被安排坐在亲王和大臣之间。他吃了多得令人难以置信的云雀点心，还胡乱喝了马拉加葡萄甜酒和金水酒，齿间不断发出呼噜和哼唧声，由于他的尖鼻子几乎够不到桌子，所以不得不手脚并用，使尽浑身解数。

早餐结束后，亲王和大臣都喊道："他是个英国人，这位特别机要顾问！"

"你看起来，"法比安对他的朋友巴尔塔萨尔说，"你看起来很高兴，你的眼睛里闪着不寻常的光芒。你感到幸福吗？唉，巴尔塔萨尔，也许你正在做一个美梦，但我必须把你从梦中唤醒，这是作为朋友的责任！"

"你这是怎么了，发生了什么事？"巴尔塔萨尔惊愕地问道。

"是的，"法比安继续说道，"是的！我必须告诉你！你一定要振作，我的朋友！你要明白，也许世界上没有比这更痛苦，却也更容易克服的事情了！坎蒂达……"

"天啊，"巴尔塔萨尔惊恐地叫道，"坎蒂达！坎蒂达怎么了？她走了？她死了吗？"

"放轻松，"法比安接着说道，"放轻松，我的朋友！坎蒂达没有死，但对于你来说，跟死差不多！你知道的，小矮人辛奥伯已经成了特别机要顾问，并且和美丽的坎蒂达许下了婚约，天知道坎蒂达是怎么迷上他的。"

法比安以为巴尔塔萨尔这时会勃然大怒，发出激烈而绝望的抱怨和咒骂，然而他只是淡然一笑说道："如果仅此而已,那就是没什么意外,我也就不必伤心了。"

"你不再爱坎蒂达了?"法比安惊讶地问道。

"我爱,"巴尔塔萨尔回答道,"我全心全意地爱着那个天使般的美丽女孩,用一名年轻人内心所能燃起的所有热情!我知道,啊,我知道,坎蒂达还爱着我,只是一个邪恶的咒语缠住了她,但很快我就会解开这个巫术的束缚,我很快就会消灭这个迷惑她的怪物。"

巴尔塔萨尔随后向他的朋友详细讲述了他在森林里遇到的那个坐在古怪马车里的神奇男人。最后他说,当这个奇人的手杖的杖头上发出一道光芒射入他的胸膛时,他心中升起了一个坚定的想法:辛奥伯只不过是一个小小的巫师,那个男人将会摧毁他邪恶的力量。

"但是,"当他的朋友说完后,法比安惊呼道,"但是巴尔塔萨尔,你怎么会相信如此疯狂、奇异的事情呢?你认为的魔法师不是别人,正是普罗斯珀·阿尔帕努斯医生,他住在自己那座离城市不远的庄园里。确实,各种关于他的奇怪传言满天飞,以至于人们几乎把他当作第二个卡廖斯特罗[①];但这都怪他自己。他喜欢将自己隐藏在神秘的黑暗之中,装出一副熟知大自然最深奥的秘密,并且能够驾驭未知力量的样子,这样做的同时他又有着各种奇

[①] 阿历桑德罗·卡廖斯特罗(1743—1795),意大利的神秘学家、炼金术士和冒险家。

思妙想。例如，他的马车构造非常奇特，以至于一个像你这样想象力丰富的人，我的朋友，你可能认为这一切是某个奇妙的童话故事成真了。你听好了！他的马车是一枚贝壳的形状，通体镀银，车轮之间安装了一个手摇风琴，车一行驶，手摇风琴就会自动演奏。你认为的白鹇，肯定是他的白衣小骑师，你也一定是把撑开的遮阳伞的伞叶当成了金甲虫的翅羽。他给两匹白色的小马驹安上了硕大的号角，只是为了让马车看起来更加神奇。顺便说一句，普罗斯珀·阿尔帕努斯医生的确有一根美丽的西班牙手杖，顶端镶有一块华美闪亮的水晶，可以当作按钮，关于它的奇妙效果，有很多神乎其神的说法，或者更确切地说是很多谎言。据说这个水晶的光芒肉眼几乎无法承受。医生给它裹了一层薄纱，如果你直视它，你内心深处所想的那个人的形象就会像在凹镜中一样显现出来。"

"真的吗？"巴尔塔萨尔打断他朋友的话说道，"真的吗？人们这么说的吗？关于普罗斯珀·阿尔帕努斯医生人们还说了什么？"

"哎呀，"法比安回答道，"你可别要求我多说那些疯狂荒诞的闹剧。你知道，直到现在还有些喜欢冒险的人，完全违背健全的理智，相信这些无稽之谈中所谓的奇迹。"

"我得坦白告诉你，"巴尔塔萨尔接着说道，"我不得不加入这些失去理智的冒险家的行列。镀银的木头不是光亮透明的水晶，手摇管风琴发出的声音不像手风琴，白鹇并不是骑师，遮阳伞也不是金甲虫。要么我遇到的那个神奇的男人不是你所说的普罗斯珀·阿尔帕努斯医生，要么这位医生确实掌握着非比寻常的秘密。"

"嗯，"法比安说，"为了彻底治愈你的奇思怪想，我最好直接带你去见普罗斯珀·阿尔帕努斯医生。然后你就会亲身感受到，这个医生完全是一个普通的医生，绝不会带着独角兽、白鹇、金甲虫一起去散步的。"

"你说得对，"巴尔塔萨尔回答道，他的眼睛闪闪发亮，"我的朋友，你说出了我内心最深切的愿望。我们现在就出发吧。"

很快，他们就站在了花园紧锁的栅栏门前，阿尔帕努斯医生的庄园就位于花园正中央。"我们怎么进去呢？"法比安问。

"我想，我们敲门吧。"巴尔塔萨尔一边回答，一边抓住了紧挨着门锁的金属门环。

当他抬起门环的时候，地下远远地传来一阵惊雷般的低语，仿佛在最深的地方回响。栅栏的大门缓缓打开，他们走了进去，穿过一条长长的、宽阔的林荫道，看到了那栋庄园。"你有没有感觉到，"法比安说，"这里有些非同寻常、神秘莫测？"

"我想，"巴尔塔萨尔回答说，"这个栅栏门的打开方式是不太寻常,并且我不知道为什么,这里的一切都让我觉得如此奇妙、如此有魔力。还会有哪个地方有这个花园里这样高大的树木?是的,有些树木,有些灌木,它们有着闪亮的树干和翡翠般的树叶,似乎属于一个陌生、未知的国度。"

法比安注意到两只体形异常巨大的青蛙,从栅栏门开始就一蹦一跳地跟在他们这两个步行者的两侧。"这么漂亮的花园,"法比安喊道,"竟然有这么骇人的物种!"说着他弯下腰捡起一块小石头,打算用它扔向那滑稽可笑的青蛙。两只青蛙跳进灌木丛,用闪亮的像人一般的眼睛看着他。"你们给我等着,你们给我等着!"法比安喊着,瞄准其中一只扔了出去。可就在这时,坐在路边的一个矮小丑陋的女人尖声叫起来:"粗鲁的家伙!别朝这些诚实的人扔东西,他们为了挣一点点微薄的口粮,才不得不在这个花园辛苦工作。"

"我们走吧,走吧,"巴尔塔萨尔惊恐地低声说道,因为他注意到那只青蛙变成了一个老妇人。他看了一眼灌木丛,确信另一只青蛙,现在已经变成了一个小个子男人,正在清理杂草。

庄园前有一片美丽的大草坪,两只独角兽在草坪上吃草,空气中回荡着最美妙的和弦乐曲。

"你看到了吗?你听到了吗?"巴尔塔萨尔问道。

"除了两匹小白马在草地上吃草,我什么也没看到。"法比安回答道,"而空中的声音,可能是挂着的风弦琴发出的。"

这座中等大小的平层庄园拥有庄重而简洁的建筑风格,令巴尔塔萨尔心醉神迷。他拉了一下门铃绳,门立刻打开了,一只金灿灿的、类似鸵鸟的大鸟,作为门房站在这两个朋友面前。

"快来瞧瞧,"法比安对巴尔塔萨尔说,"瞧瞧这身漂亮的制服!如果你之后想给这家伙小费,它会有手把小费放进背心口袋里吗?"

说完,他转向这只鸵鸟,抓住它的喙下、脖子上像领结一样蓬松发亮的羽毛,说道:"向医生先生通报一下我们的来访,我迷人的朋友!"但鸵鸟什么也没说,只是"咕噜"了一声,并咬了法比安的手指一口。"杀千刀的混蛋,"法比安叫了起来,"这家伙归根到底还是一只该死的鸟!"

恰在这一刻,里面的一扇门打开了,医生本人出现在了这对朋友面前:一个瘦小、苍白的男人!他头上戴着一顶天鹅绒小帽子,帽子下面披散着一头卷曲的漂亮长发,身着土黄色印度长袍,脚踩红色系带小靴子,靴子是兽皮制成,还是闪光的鸟羽毛做的,一时也难以辨认。他面色安详,是个性情和善的人,只是奇怪的是,当你走近他仔细端详,你会发现他的脸上还有一张更小的脸,仿佛从玻璃柜里向外看。

"我看见了你们,"普罗斯珀·阿尔帕努斯轻声说道,微微拉长了音调,带着优雅的微笑,"先生们,我从窗户里看到了你们。至于您,巴尔塔萨先生,我早就知道您会来找我。请跟我来!"

普罗斯珀·阿尔帕努斯领着他们走进一间高高的圆形房间,四周挂满了天蓝色的窗帘。光线从圆顶上的窗户照射下来,投在房间中央一张打磨光滑的大理石桌子上,桌子由狮身人面像支撑着。除此之外,房间里再没有什么特别引人注目的东西了。

"有什么我能为您效劳的?"普罗斯珀·阿尔帕努斯问道。

巴尔塔萨尔随即凝神静气,讲述了小矮人辛奥伯第一次出现在开厄佩斯时所发生的事情,最后断言说自己坚信,他——普罗斯珀·阿尔帕努斯,是个仁慈的法师,会阻止辛奥伯那可怕且卑劣的法术。

普罗斯珀·阿尔帕努斯沉默不语,陷入沉思。大概过了几分钟,他终于神情严肃、语气低沉地开始说道:"从您告诉我的情况来看,巴尔塔萨尔,毫无疑问,小矮人辛奥伯和一种特别神秘的东西有关联。但首先,我们必须了解我们要对抗的敌人,以及我们想要摧毁其影响的原因。

很有可能小矮人辛奥伯不过是一个小草根精灵。我们现在就去查看一下。"

说着，普罗斯珀·阿尔帕努斯拉动了房间天花板四周垂下的数根丝绳中的一根。窗帘窸窸窣窣地拉开，露出镀金装订的大开本古书，一座精致而轻盈的雪松木楼梯滚落下来。普罗斯珀·阿尔帕努斯爬上楼梯，从顶层取出一本大开本古书，用一大簇闪闪发光的孔雀羽毛小心仔细地拂去灰尘，然后把它放在大理石桌子上。"这部著作，"他说道，"是关于那些根精的，里面都有画像；也许您会在其中找到您的敌人辛奥伯，那他就落入我们手中了。"

当普罗斯珀·阿尔帕努斯打开这本书时，这俩朋友看到了许多制作精美的铜版画，上面画着从未见过的怪异丑陋、面目狰狞的小人。但是，当普罗斯珀一触碰纸上的一个小人，他就活了，从纸上跳出来，在大理石桌子上翩翩起舞，滑稽地蹦来蹦去，用他的小手指打响指，用他的小罗圈腿做最美丽的芭蕾舞旋转和跳跃，同时还咿咿呀呀地哼唱着，直到普罗斯珀抓住他的头，把他重新放回书里，他立即又变成了一幅平整的彩色图画。

他们以同样的方式翻阅了书中所有的图片，但无论巴尔塔萨尔多么想大声喊出："这就是他，这是辛奥伯！"只要他一细看，就不得不遗憾地承认，这个小人根本不是辛奥伯。

LX

当普罗斯珀一触碰纸上的一个小人,他就活了,从纸上跳出来,在大理石桌子上翩翩起舞,滑稽地蹦来蹦去。

"这真是太奇怪了,"翻阅完这本书后,普罗斯珀·阿尔帕努斯说道。"是的,"他继续说道,"辛奥伯也许是一个地灵。让我们来看看。"

说着,他十分敏捷地再一次跳上雪松木楼梯,取下另一本大开本古书,仔细地掸去灰尘,放在大理石桌子上,一边打开它一边说道:"这部著作是关于地灵的,或许我们能在里面逮到辛奥伯。"两位朋友再次看到了许多制作精美的铜版画,上面画着可怕丑陋的棕黄色魔鬼。当普罗斯珀·阿尔帕努斯触摸他们时,他们发出哭泣般痛苦的哀怨声,最终笨重地爬出来,唉声叹气地在大理石桌子上滚来滚去,直到医生把它们重新压回书里。

在这些图片中,巴尔塔萨尔也没有找到辛奥伯。

"奇怪,非常奇怪。"医生说道,然后默不作声地陷入了沉思中。

"甲虫国王,"他接着说道,"他不可能是甲虫国王,因为就我所知,它此刻正在别处忙于事务;也不是蜘蛛元帅,因为蜘蛛元帅虽然丑陋,但却聪明能干,靠自己的双手劳动谋生,不会越界行事。奇怪,非常奇怪。"

他又沉默了几分钟,以至于人们清楚地听到周围响起的各种美妙的声音,时而是单独的音调,时而是饱满强烈的和弦。"您这里随时随地都有悦耳的音乐,亲爱的医生先生。"法比安说。普罗斯珀·阿尔帕努斯似乎并没有关注法比安,他双眼只盯着巴尔塔萨尔,先是向他伸出双臂,然后指尖向他摆动,仿佛在向他洒着看不见的水滴。

最后,医生握住巴尔塔萨尔的双手,友好而严肃地说道:"只有心灵学原理在二元法则中最纯粹的契合才能有利于我即将进行的操作。请跟我来!"

两个朋友跟着医生穿过几个房间,里面除了一些奇怪的动物,忙着读书、写字、画画、跳舞之外,没有任何稀奇古怪的东西,直到两扇双面门打开,朋友们走到一块厚厚的帘子前面,普罗斯珀·阿尔帕努斯消失在帘子后面,将他们留在了浓浓的黑暗中。帷幕窸窸窣窣地拉开,朋友们发现自己好像身处一个圆形大厅,大厅的光线明暗交织,显得神秘莫测。如果仔细观察墙壁,会觉得视线似乎穿越了无边无际的绿树和花海,还有潺潺的泉水和涓涓的细流。一股神秘未知的香气上下浮动,仿若载着手风琴的甜美音符来回穿梭。普罗斯珀·阿尔帕努斯出现了,他像个婆罗门一样身穿一身白袍,在大厅中央放置了一面巨大的圆形水晶镜子,并在镜子上覆盖了一层薄纱。

"您过来,"他低沉而庄严地说,"走到这面镜子前,巴尔塔萨尔,把您的思绪集中在坎蒂达身上,全心全意地祈愿她现在所处的时空能立刻向您显现。"

巴尔塔萨尔按照吩咐做了,普罗斯珀·阿尔帕努斯站在他身后,用双手围着他画圈。

这样持续了没几秒，一股淡蓝色的香气从镜子里飘了出来。坎蒂达，可爱的坎蒂达那可爱的身姿鲜活地出现了！但在她身边，可恶的辛奥伯紧挨着她坐着，握着她的双手亲吻她。坎蒂达用一只胳膊搂着那个恶棍，亲昵地抚摸他！巴尔塔萨尔想要放声大叫，但普罗斯珀·阿尔帕努斯用力抓住他的双肩，喊叫声被压在了心头。"镇定，"普罗斯珀轻声说道，"镇定，巴尔塔萨尔！拿着这根手杖，敲打那个小矮人，但不要离开这个位置。"巴尔塔萨尔照做了，他高兴地看到小矮人蜷曲起身子在地上扭动打滚！他愤怒地跳上前去，影像立时化为雾霭，普罗斯珀·阿尔帕努斯用力将发狂的巴尔塔萨尔拉了回来，大声喝道："快停手！如果打碎魔镜，我们就都完蛋了！让我们回到明亮的地方。"在医生的要求下，俩朋友离开了这个大厅，来到隔壁明亮的房间。

"谢天谢地，"法比安深吸了一口气，大声说道，"谢天谢地，我们终于离开了那该死的大厅。湿热的空气让我的心脏憋闷得几乎喘不上气来，然后还有那些我打心眼里讨厌的愚蠢戏法。"

巴尔塔萨尔刚要回答，普罗斯珀·阿尔帕努斯走了进来。"是这样的，"他说道，"现在可以肯定，这个畸形的辛奥伯既不是根精，也不是地灵，而是一个普通人。但有一种神秘的魔法在起作用，我目前还无法识别出来，因此我也无能为力。欢迎您下次再来，巴尔塔萨尔，到时我们再看看能做点什么。再见！"

"这么说，"法比安走到医生面前说道，"这么说您是个魔法师，医生先生，您用您所有的法术都对付不了那个卑鄙的小矮人辛奥伯？您知道吗？那些彩色画册、小人、魔镜，所有您的那些怪异的道具，都让我觉得您是一个彻头彻尾的江湖骗子。巴尔塔萨尔，他恋爱了，还写诗，他对您说的一切都深信不疑，但您那套在我这行不通！我是一个思想开明的人，根本不相信奇迹！"

"随您怎么说，"普罗斯珀·阿尔帕努斯一边回答道，一边由衷地大笑起来，好像人们完全可以相信他的品行。"随您怎么说。但是，即便我不是一个魔法师，漂亮的戏法我也确实会一些。"

"不是从维格莱布的《魔法》①书中，就是从别处学到的！"法比安叫道，"您可以拜我们的莫什·特尔平教授为师，但不要把自己和他相提并论，因为那个诚实的人总是向我们展示一切自然发生的现象，不会像您这样故弄玄虚，我的医生先生。现在，请允许我向您告别！"

"嗨，"医生说，"您总不会就这样怒气冲冲地跟我告别吧？"

---

① 约翰·克里斯蒂安·维格莱布（1732—1800），德国博物学家、药剂师。他著有《自然的魔法：包含各种有趣且实用的戏法》。

被称为辛奥伯的小矮人扎克斯

说着,他轻轻地在法比安的双臂上划过几次,从肩膀到手腕,这让法比安内心升起一种异样的感觉,他惊慌地喊道:"医生先生,您在做什么!"

"你们走吧,先生们。"医生说道,"巴尔塔萨尔先生,我希望很快能再次见到您。很快就会有解决办法的!"

"他可拿不到小费,我的朋友。"法比安在离开时冲着那位金色门房喊道,并去抓他的前襟。但门房仍然只是发出一声"咕噜",再次咬了法比安的手指一口。

"畜生!"法比安大喊一声,然后跑开了。

两只青蛙没有丝毫怠慢,礼貌地把这两个朋友领到栅栏门口,大门带着沉闷的隆隆声打开又关闭了。"我不知道,"巴尔塔萨尔说道,当他跟在法比安身后走在田间小路上时,"我还真不知道,兄弟,你今天穿了件什么古怪的外套,下摆这么长,袖子这么短。"

法比安惊讶地发现,他的短外套已经长得拖到了地上,而平时长到腕部的袖子已经缩到了肘部。

"该死,这是什么!"他叫起来,赶紧拉拉袖子,耸耸肩膀。这似乎有所帮助,但当他们走进城门时,袖子又缩上去了,衣摆又伸长了,尽管费了一番力气拉扯和拽动,袖子还是很快就高高地贴在肩头,露出了法比安裸露的手臂。很快,他身后拖出一条长长的后摆,并且越拉越长。所有人都停下脚步,笑得前仰后合,街头玩耍的孩子欢呼雀跃地在法比安那件长袍上来回奔跑,他被扯倒了,等他挣扎着再次站起来时,他的衣摆没有一丁点缺失,不!它变得更长了。笑声、欢呼声和吵嚷声变得越来越疯狂,直到最后,法比安半疯半癫地冲进了一座开着门的房子。同时,这条长衣摆也消失了。

巴尔塔萨尔根本没有时间惊讶于法比安所中的古怪魔法;因为书记员普尔彻抓住了他,把他拖到一条僻静的街道上,说道:"这怎么可能,你怎么还没走,还敢在这里抛头露面?宿舍管理员正拿着逮捕令到处抓你呢。"

"怎么回事,你在说什么?"巴尔塔萨尔满是惊讶地问道。

"据我所知,"书记员继续说道,"嫉妒已经让你彻底地失去了理智,你违反居住法,恶意闯入莫什·特尔平家,在辛奥伯的未婚妻跟前袭击了他,把这个畸形的小矮人打了个半死。"

"拜托,"巴尔塔萨尔喊了起来,"我一整天都没有在开厄佩斯,这无耻的谎言。"

"哦,别说了,别说了,"普尔彻打断他,"法比安身穿拖裙这一荒谬的突发奇想拯救了你。现在没人注意你!只要躲过这个无耻的逮捕,剩下的事我们总能解决。你不可以再回家了!把钥匙给我,我会把所有的东西都寄给你。你去上雅各布斯海姆!"

说完，书记员拉着巴尔塔萨尔穿过偏僻的小巷，穿过城门，往上雅各布斯海姆村而去，在那里著名学者普托罗莫易斯·费拉德尔夫斯正在撰写一本关于大学生中未知部族的奇书。

第六章

> **情节提要**
>
> 特别机要顾问辛奥伯是如何在花园里梳头,并在草地上洗了个露水浴的。
>
> 绿斑虎勋章。
>
> 一个剧院裁缝的成功想法。
>
> 玫瑰美小姐如何给自己倒咖啡,普罗斯珀·阿尔帕努斯是如何向她保证他的友谊的。

莫什·特尔平教授在巨大的幸福中徜徉。"难道,"他自言自语道,"还有什么能比这位优秀的特别机要顾问还是学生时就来过我家更幸福的事吗?他要娶我的女儿,他将成为我的女婿,通过他,我获得了卓越的巴萨努夫亲王的赏识,也攀上了我那出色的小辛奥伯所攀附的高枝。事实上,我自己也常常难以理解,我这个闺女,坎蒂达,怎么会如此彻底地迷恋这个小家伙。通常来说,女人更看重帅气的外表,而不是特别的才智,可是我有时候看着这个小矮人,感觉他完全算不上帅气,甚至对我而言,有点……驼背……打住……嘘……隔墙有耳……他是亲王的宠儿，会越爬越高的，爬得再高，也还是我的女婿！"

莫什·特尔平说得对，坎蒂达表露出对这个小矮人坚定不移的感情，只要有人未被辛奥伯古怪的障眼法所惑，表示这位特别机要顾问实际上是个面目可憎的畸形儿，她就会立即说起他那一头大自然赐予的美丽头发。

但当坎蒂达说这些话时，没有人比书记员普尔彻露出更为嘲讽的微笑了。

普尔彻时时处处都跟踪着辛奥伯，这方面他得到了机要秘书阿德里安的忠实协助，正是这个年轻人，曾经差点被辛奥伯的魔法赶出大臣的办公室，直到通过他呈给亲王那颗上等的去污球，才重新赢得了亲王的赏识。

特别机要顾问辛奥伯住在一栋漂亮的房子里，还有一个更漂亮的花园，花园中央有一个被浓密灌木包围的地方，那里开满了最美丽的玫瑰。有人注意到，每九天辛奥伯就会在天刚破晓时悄悄起床，不管他多不高兴，都无需仆人的任何伺候，穿好衣服，走进花园，消失在那个灌木丛环绕的地方。

普尔彻和阿德里安预感这里有什么秘密，他们从辛奥伯的贴身男仆那里得知，九天前辛奥伯曾到过那个地方，于是，这天晚上，他们翻过花园的围墙，藏在灌木丛里。

天尚未破晓，他们就看到小矮人走了过来，一路打着喷嚏，擤着鼻涕，因为他是在花畦里穿行，沾满露水的枝枝蔓蔓不断地打到他的鼻子。

当他来到玫瑰花所在的草坪时，一阵甜美悠扬的微风拂过灌木丛，玫瑰花的香味变得愈发浓郁。一位肩上有翅膀、蒙着面纱的美丽女子飘然而落，坐在玫瑰丛中央的精巧椅子上，轻声说道："来吧，我亲爱的孩子。"一边说，一边抱起小辛奥伯，用一把金梳子梳理他披散在背上的长发。这似乎让这个小矮人很受用，因为他眯缝起小眼睛，伸长两条小细腿，几乎像一只公猫一样发出呼噜声。这样大约持续了五分钟，然后那位神秘的女人再次用手指沿着小矮人的头顶心轻轻划过，普尔彻和阿德里安看见辛奥伯头上有一条发出火红色光芒的纹路。这时，女人开口说道："保重，我亲爱的孩子！聪明点，尽可能地聪明点！"

小矮人说："再见，妈妈，我已经够聪明了，不用你再三叮嘱。"

这名女子缓缓升起，消失在空中。

普尔彻和阿德里安惊得目瞪口呆。但当辛奥伯正要离开时，书记员跳了出来，高声喊道："早安，特别机要顾问先生！嘿，您的头发梳理得真漂亮啊！"辛奥伯四下看了看，当他看到书记员时，便想赶紧跑开。然而，这会儿他的小细腿笨拙无力，一个趔趄跌进了高高的草丛，草茎在他身上合拢起来，他整个人浸在了露水中。普尔彻跳过去扶他站起来，但辛奥伯却生硬地说道："先生，您怎么进了我的花园！给我滚！"说着，他一跃而起，以最快的速度跑进了屋子。

普尔彻给巴尔塔萨尔写了一封信，告诉他这个奇异的事件，并答应加倍关注这个装神弄鬼的小怪物。辛奥伯似乎对自己遭遇的事情感到沮丧。他干脆躺在床上，终日呻吟喟叹，以至于他突然生病的消息很快就传到月光大臣那里，传到巴萨努夫亲王那里。

巴萨努夫亲王立即派他的御用医生，去看望这个小宠儿。

"我最为出色的特别机要顾问，"御医一边把脉一边说道，"您为国家奉献自我。过度的工作让您倒在了病床上，持续的思考让您不得不忍受难言的痛苦。您的脸色看起来苍白而憔悴，但是您尊贵的头颅却灼热得可怕！哎呀，哎呀！应该不是脑炎吧？富足的国家里会有这样的病吗？几乎不可能的！请允许我给您诊治！"御医大概也看到了辛奥伯头上的红色纹路，跟普尔彻和阿德里安发现的是同一条。他尝试了一些远距离的磁力刺激，又向病人吹了几次气，病人明显地发出了喵呜和啁啾声，然后他把手伸向病人的头部，还在不经意间触碰到了它。辛奥伯怒气冲冲地一蹦三丈高，用他那只骨节分明的小手狠狠地给正弯腰给他看病的御医一记耳光，声音响彻整个房间。

"您想做什么，"辛奥伯喊道，"您想从我这里得到什么，为什么要在我头上挠来挠去！我一点儿病都没有，我很健康，非常健康，我马上起床，马上就要起床去参加大臣的会议；快给我滚开！"

御医惊慌失措地匆匆离去。然而当他向巴萨努夫亲王讲述所发生的事情时，亲王却欣喜地喊道："为国家服务的热情多么高涨！品格多么尊贵、高洁啊！这个辛奥伯是个多么了不得的人物啊！"

"我最得力的特别机要顾问，"普雷泰克斯塔图斯·冯·月光大臣对小矮人辛奥伯说，"您不顾自己的病痛来参加会议，真是太棒了。我已经起草了一份与卡卡图克宫廷重大事件的备忘录，是我亲自起草的，请您向亲王诵读，因为您才智过人的朗读能为全文增光添彩，也能为我这个作者赢得亲王的赞许。"而这份普雷泰克斯塔图斯用来往自己脸上贴金的备忘录，它的作者不是别人，正是阿德里安。

大臣和小矮人一同去觐见亲王。辛奥伯从口袋里掏出大臣给他的备忘录，开始朗读。他似乎完全不会朗读，只是发出一些莫名其妙的咕哝和咕噜声，大臣从他手中拿过纸张，亲自朗读起来。

亲王显得很是高兴，他鼓掌赞许，一遍遍地高呼："漂亮，说得好，精彩，精辟！"

大臣一朗诵完，亲王就径直走到小辛奥伯面前，把他举起来，紧紧抱在胸前，恰好在他（亲王）戴着绿斑虎大勋章的地方，他热泪盈眶地哽咽道："不！这样的男人，这样的才华！这样的热情，这样的热爱，实在是太屈才了，太屈才了！"继而冷静下来说，"辛奥伯！我特此提拔您为我的大臣！请您继续热爱并效忠祖国，做巴萨努夫忠实的仆人，您将因此受到尊敬和爱戴。"然后，他以不悦的目光转向大臣说，"我注意到，亲爱的月光男爵，这段时间您的体力有些不济。好好在您的领地休息对您有好处！保重！"

  月光大臣离开了，嘴里咕哝着含混不清的话语，闪烁的目光投向辛奥伯，只见辛奥伯按照他的习惯，背后挂着手杖，用高高踮起的脚尖站着，骄傲而肆无忌惮地环顾着四周。

  "我必须，"亲王说，"亲爱的辛奥伯，根据您的卓越贡献，我必须立刻奖赏您；因此，请接受我手中的绿斑虎勋章！"

  亲王让侍从火速把勋章递给他，他想把绶带绕在辛奥伯颈上，但辛奥伯畸形的身形使得这条带子怎么摆弄都不服帖，要么向上堆得太臃肿，要么向下垂得太松垮。

  和对待其他涉及国家根本利益的问题一样，亲王在佩戴勋章这件事上非常精益求精。绶带上绿斑虎勋章的位置，必须在髋骨和尾骨之间，从尾骨斜向上十六分之三英寸①的地方，而这却无法办到。贴身男仆、三名侍从，还有亲王本人一齐动手，所有的努力还是无济于事。不听使唤的绶带滑来滑去，辛奥伯不耐烦地尖叫起来："你们为什么要这样摆弄我的身体，太可怕了，这个蠢东西愿意怎么挂着就怎么挂着吧，反正我现在是一名大臣，以后也会一直是！"

"为什么，"亲王愤怒地说，"如果这些为了绶带才设立的机构完全与我的意愿背道而驰，我为什么还要养着这些奖章理事会委员？耐心点，我亲爱的辛奥伯大臣！很快情况就会不同了！"

根据亲王的命令，奖章理事会即刻召开了会议，两位哲学家和一位刚从北极回来的自然科学家也加入其中，他们讨论了如何以最巧妙的方式将绿斑虎勋章的绶带披挂到辛奥伯大臣身上。为了给这次重要的磋商积聚足够的力量，所有成员都被告知会议召开前八天停止思考；为了能够更好地贯彻这项举措，同时又不耽误处理国家事务，主要是专注于这项演算工作。人们在宫殿前的街道上铺上了厚厚的稻草，那是奖章理事会委员、哲学家和博物学家举行会议的地方，以免车辚辘声干扰这些睿智的人，敲鼓和奏乐同样不被允许，在宫殿附近甚至不能大声说话。宫殿内，每个人都穿着厚毡鞋来回走动，并通过手势互相

---

① 1英寸约为2.54厘米。

交流。

会议整整开了七天，从清晨到深夜，仍然没有作出任何决定。

亲王非常不耐烦，一次又一次地派人去告诉他们，要想活命就得赶紧想出个聪明的办法。但这样说也根本没用。

博物学家尽可能地研究了辛奥伯的属性，测量了其背部突起的高度和宽度，并向奖章理事会提交了最精确的计算结果。也是他，最终建议，是否可以吸收剧院裁缝来参与讨论。

尽管这个建议听起来很奇怪，但在所有人都感到不安和困扰的情况下，它还是被一致接受了。

剧院裁缝凯斯先生是一位头脑灵活、才思敏捷的人。他一听说这个棘手的问题，仔细查阅了博物学家的计算结果，就想出了一种最巧妙的办法，可以使勋章的绶带披戴在规范的位置上。

他建议在胸部和背部安装一定数量的纽扣，然后将勋章的绶带系在纽扣上。这一尝试非常成功。

亲王欣喜不已，批准了勋章理事会的提议，将绿斑虎勋章按照被赐予的纽扣数量划分为不同的等级。例如，两颗纽扣的绿斑虎勋章，三颗纽扣的绿斑虎勋章等等。辛奥伯大臣得到一枚镶嵌二十颗宝石纽扣的勋章，这是一个其他人都无法获得的特殊奖赏，因为只有他那奇异的体形才能佩戴上二十颗纽扣。

裁缝凯斯获得了一枚镶有两颗金纽扣的绿斑虎勋章，但是不管他的想法如何成功，亲王都认为他是一个糟糕的裁缝，不想穿他做的衣服。所以他被任命为了亲王的内阁首席化妆师。

普罗斯珀·阿尔帕努斯医生靠在他庄园的窗前，若有所思地向下看着他的花园。他整个晚上都在忙于测算巴尔塔萨尔的星象，并在其中发现了一些和小矮人辛奥伯有关的事情。其中最重要的一件事是，当阿德里安和普尔彻在花园里偷听时，那个小矮人发生了什么。普罗斯珀·阿尔帕努斯正要召唤他的独角兽把他的贝壳车拉过来，准备前往上雅各布斯海姆，一辆马车嘎吱嘎吱地驶来，停在了花园的栅栏门前。通报说玫瑰美修女希望和医生先生谈一谈。"非常欢迎。"普罗斯珀·阿尔帕努斯说，那位女士走了进来。她穿着一袭长长的黑色连衣裙，头戴面纱，宛如一位端庄的已婚女子。普罗斯珀·阿尔帕努斯心头涌上异样的预感，他拿起手杖，让杖头闪烁的光芒落在这位女士身上。一瞬间，她的周围仿佛闪电划过，她站在那里，穿着白色透明的长袍，肩上有闪亮的蜻蜓翅膀，发间编着白色和红色的玫瑰花。"哎哟哟。"普罗斯珀轻声低语，把手杖藏在睡袍底下，那位女士立刻又恢复成了之前的穿着，站在那里。"

普罗斯珀·阿尔帕努斯盛情邀请她落座。玫瑰美小姐说,她早就打算来医生先生的庄园拜访,结识这位在整个地区远近闻名的才华横溢、仁慈智慧的人。医生自然也答应了她去附近女修道院出诊的请求,因为那里的老修女经常生病,却得不到诊治。普罗斯珀·阿尔帕努斯礼貌地回答说,虽然他早就不看诊了,但如果有必要,他愿意破例去给修女们看病。然后他询问玫瑰美小姐本人是否身体抱恙。这位小姐保证说,她只是在早晨受凉时,偶尔会感到四肢风湿性抽搐,但是现在完全康复了,然后就开始了一些无关紧要的交谈。普罗斯珀问她,因为还是大清早,是否想来杯咖啡。这位玫瑰美表示,修女们从不拒绝这样的款待。咖啡被端了上来,但无论普罗斯珀如何费尽心思地倒咖啡,咖啡也确实从壶里流了出来,杯子里却总是空的。"哎呀,哎呀,"普罗斯珀·阿尔帕努斯微笑着说道,"这糟糕的咖啡!亲爱的小姐,看来您更愿意自己倒咖啡。"

"乐意之至。"这位小姐回答道,并拿起了咖啡壶。然而尽管咖啡壶里没有流出一滴咖啡,杯子却越来越满,咖啡溢到了桌子上,洒到了修女的衣服上。她赶紧放下咖啡壶,咖啡立刻消失得无影无踪。阿尔帕努斯和修女用惊异的目光默默地对视了一会儿。

"当我进来时,"这时,女士开口说道,"我的医生先生,您一定正在读一本非常吸引人的书。"

"的确如此,"医生回答道,"这本书包含了许多匪夷所思的内容。"

说完,他想打开面前桌子上的那本封面镀金的小书。但这一切都是白费力气,因为伴随着响亮的啪啪声,那本书不断地合上。"哎呀,哎呀,"普罗斯珀·阿尔帕努斯说,"要不您来试试打开这个顽固的东西吧,我尊贵的小姐!"

他把书递给那位女士,她一触碰到,书就自动打开了。但是所有的书页都散落下来,展开成了一张巨大的对开页,在房间里哗啦哗啦作响。

小姐被吓了一跳,向后退了一步。于是医生用力合上了书,所有的书页都消失了。

"不过,"普罗斯珀·阿尔帕努斯从座位上站起来,莞尔一笑说道,"不过,仁慈的小姐,我们何必浪费时间在这些拙劣的餐桌小把戏上呢?因为迄今为止,除了这些普通的餐桌上的小把戏,我们什么也没干,我们还是做一些更为高级的事情吧。"

"我要离开这儿!"小姐喊道,然后站了起来。

"哎呀,"普罗斯珀·阿尔帕努斯说,"如果没有我的允许,离开可能没那么容易;因为,仁慈的小姐,我必须告诉您,您现在完全在我的掌控下。"

"在您的掌控下，"小姐生气地喊道，"在您的掌控下，医生先生？愚蠢的自负！"

说完，她的丝质长裙展了开来，她飘浮在空中，宛如房间天花板上一只美艳绝伦的孝衣蝶。然而，普罗斯珀·阿尔帕努斯立刻像一只灵巧的锹甲虫一样紧随其后，发出嗖嗖的声响。孝衣蝶疲惫地飘落下来，变成一只小老鼠在地板上四处逃窜。但锹形甲虫变成一只大灰猫上蹿下跳，喵呜喵呜、呼哧呼哧地追在后面。小老鼠又升到空中，变成一只绚丽夺目的蜂鸟，这时庄园的周围响起了各种奇怪的声音，各种奇妙的昆虫都嗡嗡地飞了进来，一同而来的还有各种奇异的林中飞禽，一张金色的网罩住了窗户。霎时间，仙女罗莎贝尔维德站在了房屋中央，她华丽庄严，光彩照人，穿着闪亮的白袍，系着耀眼的钻石腰带，深色的卷发间编着白色和红色的玫瑰。她面前站着身穿金色刺绣长袍的法师，头戴华丽的王冠，手中拿着一根杖头发出火焰般光芒的权杖。

罗莎贝尔维德走向法师时，一把金色的梳子从她的头发上掉下来，落在大理石地板上摔得粉碎，仿佛它是玻璃制成的。

"不要啊！不要啊！"仙女喊道。

突然，玫瑰美修女再次穿着黑色长裙坐在咖啡桌旁，她对面是普罗斯珀·阿尔帕努斯医生。

"我想，"普罗斯珀·阿尔帕努斯一气呵成地将美味无比、热气腾腾的摩卡咖啡倒进中式杯子里，非常平静地说道，"我想，我最为仁慈的小姐，我们俩现在都足够了解彼此的情况了。我很抱歉，您漂亮的发梳在我坚硬的地板上摔碎了。"

"是我自己笨手笨脚的，"小姐回答道，一边惬意地啜饮着咖啡，"是我的错。在这样的地板上，必须小心，千万别让东西掉下来，因为如果我没有弄错的话，这些石头上刻满了最奇妙的象形文字，有些人可能认为这只是普通的大理石纹理。"

"破旧的护身符，仁慈的女士，"普罗斯珀说，"这些石头只是破旧的护身符，仅此而已。"

"可是，亲爱的医生，"年轻的女士喊道，"我们居然没有一早就认识，也从来没在路上遇见过，这怎么可能呢？"

"接受的教育不同，亲爱的女士，"普罗斯珀·阿尔帕努斯回答道，"这只能归结为我们接受的不同教育！当您，作为金尼斯坦最有前途的女孩，可以倚仗您丰富的天性和幸运的天分时，我，一个愁苦的学生，被关在象牙塔里听琐罗亚斯德[①]教授上课，他是一个孤僻的老头，但确实知

[①] 琐罗亚斯德，琐罗亚斯德教创始人，琐罗亚斯德教是流行于古代波斯及中亚等地的宗教，在汉语中又称拜火教或祆教。

道得很多。在可敬的德梅特里乌斯亲王治下，我定居在了这个优美的小国。"

"怎么，"小姐说，"当帕夫努蒂乌斯亲王推行新政时，您没有被驱逐？"

"完全没有，"普罗斯珀回答道，"相反，我成功地完全掩藏了真实的自己，在我的各种著作中，我努力证明自己对新政相关的知识非常了解。我证明，没有亲王的意愿，就不会有雷电，我们的好天气和好收成完全归功于他和贵族阶层的努力，他们在屋里深思熟虑，而普通百姓在外面的田地里犁地和播种。当时，帕夫努蒂乌斯亲王将我提拔为机要首席新政主席，这场风暴过去后，我就把这个职位，连同我的伪装，像甩掉一个烦人的负担一样给抛弃了。暗地里我尽我所能地发挥作用。我指的是我们，我和您，仁慈的女士，我们真正有用的作用。您知道吗，亲爱的小姐，是我，警告您新政的警察会入室搜查，多亏是我，您才能保有您刚才给我展示的小把戏。哦，天啊！亲爱的修女，您倒是看看窗外啊！您不认识这个花园了吗？您经常在那里漫步，与那些居住在灌木丛、鲜花和泉水中的友善精灵交谈？我用我的学识拯救了这个花园。它存在至今，和老德梅特里乌斯时一样。巴萨努夫亲王，谢天谢地，不太关心法术相关事务，他是一位随和的绅士，让每个人随心所欲地施展法术，只要不让人觉察并按章纳税。

就这样，我生活在这里，如同您，亲爱的女士，在您的修道院里一样，幸福无忧！"

"医生，"这位小姐喊道，眼泪夺眶而出，"医生，您在说什么！什么新政！是的，我认得这片小树林，我在那里享受过最幸福的快乐！医生！您是最高尚的人，有很多事情我都要向您道谢！可您怎么对我那小小的被保护人如此穷追不舍呢？"

"您，"医生答道，"我亲爱的小姐，您天生善良，将您的恩惠浪费在了一个不值得的人身上。无论您多么好心，辛奥伯依然是一个畸形的小流氓，现在，金梳已经摔碎了，他现在已经完全落于我手。"

"您就发发慈悲吧，医生！"小姐央求道。

"不过，麻烦您看看这个。"普罗斯珀一边说着，一边把他给巴尔塔萨尔测算的星象举到小姐面前。

小姐看了一眼，痛苦地叫道："这样啊！既然如此，那我只能向更高的力量让步了。可怜的辛奥伯！"

"坦白说，亲爱的小姐，"医生微笑着说道，"坦白说，女士们常常会在不合常理的事情上自我陶醉，不知疲倦、不顾一切地想实现某一刻的突发奇想，而不关心给周边带来的痛苦影响！辛奥伯必须接受他的命运，但他之后仍将获得名不副实的荣誉。通过这样做，我向您的力量、善良和美德致敬。我最仁慈的小姐！"

"优秀，杰出的人，"小姐喊道，"做我的朋友吧！"

"永远是，"医生回答，"我的友谊，我对您的深情厚谊，可爱的仙女，永远不会消失。无论生活中遇到何种棘手的情况，请放心地向我求助，而且……哦，只要您愿意，随时来我这儿喝咖啡吧。"

"保重，我最尊敬的法师，我永远不会忘记您的恩典，也永远不会忘记这杯咖啡！"小姐一边如此说，一边起身告辞，内心感慨万千。

普罗斯珀·阿尔帕努斯陪着她走到栅栏门前，森林里所有美妙的声音都以最可爱的方式发出回响。

大门前，不是小姐的马车，而是医生那辆用独角兽拉的水晶贝壳马车，金甲虫在后面展开了它闪亮的翅膀。白鹮坐在车辕上，嘴里叼着金色缰绳，目光灵动地盯着小姐。

当马车在芬芳的森林中带着美妙的声音疾驰而过时，修女感觉这是她光彩的仙女生涯中最幸福的时光。

第七章

> 情节提要
>
> 莫什·特尔平教授是如何在亲王的酒窖中探究自然的。
>
> 贝尔西博猴。
>
> 大学生巴尔塔萨尔的绝望。装修精美的庄园对家庭幸福的有益影响。
>
> 普罗斯珀·阿尔帕努斯是如何交给巴尔塔萨尔一个玳瑁盒子之后离开的。

一直躲在上雅各布斯海姆村的巴尔塔萨尔收到了来自开厄佩斯的书记员普尔彻的来信,内容如下:"我最好的朋友巴尔塔萨尔,我们的处境越来越糟糕了。我们的敌人,可恶的辛奥伯,已经成为外交大臣,还获得了镶有二十颗纽扣的绿斑虎大勋章。他已经一跃成为亲王的宠儿,并且可以在任何事情上为所欲为。莫什·特尔平教授已经疯了,他因其愚蠢的骄傲而狂妄自大。通过他未来女婿的介绍,他获得了国家自然事务总监的职位,这个职位给他带来了很多金钱和其他许多好处。作为被任命的总监，他负责审查和修订国家允许使用的历法中的日食、月食和天气预报，特别是研究官邸及周边地区的自然状况。为了从事这项工作，他从亲王的森林里弄来最稀有的飞禽、最罕见的走兽，就为了研究它们的性质便让人将它们烤熟，然后下了自己的肚子。他现在还在写（至少假装在写）一篇论文，解释为什么酒的味道与水不同，并且产生不同的效果，这篇论文他想献给他的女婿。为了写这篇论文，辛奥伯安排莫什·特尔平每天在亲王的酒窖里学习。他已经尝完半大酒桶[①]老莱茵酒和几十瓶香槟，现在又迷上了一桶西班牙阿利坎特葡萄酒。地窖管理员急得直搓手！教授乐在其中，正如你所知，他是这世上最大的馋猫。他得经常在突如其来的冰雹摧毁田地时，向亲王的佃户们解释为什么会下冰雹，以此让那些蠢鬼长点知识，让他们知道这事怪不得别人，只能怪他们自己。谨防将来发生同样的事情时，他们一直拿下冰雹作为要求减免租金的理由。如果连这事都不做的话，他将过着世界上最舒适的生活。

"这位大臣挨了你一顿揍，他咽不下这口气，发誓要向你复仇。你完全不被允许出现在开厄佩斯。他也在跟踪我，因为我偷听到了他由一位长着翅膀的女人为他梳头的

[①] 一种古老的液体体积计量单位，主要用于计量葡萄酒、白兰地和啤酒，容量为148至288升不等。

秘密。只要辛奥伯依然是亲王的宠儿,我就无法获得任何像样的职位。我命里注定要与这个怪物不断纠缠,而我无法预见,厄运会以何种糟糕的方式发生。不久前,这位大臣盛装打扮,身着佩剑、勋章和绶带,来到动物学陈列室,像往常一样,他拄着手杖,踮起脚尖,摇摇晃晃地站在一个玻璃柜旁,玻璃柜里陈列着最为罕见的美洲猴子。一些来陈列室参观的陌生人走过来,其中一位看到这棵小草根,大声喊道:'哎呀!多么可爱的猴子!多么娇小的动物!给整个陈列室增添了光彩!哎呀,这只俊俏的小猴子叫什么名字?它来自哪个国家?'

"这时,陈列室看守一边摸着辛奥伯的肩膀,一边非常认真地说:'是的,一个非常漂亮的标本,一只出色的巴西猴,被称为别西卜魔王猴,学名为黄臂吼猴,黑色,有胡须,四肢和尾巴尖端是红棕色,俗称吼猴。'

"'先生,'小矮人气呼呼地对陈列室看守说道,'先生,我相信您要么疯了,要么是魔鬼附身,我不是别西卜魔王猴,我也不是吼猴,我是辛奥伯,大臣辛奥伯,拥有二十颗纽扣的绿斑虎勋章的骑士!'此时,我站在不远处,即使会以性命为代价,我还是抑制不住地大笑起来。

"'您也在这里啊,书记员先生?'他哼哼唧唧地对我说道,巫师般的眼睛里闪烁着炽热的红光。

"天知道为什么这些陌生人一直把他当成他们所见过

的最美丽、最稀罕的猴子,还从口袋里掏出榛果去喂他。辛奥伯这会儿已经怒不可遏,他徒劳地喘着粗气,他的小细腿也不听使唤了。被召来的内廷男仆不得不将他抱在怀里,送上马车。

"我自己也无法解释,为什么这件事情带给我一线希望。这是那个被施了魔法的小怪物第一次受到欺辱。

"可以确定的是,不久前辛奥伯一大早就惘然若失地从花园里出来。那位有翅膀的女士一定没有出现,因为那头漂亮的卷发已经不复存在。据说他的头发蓬乱地披散在背上,巴萨努夫亲王已经发话说:'不要过于忽视您的仪容,亲爱的大臣,我会派我的理发师去您那!'对此,辛奥伯非常有礼貌地表示,如果那家伙来,他会把他扔出窗外。'多么伟大的灵魂!无人能及。'亲王说完大哭了起来!

"保重,最亲爱的巴尔塔萨尔!不要放弃任何希望,把自己藏好,别让他们发现你!"

巴尔塔萨尔看完朋友写给他的信,万念俱灰,他跑进森林深处,大声抱怨起来。

"我还应该抱有希望吗?"他喊道,"当所有的希望都已破灭,所有的星星都已陨落,阴暗的,阴暗的夜晚将绝望的我团团围住,我还应该抱有希望吗?这悲惨的命运!我屈服在那阴暗的力量下,它摧毁了我的生活!我也是疯了，居然还指望普罗斯珀·阿尔帕努斯能够拯救我，就是这个普罗斯珀·阿尔帕努斯，他用邪恶的戏法引诱我，将我赶出了开厄佩斯，是他，让我敲打镜子里的影像，但实际上真的落在了辛奥伯的背上！啊，坎蒂达！要是我能忘记那位天使般的女孩就好了！然而，爱的火焰在我内心熊熊燃烧，比以往任何时候都更加强烈！我满目皆是爱人的可爱身影，她带着甜蜜的微笑，充满渴望地向我伸出双臂！我知道！你是爱我的，可爱的、甜蜜的坎蒂达，而这正是我无法忍受的致命痛苦，我无法将你从禁锢你的可怕魔咒中解救出来！奸诈的普罗斯珀！我对你做了什么，你这样捉弄我！"

暮霭沉沉，森林的所有颜色都渐渐褪去，变得朦胧灰暗。就在这时，仿佛有一抹特殊的光芒，如同天边燃烧的落日余晖一般，穿过树木和灌木丛。千百只小昆虫扇动着翅膀，嗡嗡作响地升入天空。明亮的金龟子飞来飞去，五光十色的蝴蝶在它们之间飞舞，四周纷纷扬扬落下芳香的花粉。这些细语和嗡嗡声变换成了轻柔、甜蜜私语般的音乐，抚慰着巴尔塔萨尔破碎的心灵。他的头顶上，光芒更加耀眼。他抬起头，惊讶地发现普罗斯珀·阿尔帕努斯在一只奇妙的昆虫上，这只昆虫色彩绚丽，和蜻蜓并无二致，飘浮在空中。

普罗斯珀·阿尔帕努斯降落到年轻人旁，在他身边坐下，而那只蜻蜓则飞进灌木丛，加入到响彻整个森林的大合唱中。

他用手中那些绚丽夺目的花朵触碰了年轻人的额头，巴尔塔萨尔的内心瞬间又燃起了生活的勇气。

"你冤枉我了，"普罗斯珀·阿尔帕努斯轻声说道，"你可大大地冤枉我了，亲爱的巴尔塔萨尔，我刚成功了解了扰乱你生活的魔咒，你却骂我阴险奸诈，而我却为了能更快找到你并安慰你，带着一切可以拯救你的信息，跳上我心爱的彩色小坐骑就赶了过来。当然，没有什么比爱情的痛苦更苦涩，也没有什么能与深陷爱情与思念的绝望心情而带来的焦躁不安相提并论。我原谅你，因为我自己也好不到哪去，两千多年前，我爱上了一位名叫巴尔萨米娜的印度公主，在绝望中我拔掉了我最好的朋友——魔法师洛托斯的胡子，你看我现在不留胡须，就是为了避免类似的事情发生在我自己身上。当然，在这里详细讲述这一切可能不太合适，因为每个恋爱中的人只愿意听他自己的爱情故事，认为只有自己的爱情值得一提，就像每个诗人只愿意听他自己的诗歌一样。那么，言归正传！要知道，辛奥伯是一个贫穷农妇所生的天生畸形的怪胎，原名叫小扎克斯。他只是出于虚荣心，才取了辛奥伯这个响亮的名字。玫瑰美修女，或者确切地说，著名的罗莎贝尔维德仙女，正是这位女士，在路上发现了这个小怪物。她相信，通过赐予这个小矮人一份神秘的罕见礼物，可以弥补老天爷对他的偏待，这份礼物能使他在与其他优秀人物相处时，将其他人所想、所说和所做的一切都算在他身上。甚至在受过良好教育、聪明睿智、有见识的人们面前，他也能被认为受过良好教育、聪明睿智、有见识，并且在他和别人竞争时始终被视为最完美的那一个。

"这个奇特的魔法施在小矮人头顶上那三根火红闪亮的头发上。每次触碰到这些头发，以及整个头部，都会给小矮人带来痛苦，甚至可能致命。于是仙女把他天生稀疏、蓬松的头发，做成浓密而优雅的卷发披散下来，既保护小矮人的脑袋，又隐藏了那条红色的纹路，同时增强了这个魔法的力量。每隔九天，仙女都会亲自用一把金色的魔法梳子为小矮人梳理头发，这个发型可以摧毁任何试图破坏魔法的企图。但是，在这个善良的仙女拜访我时，我设法塞给她一张强大的护身符，把这把梳子毁掉了。

"现在只要拔掉那三根火红色毛发，他就将重新沦为之前那个一无是处的人！你，我亲爱的巴尔塔萨尔，有破解这个魔咒的能力。你有勇气、有力量、有技巧，你会按应有的方式处理此事。拿着这块抛过光的小玻璃，找到那个小辛奥伯，然后靠近他，将你敏锐的目光透过这块玻璃对准他的头部，三根红发会自然而然地从他的头上显露出来。你要紧紧抓住他，不要理会他可能会发出的刺耳猫叫，猛地一把揪下那三根头发并当场烧掉。必须猛地一把揪下来并且立即烧掉，否则它们可能还会产生各种有害的影响。因此，时机一定要找好，趁着附近有火或烛光时，突袭这个小矮人，敏捷地抓牢这些头发。"

"哦，普罗斯珀·阿尔帕努斯，"巴尔塔萨尔喊道，"我真不该怀疑你的善意和慷慨！在我内心深处，我深切地感受到，现在我的苦难结束了，所有天堂的幸福都向我敞开了金色的大门！"

"我喜爱，"普罗斯珀·阿尔帕努斯继续说道，"我喜爱像你这样的年轻人，我的巴尔塔萨尔，他们纯洁的心灵中充满着渴望和爱，他们内心还回响着那些美妙的和声，这些和声属于远方的那片神奇国土，那是我的家乡。那些拥有这种内在音乐天赋的幸运儿，是唯一可以被称为诗人的人，尽管许多人因此受到责备，他们随便拿起第一个低音提琴，拨弄它，将弹拨出的那些杂乱无章的声音视为自己内心传出的美妙音乐。我知道，亲爱的巴尔塔萨尔，你有时感觉好像你能理解泉水的潺潺声，树木的沙沙声，是的，好像傍晚炽热的晚霞也在用可以理解的语言对你说话！是的，我的巴尔塔萨尔！在这些时刻，你真正理解了大自然的奇妙声音，因为从你的内心升起了神圣的音符，正是大自然最深层本质的美妙和谐的体现。哦，诗人啊，既然你会弹钢琴，你就知道你弹奏的音符会与相邻的音符产生共鸣。这一自然法则不仅仅是一个空洞的比喻！是的，诗人，你比很多人认为的要出色得多，你试图用笔墨将内心的音乐写在纸上，朗读给他们听。这件事才过去没多久。当然，你在历史风格的创作上，也做得很好，当你以务实的广度和准确度写下夜莺对紫玫瑰的爱情故事，这个故事就在我眼前徐徐展开。这是一篇十分优美的作品。"

普罗斯珀·阿尔帕努斯稍作停顿，巴尔塔萨尔睁大眼睛惊讶地看着他，他不知道该对普罗斯珀说些什么，这首他自认是他写过的最富想象力的诗作，普罗斯珀却宣称是一次历史题材的尝试。

"你可能会，"普罗斯珀·阿尔帕努斯继续说道，脸上洋溢着优雅的微笑，"你可能会对我的言论感到惊讶，关于我的一些事情，你可能会觉得非常不可思议。不过，你想，按照所有理智的人的判断，我是一个只该出现在童话故事中的人，而你知道，亲爱的巴尔塔萨尔，这些人物可能会举止古怪，随心所欲地说些疯言疯语，尤其是当所有事情的背后有一些不容忽视的东西时。现在让我们继续之前的话题吧！如果仙女罗莎贝尔维德如此热心地照顾畸形的辛奥伯，那么你，我的巴尔塔萨尔，现在就完全是我亲爱的被保护人了。那么听听我打算为你做些什么吧！魔术师洛托斯昨天拜访了我，他给我带来了上千条问候，但也带来了巴尔萨米娜公主上千声哀叹，她从沉睡中醒来，向我伸出渴求的双臂,她的声音像我们初恋那首美丽的诗歌《卡塔·巴德》一样甜美。我的老朋友,大臣尉迟,也从北极星向我友好地挥手致意。我必须前往遥远的印度!我即将离开的庄园,我不希望看到它落入除你之外的其他任何人手中。明天我会去开厄佩斯,以你叔叔的身份,起草一份正式的赠与契约。一旦辛奥伯的魔法被打破,你就作为一个上好庄园、一笔可观财富的所有者,出现在莫什·特尔平教授面前,这样你向美丽的坎蒂达求婚,他将欣然应允。但是还不止这些!你带着你的坎蒂达搬进我的庄园,这样你的婚姻幸福就能得到保障。那些美丽的大树后面能长出房子所需的一切;除了最美味的水果,还有最漂亮的卷心菜,以及其他丰盛美味的蔬菜,都是周围找不到的。你的妻子将永远第一个品尝沙拉,第一个享用芦笋。厨房布局得如此巧妙,以确保即使你的用餐时间晚整整一个小时,锅也不会溢出,碗也不会浪费。地毯、椅子和沙发套的质地精细,即使仆人再笨手笨脚,都不可能沾上污渍,同样,瓷器或玻璃也不会破碎,无论仆人如何笨拙地把它们摔在最坚硬的地面上。最后,每当你的妻子想要洗衣服时,房子后面的大草坪上都会有最美好、最晴朗的天气,即使周围下着雨,电闪雷鸣。总之,我的巴尔塔萨尔,一切都已经安排妥当,足以让你在你可爱的坎蒂达身边安静无忧地享受家庭幸福!

"现在是时候，我该回家了，和我的朋友洛托斯一起，开始为即将到来的离开做准备。保重，我的巴尔塔萨尔！"

说完，普罗斯珀对着蜻蜓吹了一两声口哨，蜻蜓很快就嗡嗡地飞了过来。他给蜻蜓套上笼头，然后跨上鞍子。但就在他盘旋离开的时候，他突然停下，转身回到巴尔塔萨尔身边。

"我几乎，"他说，"忘记了你的朋友法比安。我一时恶作剧，因为他的鲁莽而对他小惩大诫。这个盒子里装着可以慰藉他的东西！"

普罗斯珀递给巴尔塔萨尔一个擦得锃亮的小玳瑁盒子，和之前从普罗斯珀那里得到的、用来破除辛奥伯咒语的那把小小的长柄眼镜一样，巴尔塔萨尔把小盒子也收了起来。

普罗斯珀·阿尔帕努斯穿过灌木丛飞驰而去，森林里的声音听起来更加响亮、更加优美。

巴尔塔萨尔返回上雅各布斯海姆，心中充满喜悦和最甜蜜的希望。

第八章

> **情节提要**
>
> 　　法比安是如何因为他的长尾外套而被视为宗派分子和暴徒的。
>
> 　　巴萨努夫亲王是如何站在壁炉屏风后面,并罢免自然事务总监的。
>
> 　　辛奥伯从莫什·特尔平的房子里逃走。
>
> 　　莫什·特尔平是如何想骑着一只蝴蝶出门当皇帝,后来却上床睡觉的。

　　在清晨最早的一线曙光中,当道路和街道仍然寂静无人的时候,巴尔塔萨尔悄悄潜入开厄佩斯,立刻去找他的朋友法比安。当他敲门时,一个病态而疲倦的声音喊道:"进来吧!"

　　法比安躺在床上,脸色苍白,面容憔悴,一副绝望痛苦的神情。"天啊,"巴尔塔萨尔喊道,"天啊,朋友!说说!你这是怎么了?"

　　"唉,朋友,"法比安费力地坐起身,上气不接下气地说道,"我完了,彻底完了。那该死的巫术,我知道,是复仇心切的普罗斯珀·阿尔帕努斯施加在我身上的,它把我给毁了!"

"这怎么可能?"巴尔塔萨尔问道。

"巫术、魔法,你以前并不相信这些。"

"唉,"法比安带着哭腔继续说道,"唉,我现在什么都相信了,法师、女巫、地灵、水灵,鼠王和曼德拉草根,你所相信的一切,我也都相信。如果有人像我一样受到这玩意儿的困扰,那么他会认输的!你还记得我们从普罗斯珀·阿尔帕努斯那儿回来时,发生在我外套上的那件让我无地自容的糗事吗?是的!要是只那一次还好!你看看我的房间,亲爱的巴尔塔萨尔!"

巴尔塔萨尔照做了,他看到四周的墙上挂满了各种不同款式和颜色的燕尾服、罩衫和制服。"怎么?"他喊道,"你这是要开一个服装店吗,法比安?"

"不要嘲笑我,"法比安回答说,"不要嘲笑我,亲爱的朋友。我让最著名的裁缝为我制作了所有这些衣服,希望最终能摆脱那施加在我外套上的折磨我的可恶诅咒,但却都是徒劳。不论多漂亮多合身的衣服,只要我穿上身,不消几分钟,袖子就会缩到我的肩膀上,下摆就像尾巴似的变得有六肘尺①那么长。万般无奈下,我让人做了一件

---

① 1肘尺约为43至56厘米。

皮埃罗小丑穿的那种有极长袖子的短上衣。'缩吧，袖子，'我想，'只要抻一抻下摆，就还是原来那样。'但是！几分钟后它就和所有其他外套一样了！最杰出的裁缝的一切技艺和力量都无法对抗这可恶的魔法！不言而喻，无论我出现在哪里，都会受到讥讽和嘲笑，但我自认无辜地一直坚持穿这样被诅咒的外套出现，很快引起了截然不同的评价。其中最轻微的是，女人们称我极其虚荣和乏味，因为我罔顾所有习俗，把手臂裸露在外给别人看，自己可能还认为它们挺美的。神学家们很快就斥责我是一个宗派分子，但是他们争论不休，不知道应该把我归为'长袖派'还是'下摆派'，不过他们一致认为这两个教派都是极具危险的，因为它们都主张绝对的自由意志，敢于思考任何事情。外交家们认为我是个卑鄙的鼓动者。他们声称，我试图通过我长长的外套下摆在人民中间引起不满，煽动他们反抗政府，甚至属于一个秘密联盟，其标志是一个短袖。早在很久以前，就已经有一些'短袖派'的迹象，他们和耶稣会成员一样令人畏惧，甚至比他们更可怕，因为他们想方设法地到处传播对国家有害的诗歌，并质疑亲王的正当性。总之一句话！这件事变得越来越严重，直到校长传唤我。我预见到，如果我穿外套会遭遇不幸，所以只穿了件背心。而这惹得校长很生气，他认为我想讥讽他，对我大发雷霆，告诉我八天内必须穿一件规矩、得体的外套出现在他面前,否则他将毫不留情地开除我。今天就是最后的期限!啊,我是多么不幸!啊,该死的普罗斯珀·阿尔帕努斯!"

"打住吧,"巴尔塔萨尔喊道,"打住吧,亲爱的朋友法比安,不要责怪我慈爱的叔叔,他赠给我一座庄园。对你,他也没有恶意,尽管如此,我必须承认,他对你冒失鲁莽的惩罚太重了。我给你带来了破解的办法!他送给你这个小盒子,将结束你所有的痛苦。"

说着,巴尔塔萨尔从口袋里掏出从普罗斯珀·阿尔帕努斯那里得到的小玳瑁盒子,递给了绝望的法比安。

"这有什么用,"法比安说,"那个愚蠢的家伙怎么可能帮我?一个小小的玳瑁盒子怎么会对我外套的样子产生影响呢?"

"我不知道,"巴尔塔萨尔回答道,"但是我亲爱的叔叔不可能也不会欺骗我,我对他绝对信任;所以,亲爱的法比安,你就打开盒子,我们看看里面是什么。"

法比安照做了,一件用上等布料制作而成的精美的黑色燕尾服从盒子里漫了出来。法比安和巴尔塔萨尔他们俩都抑制不住地惊叹出声。

"嘿,我明白你的意思了,"巴尔塔萨尔兴奋地喊起来,"嘿,我明白你的意思了,我的普罗斯珀,我敬爱的叔叔!这件外套很合身,会破除所有的魔法。"

被称为辛奥伯的小矮人扎克斯　255

法比安二话不说就把外套穿上了，巴尔塔萨尔预料之中的事情果然发生了。这件漂亮的服装非常合身，法比安从未穿过如此合身的衣物，再也不用担心袖子缩短或下摆延长的问题。

法比安欣喜若狂，立刻决定穿着这套合身的新外套去见校长，把一切都搞定。

巴尔塔萨尔详细地向他的朋友法比安讲述了与普罗斯珀·阿尔帕努斯发生的一切，以及教他用什么办法来结束畸形小矮人的邪恶闹剧。法比安因为已经彻底摆脱了所有的疑虑而判若两人，他对普罗斯珀的高尚品德大加赞赏，并主动提出帮忙破解辛奥伯的魔法。就在这时，巴尔塔萨尔透过窗户看到他的朋友，书记员普尔彻正忧心忡忡地绕过街角。按照巴尔塔萨尔的指示，法比安把头探出窗外，向书记员挥手并招呼他赶紧上来。

普尔彻一进来，就立刻喊起来："你穿了一件多么漂亮的外套啊，亲爱的法比安！"但法比安说巴尔塔萨尔会向他解释一切，然后就急匆匆地去见校长了。

当巴尔塔萨尔向书记员详细讲述了所发生的一切后，书记员开口说道："现在正是消灭这个可恶的怪物的时候。要知道，今天正是他与坎蒂达订婚的日子，而虚荣的莫什·特尔平要举办一场盛大的宴会，他亲自邀请了亲王。就在这个宴会上，我们冲进教授家里，袭击那个小家伙。

宴会厅里不会缺少烛火，可以瞬间烧掉对手的头发。"

当法比安满脸喜悦地进门时，他的朋友们已经聊了很多，也商定了一些计划。

"力量，"他说，"这件从玳瑁盒中漫出的外套已经证明了它美妙无比的力量。我一进校长家，他就露出了满意的微笑。'哦，'他对我说，'哦！亲爱的法比安，我看到，您已经从你怪异的失态中恢复过来了！像您这样的暴脾气很容易走向极端！我从一开始就不认为您是宗教狂热者，更多的是被误解的爱国主义，只是以古代英雄为榜样，推崇与众不同。是的，我认同这一点，这是一件多么漂亮、合身的外套！品格高尚的年轻人穿着这样的外套，有着如此合身的袖子和后摆，是国家之福，世界之福。你要保持下去，法比安，保持这样的品格，这种坚定的信仰，才会孕育真正的英雄伟业！'校长拥抱了我，眼里闪烁着亮晶晶的泪花。连我自己都不知道，我从哪儿拿出这个小玳瑁盒子的。外套是从这个盒子里出来的，然后我又把盒子放进这件外套的口袋里。'来吧！'校长的拇指和食指捏在一起说道。在不知道里面是否有烟草的情况下，我打开了盒子。校长伸手进去捏了一小撮，吸进鼻子，然后握住我的手，紧紧地握住，眼泪顺着他的脸颊流下来。他深情地说：'高尚的年轻人！鼻烟真不错！放下过往，忘了这一切，今天中午和我一起吃饭吧！'你们看，朋友们，我所有的痛苦都结束了，如果我们今天，如我们所预料的那样，成功地破解了辛奥伯的魔咒，那么从今以后，你们也会幸福。"

小矮人辛奥伯站在被上百支蜡烛照得灯火通明的大厅里，身穿绣有猩红色花纹的礼服，佩戴着镶有二十颗纽扣的绿斑虎勋章，腰间别着剑，腋下夹着羽毛帽子。他旁边是迷人的坎蒂达，身着盛装的新娘，焕发青春和优雅。辛奥伯握着她的手，时不时地吻一下，露出令人反感的笑容。每次这样做，坎蒂达的脸颊都会泛起深深的红晕，她满含深情地看着这个小矮人。这场景看着实在令人毛骨悚然，是辛奥伯的魔法让每个人都陷入了盲目之中，否则，大概早就有人被坎蒂达这样无可救药的迷恋所激怒，抓住这个巫师小子，把他扔进壁炉里了。在这对新人周围，来宾们保持着一定的距离围成一圈。只有巴萨努夫亲王站在坎蒂达身边，努力向四周投以意味深长的亲切目光，但没有人注意这一点。所有人的目光都集中在这对新人身上，紧盯着辛奥伯的嘴唇，辛奥伯时不时地咕哝几句听不懂的话，每次随之而来的都是来宾们的轻声感叹，或者高声赞美。

到了交换订婚戒指的时候。莫什·特尔平拿着托盘走进了围拢的宾客圈内，托盘上的戒指闪闪发光，他清了清喉咙。辛奥伯尽可能地踮起脚尖，几乎才到未婚妻的肘部。所有人都屏息以待,突然传来了异样的声音,大厅的门突然打开,巴尔塔萨尔闯了进来,普尔彻跟在后面,还有法比安!他们突破人群冲进圈内。"怎么回事,这些陌生人想干什么?"大家都纷纷喊了起来。

巴萨努夫勋爵惊恐地大喊:"暴乱、造反、卫兵!"然后跳到了壁炉的屏风后面。巴尔塔萨尔这时已经冲到了辛奥伯身边,莫什·特尔平认出了他,大声喊了起来:"大学生先生!您疯了吗?您神志不清了吗?您居然敢到这里来打扰订婚仪式!来人啊,宾客们,仆人,把这个粗鲁的家伙扔出去!"

但巴尔塔萨尔对此置若罔闻。他抽出普罗斯珀的长柄眼镜,目光透过长柄眼镜一直盯着辛奥伯的脑袋。辛奥伯仿佛被一道电光击中,发出一声刺耳的猫叫,响彻整个大厅。坎蒂达晕倒在椅子上,聚在一起的宾客们也四散开来。那缕闪闪发光的火红色头发清晰地出现在巴尔塔萨尔的眼前,他扑向辛奥伯,紧紧抓住他,辛奥伯用他的小细腿乱蹬乱踢,拼命挣扎,又抓又咬。

"抓住他,抓住他!"巴尔塔萨尔喊道。法比安和普尔彻摁住小矮人,让他无法动弹,巴尔塔萨尔小心稳当地抓住那几根红头发,一下子从他的头上拽下来,跳到壁炉前,将它们扔进火里,它们在壁炉里啪嗒作响,发出震耳欲聋的声音,所有人都如梦初醒。小辛奥伯费力地从地上站起来,站在那里辱骂、斥责,并下令立刻把这些寻衅闹事者,这些胆敢冒犯国家第一大臣这样神圣人物的家伙抓起来,投进最深的监狱!但是大家你问我,我问你:"这个翻筋斗的小家伙这一会工夫是从哪儿冒出来的?这个小怪物想干什么?"这个小侏儒发疯一样地不停大叫,用他的小脚跺地,不断地喊着:"我是辛奥伯大臣,我是辛奥伯大臣,我有镶着二十颗纽扣的绿斑虎勋章!"大家爆发出一阵哄堂大笑。人们围着小矮人,男人们把他提起来,像玩传球一样将他扔来扔去;勋章纽扣一个接一个从他身上掉下来,他的帽子、剑、鞋子也掉了。巴萨努夫亲王从壁炉的屏风后面出来,走进了闹腾的人群中。小矮人发出撕心裂肺的尖叫:"巴萨努夫亲王,殿下,救救您的大臣,您宠爱的部下!救命,救命,国家有难了,绿斑虎勋章,不要啊,不要啊!"亲王向小矮人投来一道狠厉的眼光,然后快步朝门口走去,路上碰上了莫什·特尔平,亲王一把抓住他,把他拉到了角落里,眼中闪着愤怒的光芒说道:"您竟然胆敢在您的亲王、您的君主面前上演这么一出闹剧?您邀请我参加您女儿与我尊敬的大臣辛奥伯的订婚典礼,这哪里是我的大臣?我在这里看到的是一个可怕的畸形儿,您给他穿上了华丽的衣服。先生,您知道吗?这是一种叛国性质的玩笑,如果您不是一个应该被关进疯人院的蠢货,我会严厉地惩罚你。我撤销您自然事务总监的职务，并禁止您继续在我的地窖里进行任何研究！告辞！"

说完他怒气冲冲地走了。

莫什·特尔平气得浑身发抖，他冲向小矮人，抓住他蓬乱的长发，拎着他跑到窗边。"你给我下去，"他喊道，"你给我下去，你这无耻、可恶的怪胎，你欺骗了我，让我蒙羞，剥夺了我生活中所有的幸福！"

他想把那个小矮人从打开的窗户推下去，但动物学陈列室的看守也在场，他以迅雷不及掩耳之势跳了过去，一把抓住了小矮人，把他从莫什·特尔平的手上夺了过来。"住手，"看守说道，"住手，教授先生，您别乱动亲王名下的财产。这不是个畸形儿，这是从博物馆逃出来的别西卜魔王猴，又叫黄臂吼猴。"

"黄臂吼猴，黄臂吼猴！"四面八方传来哄笑声。然而看守抓住小矮人的胳膊正眼一看，就怒喝道："我看到的这是什么！这不是黄臂吼猴，这是一棵卑劣、丑陋的草根！呸！呸！"

说完，他把小矮人扔在了大厅中央。在宾客的一片哄笑声中，小矮人尖叫着咕哝着冲出门去，跑下楼梯，跑回了他自己的房子，没有一个仆人注意到他。

就在大厅中发生这一切的时候，巴尔塔萨尔已经离开那里，去了一个小房间，他注意到昏迷不醒的坎蒂达被送去了那里。他跪在她的脚边,亲吻着她的双手,呼唤着她那甜蜜的名字。最终,她发出一声深深的叹息醒转过来,当她看到巴尔塔萨尔时,她满心欢喜地喊起来:"你终于,终于来了,我心爱的巴尔塔萨尔!啊,思念和爱的痛苦快把我折磨死了!我总是听到夜莺的歌声,并被这歌声打动,心头的血从紫玫瑰中流淌出来!"

然后她忘记了周遭的一切,开始讲述一个可怕的噩梦如何纠缠着她,她觉得好像一个丑陋的魔鬼占据了她的心,她必须将她的爱献给他,因为她别无选择。这个魔鬼知道如何伪装自己,让自己看起来像巴尔塔萨尔;当她真正清晰地回想起巴尔塔萨尔时,她知道这个魔鬼不是巴尔塔萨尔,但又不可思议地,必须因为巴尔塔萨尔的缘故而爱这个魔鬼。

巴尔塔萨尔尽可能地向她解释发生的事情,同时避免刺激到她已经焦躁不安的情绪。然后,就像情侣之间经常发生的那样,他们许下千万次的承诺,千万次的誓言,表达着对永恒爱情的忠贞。与此同时,他们紧紧拥抱,贴紧彼此的胸膛,心里充满最真挚的柔情蜜意,完全沉浸在一切幸福之中,沉浸在来自天堂的无尽喜悦之中。

莫什·特尔平走进来,绞着双手,哀叹不已,与他一同进来的还有普尔彻和法比安,他们不断地安慰他,却无济于事。

"不，"莫什·特尔平大声喊道，"不，我是一个彻底失败的人！不再是国家的自然事务总监，也不准再在亲王的地窖里做研究，招致了亲王的不满。我本以为会成为一名绿斑虎骑士，至少是带五颗纽扣的。一切都完了！会发生什么？如果尊敬的辛奥伯大臣阁下听说，我把一个卑劣的畸形儿，一只卷尾吼猴，抑或其他的什么，认作是他，他会说什么！哦，天啊，他的恨意也会算在我头上！来杯阿利坎特葡萄酒！阿利坎特葡萄酒！"

"但是，亲爱的教授，"朋友们安慰他道，"尊敬的总监，您只需要想想，根本不存在辛奥伯大臣！您没有犯任何错，这个畸形的小矮子是因为罗莎贝尔德仙女给他施了魔法，才欺骗了您，也欺骗了我们所有人！"

于是，巴尔塔萨尔把发生的事情，从头到尾讲述了一遍。教授一直听啊听啊，直到巴尔塔萨尔讲完，才大声喊道："我醒着吗？我是在做梦吗？巫师、魔法师、仙女、魔镜、怜悯，我应该相信这些胡言乱语吗？"

"嘿，亲爱的教授先生，"法比安插话道，"如果您像我一样，一段时间只有短袖长摆的外套可穿，您就会相信，这一切都是十分有趣的经历！"

"是的，"莫什·特尔平喊道，"是的，这一切都是真的，是的！一个被施了魔法的怪物迷惑了我，我也不再是两脚着地，我飘到了天花板上，普罗斯珀·阿尔帕努斯接的我,我骑着一只蝴蝶出门,让罗莎贝尔德仙女、玫瑰美修女给我梳头,然后成为大臣!国王!皇帝!"

他一边说一边在房间里跳来跳去,大喊大叫,每个人都担心他丧失了心智,直到他筋疲力尽地瘫倒在扶手椅上。这时,坎蒂达和巴尔塔萨尔走到他身边。他们谈及他们是如何心系对方,深爱着彼此,没有彼此就活不下去,这些话听起来实在令人感动,连莫什·特尔平都潸然泪下。"任何事,"他哽咽道,"做任何你们想做的事,孩子们!结婚,相爱,一起挨饿吧,因为我不会给坎蒂达一分钱。"

至于挨饿的问题,巴尔塔萨尔微笑着说,他希望明天就能让教授相信,这根本不成问题,因为他的叔叔普罗斯珀·阿尔帕努斯已经替他考虑得十分周全。

"那就这么办吧,"教授疲惫地说,"那就这么办吧,我亲爱的儿子,如果你能证明,那就明天吧;因为如果我不想发疯,如果我不想我的脑袋炸掉,我就必须立即上床睡觉!"

他确实当场就这么做了。

第九章

> **情节提要**
>
> 一个忠仆的尴尬。
>
> 老利泽是如何引发暴动的，辛奥伯大臣是如何在逃跑时滑倒的。
>
> 亲王的御用医生用什么奇怪的方式解释辛奥伯猝死的。
>
> 巴萨努夫亲王如何悲伤，如何吃洋葱，以及辛奥伯的损失是怎么无法弥补的。

辛奥伯大臣的马车在莫什·特尔平家门口几乎白白停了一整夜。人们一次又一次地向车夫保证，大臣阁下早就离开了这个聚会；但车夫认为这是不可能的，因为大臣阁下不可能在狂风暴雨中步行回家。最终当所有灯都熄灭，门也上了锁，车夫才不得不赶着空车走了，但他一到大臣家就立刻唤醒了男仆，询问大臣是否谢天谢地地已经回家了，以及是怎么回家的。"大臣阁下，"男仆对车夫轻声耳语道，"大臣阁下昨天天刚黑就已经回来了，这是相当肯定的,现在躺在床上睡觉呢。但是!哦,我的好车夫啊!他怎么回来的?我会告诉您一切,但您的嘴巴得封紧,如果大臣阁下得知我就是在昏暗走廊上的那个人,那我就完蛋了!我会因此丢了饭碗,因为大臣阁下虽然身材矮小,但非常暴躁,容易发火,生气时甚至不认识自己,昨天居然有一只恶劣的老鼠,在大臣阁下的卧室里乱窜,还拿着一把明晃晃的出鞘的剑跑来跑去。这么说吧!黄昏时分,我套上我的短大衣,想偷偷去酒馆玩一局双陆棋,但有什么东西在楼梯上拖着步子迎面过来,在昏暗的走廊上钻过我的双腿,重重地摔在地上,发出刺耳的猫叫声,还发出呼噜呼噜的声音,就像……哦,天啊,车夫!您要守口如瓶,做个君子,否则我就完了!您稍微靠近一点,这个呼噜声就像我们尊贵的大臣阁下在厨师把小牛腿煎坏了,或者碰上其他不顺心的国事时所发出的声音。"

最后这几句,男仆是把手拢在车夫耳边说的。车夫退后了一步,露出一脸疑惑的表情说道:"难以置信!"

"是的,"男仆继续说道,"毫无疑问,在走廊上从我腿中间钻过去的,就是我们仁慈的大臣阁下。我清楚地听到这位大人在屋里挪动椅子,逐一打开各个房门,直到进入他的卧室。我不敢跟随着,但个把小时后,我悄悄靠近卧室的门偷听了一下。那会儿亲爱的大臣阁下正在呼呼大睡,这是大事发生时通常会有的情况。车夫!'天地之间有许多事情，是靠我们的智慧无法想象的。'我曾经在剧院里听到一位忧郁的王子这么说过，他身着一身黑衣，非常害怕一个穿着灰色纸板的男人。①车夫！昨天一定发生了什么始料未及的事情，让大臣阁下匆匆赶了回来。亲王在教授家，也许他说了什么，比如某项不错的小改革，于是大臣立刻采取行动，从订婚仪式上跑了回来，开始为政府的福祉而工作。我立刻从鼾声中听了出来：是的，重大而决定性的事情即将发生！哦，车夫，也许迟早又要让我们把辫子留起来！是的，真诚的朋友，让我们下去，作为忠实的仆人，在卧室门口听听大臣阁下是不是静静地躺在床上，正思忖着自己内心的想法。"

他们俩，男仆和车夫蹑手蹑脚地走到门口偷偷一听。辛奥伯用十分奇特的音调发出呼噜声，好像演奏管风琴和吹口哨一样。两个仆人肃然起敬，男仆深受感动地说道："我们仁慈的大臣先生可真是一位伟大的人啊！"

一大早，大臣的住所楼下就传来一阵巨大的喧哗。一位年老的农妇，穿着早已褪色的周日盛装，强行闯入屋内，要求门房直接带她去见她的小儿子，小扎克斯。门房告诉她，住在这座房子里的大臣阁下是辛奥伯先生，是有二十个纽扣的绿斑虎骑士，仆人中也没有人叫小扎克斯或是这样被称呼的。但随后那个女人却肆无忌惮地大叫起

---

① 这里借用了《哈姆雷特》的场景和台词。

来，有二十颗纽扣的辛奥伯大臣，就是她亲爱的小儿子，小扎克斯。这个女人的喊叫声，以及门房如雷的咒骂声，引来了整栋楼的人，喧闹声越来越大。当男仆下楼来驱散聚集的人群，免得他们在安宁的早晨如此厚颜无耻地打扰到大臣阁下时，人们正在赶这个疯婆子出去。

这个女人坐在对面房子的石阶上，抹着眼泪抱怨房子里面那些粗鲁的人不让她去见她心爱的小儿子，小扎克斯，他已经是一位大臣。越来越多的人聚集在她的周围，她一遍又一遍地向他们重申，辛奥伯大臣不是别人，正是她的儿子，从小她就叫他小扎克斯；以至于到最后人们不知道是该认为这个女人是个疯子，还是相信她说的确实是实情。

这个女人的视线始终没有离开辛奥伯的窗户。突然，她大笑起来，拍着手欢快地大声喊起来："他在那儿，他在那儿，我的心头肉，我的小淘气鬼，早上好，小扎克斯！早上好，小扎克斯！"所有人都看了过去，他们看到小辛奥伯穿着猩红色的刺绣外套，身披绿斑虎勋章的绶带站在落地窗前，透过落地大玻璃窗，他的整个身材一览无余，人们肆无忌惮地大笑起来，还七嘴八舌地喊道："小扎克斯，小扎克斯！哈，看那只精心打扮的狒狒，可笑的怪胎，这个小草根精，小扎克斯！小扎克斯！"门房以及辛奥伯所有的仆人都跑出来，想搞清楚百姓们为什么如此肆无忌惮地大笑和欢呼。而当他们看到自己的主人，却比百姓们还要激动，他们放声大笑着高喊："小扎克斯，小扎克斯，草根精，拇指小人，曼德拉草！"

大臣似乎直到现在才明白，街上疯狂的喧闹不是针对其他人，而是他自己。他猛地推开窗户，用冒着火光的眼睛看向下面，尖叫着，咆哮着，愤怒地上蹿下跳，并且用守卫、警察、禁闭室和监狱作为威胁。

但是，大臣阁下越是暴跳如雷，骚乱和笑声就越厉害，人们开始向这位不幸的大臣扔石头、水果、蔬菜，或者任何随手找到的东西，他不得不退回屋里！

"天啊，"男仆惊恐地喊道，"那个可怕的小怪物正从大臣阁下的窗户往外看，什么情况？那个巫师小子是怎么进到房间里的？"他一边说着，一边跑上楼，但和之前一样，他发现大臣的卧室紧紧锁着。他壮着胆子轻轻地敲了敲门，没有回应！

这期间，天知道怎么回事，百姓们之中开始窃窃私语：楼上那个可笑的小怪物真的是小扎克斯，他取了辛奥伯这个响亮的名字，通过各种可耻的谎言和欺骗而声名鹊起。这个声音越来越大。"把那个小畜生拉下来，拉下来，把小扎克斯身上的大臣衣服扒下来，把他锁进笼子里，在集市上收费供人观赏！给他贴上金箔，送给孩子们当玩具！上楼，上楼！"人们高呼着冲向房子。

男仆绝望地绞着双手。"暴动啦,骚乱啦,大臣阁下,快把门打开,逃命吧!"他这样喊道;但没有任何回应,只听到一声轻轻的呻吟。

大门被撞开了,百姓们肆意大笑着,骂骂咧咧地上了楼。

"就是现在了。"男仆说完,用尽全力撞向卧室的门,房门嘎吱嘎吱地从铰链上掉了下来。没有大臣阁下,没有辛奥伯!

"阁下,最仁慈的阁下,您没听见发生暴动了吗?阁下,最仁慈的阁下,您在哪儿,上天宽恕我的罪过,您躲到哪里去了嘛!"

男仆一边大声喊着,一边绝望地跑过各个房间。但都没有回应,没有声音,只有大理石墙壁传来好似嘲讽的回音。辛奥伯仿佛无声无息地消失了,消失得无影无踪。外面安静了一些,男仆听到一个女人用低沉而嘹亮的声音在和百姓们说话,透过窗户,他看见人们相互小声嘀咕着,并疑惑地看向楼上的窗户,相继离开屋子。

"暴动看来已经结束了,"男仆说道,"现在,仁慈的阁下该从他藏身的角落里出来了。"

他回到卧室,猜想,大臣最终还是会在那里。

他审视四周,注意到一个漂亮的带柄银壶里伸出两条小细腿儿,因为大臣认为这个银壶是亲王送给他的贵重礼物,非常看中它,所以它通常总是紧挨着马桶摆放的。

"天啊,天啊!"男仆惊恐地叫道,"天啊!天啊!如果我没搞错的话,这对小细腿属于辛奥伯大臣阁下,我仁慈的先生!"他吓得一步一哆嗦地走上前,一边探头去看,一边喊道,"阁下,阁下,天啊,您这是在做什么,您在那么深的地方做什么呢!"

然而,辛奥伯静静地一动不动,男仆想必已经明白阁下身处危险之中,哪还有时间去顾及什么礼节。他抓住辛奥伯的小腿,把他拽了出来!哎呀,他死了,小阁下死了!男仆哭天抢地喊了起来。车夫、仆人们都纷纷赶了过来,有人赶紧去请亲王的御用医生。这期间,男仆用干净的毛巾把他可怜而不幸的主人擦干净,放到床上,并在他身上盖上一个丝绸软垫,这样可以把他皱巴巴的小脸露出来。

此刻,玫瑰美小姐走了进来。天知道她用了什么方式,她先行安抚了百姓们。现在,她走向已然灵魂出窍的辛奥伯,后面跟着老利泽——小扎克斯的亲生母亲。辛奥伯死后的样子确实比他生前任何时候看上去都更漂亮。他的小眼睛闭着,小鼻子很白,嘴角微微扬起,带着温和的微笑,尤其是深棕色的头发打着最美丽的卷儿披散着。小姐抚摸着小矮人的脑袋,顿时一绺红色的头发在黯淡的微光中一闪而逝。

"哦，"小姐叫道，她的眼睛因为喜悦而熠熠发光，"哦，普罗斯珀·阿尔帕努斯！高尚的大师，你言而有信！他已经受到了惩罚，所有的灾祸和耻辱也随之而去！"

"哎呀，"老利泽说，"哎呀，天啊，那肯定不是我的小扎克斯，他从来没有这么漂亮过。那我现在是白白进城一趟，你的建议一点用都没有，我仁慈的小姐！"

"别发牢骚了，老太婆，"小姐回答道，"要是你听从了我的建议，并且在我来之前没有闯入这个房子，这一切对你来说会更好。我再说一遍，那个在床上死去的小矮人，确实是你的儿子，小扎克斯！"

"好吧，"这个女人两眼发光地喊道，"好吧，如果那位小阁下真的是我的孩子，那么我就可以继承这里所有漂亮的东西，整座房子以及房子里的一切？"

"不，"小姐说道，"现在一切都结束了，你错过了赢得金钱和财产的最佳时机。我早就说过，你注定不会富有。"

"那我可以，"这个女人继续说，泪水在眼眶里打转，"我至少可以用围裙兜着我可怜的孩子，把他带回家吧？我们的牧师先生有很多漂亮的小鸟和松鼠标本，我也让他把我的小扎克斯做成标本，我想把他放在我的柜子上，像他之前那样穿着红色外套，上面有宽丝带，胸口有一颗大星星，作为永恒的纪念！"

"这是，"小姐几乎有些恼火地说，"这是一个非常天真的想法，根本行不通！"

于是，这个女人开始抽泣、抱怨、哀叹。"我得到了什么，"她说，"在我的小扎克斯做大官发大财的时候！如果他留在我身边，我只会在贫困中把他抚养长大，他也永远不会落入那该死的银壶里，他还能活着，我也许会从他那里得到快乐和祝福。如果我把他放在木背篓里背着，人们也许会心生怜悯，扔给我一些零钱，可如今……"

前厅传来脚步声，小姐催促老妇人出去，并嘱咐她下楼到门口等着，离开前她会告诉她一个可靠的方法，可以一劳永逸地结束她所有的贫困和苦难。

之后，罗莎贝尔维德再次走近小矮人，怀着深切的同情，用温柔而颤抖的声音说道："可怜的扎克斯！大自然的弃子！我原本对你是一番好意，却好像做了一件蠢事。我本来以为，赠予你美丽的外表，会照亮你的内心，并唤醒一个声音告诉你说：'你并非如人们所认为的那样，只要努力，即使腿脚不好，没有羽翼，也能和有翅膀的生物一样翱翔。'然而内心的声音没有被唤醒。你那懒惰成性、死气沉沉的灵魂无法振作起来，还要坚持自己的愚蠢、粗鲁、恣意妄为。唉！如果你稍微收敛一些，别总是像一个粗鲁的小家伙，就可以摆脱这样一个耻辱的死亡下场！普罗斯珀·阿尔帕努斯想办法让你死后看起来，仍是生前通过我的力量所变幻的样子。或许有朝一日和你再次相遇，届时你是一只小甲虫，机灵的老鼠或活泼的松鼠，我应该会高兴的！安息吧，小扎克斯！"

罗莎贝尔维德离开了房间，亲王的御用医生和辛奥伯的男仆一同走了进来。

"天啊，"当医生看到死去的辛奥伯并且确信，所有救活他的手段都已回天乏术时，他喊道，"天啊，这是怎么发生的，管家先生？"

"唉，"男仆回答道，"唉，亲爱的医生先生，这场叛乱或者革命，随您称它什么，反正一直在前厅的外面吵闹，乱哄哄的，非常可怕。尊敬的阁下一定是担心自己宝贵的生命，试图逃进厕所，结果滑倒了，然后……"

"原来如此，"医生动容且肃穆地说道，"他就是这样因为惧怕死亡而身故的！"

门突然打开了，巴萨努夫亲王脸色苍白地冲了进来，后面跟着七名面色更为苍白的内廷侍臣。

"这是真的吗？是真的吗？"亲王喊道。然而他一看到小矮人的尸体，就向后退了一步，朝上抬起眼睛，一脸悲痛："啊，辛奥伯！"七个内廷侍臣跟着亲王喊："啊，辛奥伯！"然后像亲王那样，从口袋里掏出手帕，放在眼前。

"这是多么大的损失啊，"亲王默默地哀悼了一会儿，说道，"这对国家来说是一个多么不可挽回的损失啊！除了我的辛奥伯,上哪儿去找一个男人,能获得这样的荣誉,佩戴镶有二十颗纽扣的绿斑虎勋章!御医,您怎么可以让我身边的这个男人死掉!告诉我,这是怎么回事,怎么会发生这种事?死因是什么?这位杰出的人物死于什么?"

御医非常仔细地检查了小矮人,摸了摸以往有脉搏的地方,顺着头部轻抚过后,清了清喉咙,开始说道:"我仁慈的主人!如果只根据浮于表面的观察,我的结论是,大臣死于呼吸的完全停滞,这种呼吸停滞是由无法呼吸造成的,而这种无法呼吸又是由大臣自身的一个因素,即幽默导致的。我可以说,大臣以这种方式死去是一种幽默的死亡,但如若我不想下这种肤浅的结论,不想从浅薄的生理原理上寻找这一切的解释,就只能在纯心理领域找到其自然的、无可辩驳的原因。我最仁慈的亲王,恕我直言,导致大臣死亡的源头是镶有二十颗纽扣的绿斑虎勋章!"

"怎么可能,"亲王用愤怒的眼睛瞪着御医,大声喊道,"怎么可能!您在说什么?有二十颗纽扣的绿斑虎勋章?死者为了国家的繁荣如此优雅、如此威严地佩戴着它,这是他的死因?向我证明这一点,或者……侍臣们,你们对此有何看法?

"他必须证明,他必须证明,或者……"七个面色苍白的内廷侍臣喊道。

御医继续说道："我最尊贵仁慈的亲王，我会证明这一点，这事上没有'或者'！事情的关联如下：绶带上沉重的勋章，尤其是后背的纽扣，对脊柱神经节产生了不利影响。与此同时，勋章的星徽对我们称之为太阳神经丛的横膈膜和上肠系膜动脉之间的多节纤维造成压力，而这个太阳神经丛在神经丛迷宫般的组织中占主导地位。这个主导性的器官与大脑系统有着多方面的关系。神经节系统受到压迫，自然也会对大脑系统不利。但是，大脑系统的自由传导不就是自我意识、人格的前提吗？不就是作为整体在一个焦点中最完美统一的表现吗？生命过程不就是在神经节系统和大脑系统这两个领域里的活动吗？所以！足够了，那次攻击扰乱了心理有机体的功能。先是由佩戴那个勋章的痛苦引发了诸如为国家做出无名牺牲的阴暗思想，进而状况变得越来越严重，直到神经节和大脑系统的完全不和谐最终导致了意识的完全停止，人格的彻底丧失。这种状态我们就称之为'死亡'！是的，尊贵的主人！大臣已经丧失了他的人格，所以当他跌入那倒霉的容器时，他就已经死透了。所以他的死亡没有生理上的原因，但确实有一个无比深刻的心理原因。"

"御医，"亲王不悦地说，"御医，您已经唠叨了半个小时了，我发誓，我一个字都没听懂。您这又是生理又是心理的，到底想说什么？"

"生理原理。是纯植物生命存在的条件，而心理原理，则相反，制约着人类有机体，它只能在精神、思维能力中找到存在的驱动力。"

"我还是，"亲王极为不悦地说道，"我还是不明白您的意思，您是个让人难以理解的人！"

"我的意思是，"医生说，"殿下，我的意思是，生理仅涉及没有思维能力的纯植物生命，就像在植物身上发生的那样，而心理则和思维能力相关。由于这种思维能力在人类有机体中占主导地位，因此医生必须始终从思维能力、从精神层面入手，将身体仅视为精神的附庸，必须服从主宰者的意愿。"

"嚅嚅！"亲王喊道，"嚅嚅，御医，就此打住吧！您只管医治我的身体，别去管我的精神，我的精神从未感到任何不适。不管怎样，御医，您是个让人混乱的人，要不是我站在我大臣的尸体旁边心情激动，我会知道我该做什么！现在，侍臣们！让我们在这位逝者的灵柩旁再流几滴眼泪，然后就去赴宴吧。"

亲王用手帕捂住眼睛抽泣起来，内廷侍臣们也纷纷效仿，然后就一起离开了。门前站着老利泽，她手臂上挂着几串人们所见过最漂亮的金黄色洋葱。亲王的目光偶然落在了这些果实上。他停了下来，脸上的痛苦消失了，他温和而亲切地微笑着说道："我这辈子从来没有见过这么漂亮的洋葱，它们的味道一定美妙无比。这些洋葱卖吗，亲爱的太太？"

"哦，是的，"利泽深深鞠了一躬，回答道，"哦，是的，最仁慈的殿下，我靠卖洋葱勉强维持生计，能卖出去就好！它们甜如纯蜜，您品尝一下吗，宅心仁厚的先生？"

说完，她递给亲王一串最周正、最光亮的洋葱。他接过来，微笑着，吧嗒着嘴抿了一小口，然后喊道："侍臣们！给我拿一把小刀来。"亲王接过一把小刀，干净利落地剥了一个洋葱，尝了一些果肉。

"这是什么滋味，多么甜美，多么带劲，多么火辣！"他惊叹道，眼中闪烁着喜悦之情，"同时，我仿佛看到了逝去的辛奥伯站在我面前，向我挥手，并且跟我低语：'买吧，请您品尝这些洋葱，我的亲王，国家的繁荣要求您如此！'"亲王将几块金币塞进老利泽手里，内廷侍臣们不得不把所有成串的洋葱都装进口袋。不仅如此，他还下令，除了利泽之外，任何人都不得为亲王的早餐供应洋葱。因此，小扎克斯的母亲虽然并没有变得富有，但却摆脱了一切困境和苦难，毫无疑问，是善良的仙女罗莎贝尔维德用秘密的魔法帮助了她。

辛奥伯大臣的葬礼是开厄佩斯有史以来最盛大的葬礼之一，亲王、所有的绿斑虎骑士，都跟随着灵柩，表现得悲痛不已。所有的钟都被敲响，甚至包括亲王为燃放烟花而花重金购买的两门礼炮，都被多次点响。市民、百姓，每个人都在哭泣和哀叹，国家失去了最得力的肱股之臣，也许永远不会再有像辛奥伯那样深思熟虑、胸怀宽广、宽厚温和、对全民福祉孜孜以求的人为政权掌舵领航。

　　事实上，这个损失是无法弥补的。因为再也找不到一位大臣，能够像这位已故的令人难忘的辛奥伯那样，完美地匹配这枚镶有二十颗纽扣的绿斑虎勋章。

最后一章

> **情节提要**
>
> 　　作者的恳切请求。
> 　　莫什·特尔平教授如何冷静下来。
> 　　坎蒂达永远不会心烦意乱。
> 　　一只金甲虫如何在正在告别的普罗斯珀·阿尔帕努斯医生的耳边嗡嗡作响。
> 　　巴尔塔萨尔过上了幸福的婚姻生活。

　　现在是时候了,亲爱的读者,为你写下这些章节的人要和你告别了,与此同时,他的内心充满了忧郁和焦虑。他还知道许多小辛奥伯不同寻常的行为,而且由于他内心无法抗拒地被这个故事吸引,本来确实很想向你,哦,我的读者,讲述一切。但是!回顾这九章中发生的所有事件,他深感其中已经包含太多奇异、疯狂、匪夷所思之处,如果继续堆叠更多类似的情节,亲爱的读者,他可能会面临滥用你的宽容而彻底毁掉它的危险。当他写下"最后一章"这几个字时,那种忧郁、焦虑突然笼上心头,他怀着这样的心情请求你，愿你能以轻松愉悦、无拘无束的心情欣然接受，去观赏那些非比寻常的人物，甚至和他们做朋友，诗人将其归功于名为"幻影"的幽灵所带来的灵感，而他或许过于沉湎于这个幽灵诡异而反复无常的本性。因此，不要面带愠色，不管是对诗人，还是对这个喜怒无常的幽灵！亲爱的读者，如果你曾经对某些事情发出过会心的微笑，那么你就会像撰写这些章节的作者所希望的一样心生愉悦，然后，他相信，你就会在很多事情上宽宥他！

故事本可以终结在小辛奥伯悲惨的死亡这里。然而，如果最终结局不是悲伤的葬礼，而是一场快乐的婚礼，岂不是更为美好？！

这样，那就让我们再为可爱的坎蒂达和幸福的巴尔塔萨尔费点笔墨吧。

莫什·特尔平教授原本是一位开明、博学多闻的人，多年来一直遵循着"不要对任何事情感到惊讶"的格言，多年来习惯了不惊讶于世界上的任何事情。但现在，他放弃了自己全部的智慧，不断地感到惊讶，以至于最后他抱怨说，他不知道自己是否真的是莫什·特尔平教授，是否真的曾经掌管过国家的自然事务，也不知道他是否还真的能昂首阔步地用他亲爱的双脚走来走去。

最开始让他感到惊讶的是，巴尔塔萨尔将普罗斯珀·阿尔帕努斯医生作为自己的叔叔介绍给他,并向他展示了一份捐赠契约,凭借该契约,巴尔塔萨尔成了距离开厄佩斯一小时车程的庄园以及树林、田野和草地的所有者。而当他看见财产清单上有很多贵重的器物,甚至还有金条、银条,其价值远远超过了王府国库的财富时,他简直不敢相信自己的眼睛。之后,让他感到非常惊讶的是,当他透过巴尔塔萨尔的长柄眼镜看到辛奥伯躺在那口豪华的棺材里时,突然间觉得似乎从来没有存在过辛奥伯大臣,只不过是一个粗野、不守规矩的小侏儒,被人们误以为是一个明智而聪明的辛奥伯大臣。

不过,当普罗斯珀·阿尔帕努斯带他在庄园里四处参观,给他展示图书馆和其他非常奇妙的东西,甚至还用稀有的植物和动物做了一些非常美妙的实验时,莫什·特尔平的惊讶程度达到了顶点。

教授这才明白自己的自然研究根本一无是处,他置身在一个奇妙、多彩的魔法世界里,却好似被封闭在一个鸡蛋里。这个想法让他非常不安,最终他像个孩子一样抱怨和哭泣起来。巴尔塔萨尔立刻把他带到了宽敞的酒窖,在那里他看到了耀眼的酒桶和闪亮的酒瓶。巴尔塔萨尔认为,在这个好过亲王的酒窖里,教授可以更好地进行研究,并在美丽的花园里充分探索大自然。

自此,教授的心情平复了下来。

巴尔塔萨尔的婚礼在乡间庄园举行。他和他的朋友法比安、普尔彻……所有人都对坎蒂达的美丽，对她的穿着以及她整个人散发的神奇魅力感到惊叹。事实上，确实有一种魔力环绕在她周围，因为罗莎贝尔维德仙女，不计前嫌地以玫瑰美修女的身份出席了婚礼，亲自为她穿衣打扮，并用最美丽、最绚烂的玫瑰给她装点。大家都知道，如果有仙女出手，衣服必定很合身。此外，罗莎贝尔维德还送给可爱的新娘一条华丽闪耀的项链，它具有神奇的魔力，一旦戴上它，就永远不会因为各种琐事而心烦，例如丝带编得不好、头饰佩戴不当、衣服上的污渍或者其他小事。这条项链赋予坎蒂达的这种特性，使她的整个面容洋溢着一种独特的优雅和愉悦。

阿尔帕努斯神秘而聪明的魔法发挥了如此奇妙的作用，这对新婚夫妇的幸福已经到达了顶点，不过，他们也没忘热情招待聚集在此的亲密朋友们。普罗斯珀·阿尔帕努斯和罗莎贝尔维德，两人负责安排最美丽的奇迹来为婚礼捧场。灌木丛和树林中处处传来甜蜜的爱之歌声，而闪闪发光的餐桌上摆满了最为美味的菜肴，水晶瓶中流淌出的珍贵美酒，为宾客们的血液中注入了生命的活力。

夜幕降临，火焰般的彩虹横亘在整个花园上空，人们看见闪闪发亮的飞鸟和昆虫上下飞翔，它们扇动翅膀时，迸发出数以百万计的火花，它们不断地变幻成各种可爱的形象，在空中翩翩起舞，直至消失在树丛中。与此同时，森林的音乐变得更加悠扬，夜风拂过，带来神秘的低语和甜美的芬芳。

巴尔塔萨尔、坎蒂达和朋友们都见识到了阿尔帕努斯强大的魔法威力，已经半醉的莫什·特尔平却大声笑道，这一切的幕后推手无非就是那个歌剧布景设计师兼亲王烟火师的混蛋家伙。

尖锐的钟声响起。一只闪亮的金龟甲虫飞下来，落在普罗斯珀·阿尔帕努斯的肩膀上，似乎轻声在他耳边低语着什么。

普罗斯珀·阿尔帕努斯从座位上站起来，严肃而庄重地说道："亲爱的巴尔塔萨尔，可爱的坎蒂达，我的朋友们！现在是时候了，洛托斯在召唤，我必须走了。"

然后他走向新婚夫妇，与他们轻声交谈。巴尔塔萨尔和坎蒂达都很感动，普罗斯珀似乎在传授他们各种有益的教诲，还热情地拥抱了他们两个。

然后他转向玫瑰美小姐，同样低声地和她交谈，她大概拜托他一些有关魔法和仙女的事务，他则欣然接受了。

与此同时，一辆小巧的水晶马车，由两只闪闪发光的蜻蜓拉着，由白鹇驾着，从空中降落下来。

"保重，保重！"普罗斯珀·阿尔帕努斯一边喊道，一边爬上马车，马车升空越过火焰般的彩虹，直到出现在高高的天空，如同一颗闪烁的小星星，最终隐没在云层后。

"漂亮的热气球。"莫什·特尔平打着呼噜嘟囔了一声，酒劲上来，陷入了沉睡之中。

巴尔塔萨尔牢记普罗斯珀·阿尔帕努斯的谆谆教诲，充分利用了这栋美妙庄园的财产，真正成了一位优秀的诗人。普罗斯珀曾经夸赞过可爱的坎蒂达所具有的其他美好品质，如今都全部验证无误，而坎蒂达也从未摘下玫瑰美小姐作为结婚礼物赠送的项链，因此毫无疑问，巴尔塔萨尔过着快乐无比的婚姻生活，拥有所有的幸福和美好，就如同任何一位诗人与一位漂亮的年轻女子共度一生那样。

如此一来，被称为辛奥伯的小矮人扎克斯的这个童话，到此为止，确实有了一个圆满的尾声。

童话尾声